光文社文庫

狛犬ジョンの軌跡

垣根涼介

JN267271

目次

【プロローグ・J】

私とは、いったい何者だろう。

いつもそう感じていた。

気の遠くなるような長い時間、実に多くの人々を見てきた。私の前を通り過ぎていった。ある者は希望に溢《あふ》れ、ある者は悲しみに打ちひしがれ、またある者は救いを求めて、私の目の前を往復していった。

ごくまれに、私にも手を合わせて拝む者もいた。

だが私には何も出来ない。身じろぎもままならず座っているだけだ。

私の相方も同様だ。生まれてこのかた一度も口を開いたこともなく、苔生《こけむ》した全身を風雨に晒《さら》している。

何も言うことができず、誰かに必要とされたこともなく、話しかけられることも、話しかけることもない。むろん誰かに愛されたことも、愛したこともない。

単に物質的な存在に過ぎない。

ただ、気の遠くなるような長い時間を、同じ場所にじっと座っていただけだ。

そして思うのだ。

この私とは、いったい何のために存在するのだろうかと。

ずいぶんと昔のことだ。美々《びび》しい武士装束の一団が参詣《さんけい》に来たことがある。彼らは季節ごとに何度も参詣にやってきた。

参拝中の彼らの話を漏れ聞くにつれ、その一団が海上《うなかみ》氏の属党であることが分かった。下総《しもうさ》を治める大名・千葉《ちば》氏六党の一つ、東《とう》氏の流れを汲《く》む一党であった。当時、私が存在する一帯を治めていた。

最後に来たとき、その彼らが言い騒いでいた。

永禄《えいろく》十年の花見じゃ、と。

今からざっと四百五十年も前の話だ。私はその間、ずっと座り続けた。

目覚めたのは、いつ頃だったのだろう。

はっきりとは覚えていない。覚えてはいないが、長い年月に耳にした人間たちの話では、彼らの子どもでさえ、明確な記憶が出来てくるのは、三歳以降だという。それまでは混沌《こんとん》とした意識の中にいるに過ぎない。

思うに、生まれ出てすぐに聴覚、視覚、嗅覚《きゆうかく》などの五感は目覚めるが、悲しいかな、それらをそれと認識できるほどの実体験が、まだその個体の中には存在しないのだろう。記憶とは、認知ができて初めて、脳裏に刻み込まれるものだ。

私もそうだ。

長い時間をかけ、すこしずつ覚醒していった。おそらくは百年、二百年という時間をかけて。

だがそれは、なにも私一人の力ではない。

覚醒とは、外界からの働きかけがあって初めて生まれる。

私と、私の相方の石像。石畳の参道を挟んで、対《つい》になって立っている。そしてその参道の奥、ちょうど私の右手のほうに、社殿がある。

神だ。

人々は柏手《かしわで》を打ち、様々な願い事をして頭を下げる。そしてごくまれに、私たちにも頭を下げて帰る。そのわずかな働きかけの累積《るいせき》が、長い年月を経て、単に石像に過ぎぬ私の内面を覚醒させていったのだろう。

あるいはそれは、人の情念というものかもしれない。それら情念の蓄積が、私をゆっくりと変質させていく。

身動き一つままならぬ私は、しだいに考えることを覚えた。

神と人間……そしてその中間に、目だたぬ番犬である私がいる。

信じる者は、救われる。

大昔であればあるほど、人間はそう思っていたようだ。

しかし私が思うに、その願い事が叶《かな》えられることはない。

例えば、豊作を祈る。例えば、安産祈願をする。

だが、いくら祈ろうと、凶作の年もあれば、子宝に恵まれないことも、流産することもある。仮に願いが叶うことがあったとしても、単に偶然の一致に過ぎないということに、やがて気づいた。

そしてまた思うのだ。

この私とは、何のために存在するのだろうか。

神とは、私とは、いったい何者だろうかと。

自由になりたい。ここではないどこかへ、行きたい。

いつしかそう思うようになった。

自由になり、この限られた視界の中だけではなく、もっと広く世間を見たい。そうすれば、自分が本当は何者なのか、わずかでも感じることが出来るのではないか。

きっかけは、突然やってきた。

激しい喪失の悲しみと、気も狂うような怒りが、ある晩に爆発した。

……しかし、そのときの私には分かっていなかった。
何かを手にしたら、別の何かは手のひらからこぼれ落ちてゆく。
存在さえ爛《ただ》れていく虚《むな》しさ。無意味さが無限に拡《ひろ》がっていく『私』という意識。
バラバラにされていく個という実存。繋《つな》がっていない世界。
その寄る辺ない孤独は、いったいこの自由の何処《いずこ》から生まれるのか。

第一章　事故

1

くそ、やってらんねぇ——。

開け放った二階の窓から、ひんやりとした夜の大気が忍び込んできていた。更待《ふけまち》の月が、窓の外に広がっている。住宅街の屋根という屋根を煌々《こうこう》と照らし出している。

一日中仕事部屋にこもって図面を引きっぱなしで、いい加減ウンザリしていた。施主へのプレゼンまでにはまだ期間がある。

家の戸締りをして、クルマ——十年以上乗り続けているレガシィB4に乗り込んだ。近くにある二十四時間営業のスタンドに寄り、ハイオクを満タンにする。

行き先は東と決めていた。昔から西は嫌いだ。

ついでに言うと、今のでかくなり過ぎたレガシィも嫌いだ。まるでクジラだ。きっちりとした作りこみのセダンで、しかも5ナンバー枠。それがおれの好みだ。

新井宿《あらいじゅく》から首都高に乗り、小菅《こすげ》から中央環状線を南下していく。さらに葛西JCT《かさいジャンクション》から湾岸線を東に向かう。平日深夜の高速はいつもどおり、どこもかしこもガラガラの状態だ。

首都圏から延々と東を目指して進むと、房総《ぼうそう》方面、それも外房《そとぼう》になる。

さらに東に進めば、その房総半島から九十九里《くじゅうくり》と鹿島灘《かしまなだ》に挟まれ、先細りになりながらも太平洋に迫《せ》り出したどん詰まりの港町――銚子《ちょうし》に行き着く。

成田《なりた》で東関道《とうかんどう》を降り、匝瑳《そうさ》市、旭《あさひ》市を抜けて、飯岡《いいおか》バイパスを通り、銚子市の屏風《びょうぶ》ケ《が》浦《うら》沿いを走るドーバーラインに乗った頃には、午前二時を少し回っていた。

開け放ったサイドウィンドウからは、潮の香りを含んだ湿った夜風がやんわりと流れ込んでくる。平日は日中でさえクルマのまばらな観光道路だ。ましてや大多数の人間が寝静まっている深夜では、すれ違う車輛もなければ、前を行くクルマも、後から来るクルマもない。

ヘッドライトに照らし出されたアスファルトが、奇妙に浮き上がって見えていた。

ゆるやかな起伏の続く直線道路を、時速五十キロほどでゆっくりと転がしてゆく。

この速度域だと、レガシィの水平対向四気筒《フラット・フォー》エンジンが、ボボ、ボロボロと不定期な音色を奏でる。おれも理系の出身だから分かる。フラット・フォーはその理論上、エンジンの振動が完全バランスしない。そこが気に入っている。不完全な人生。不完全な人間。みんな大なり小なり、どこかに欠落を抱え込んでいる。

反対車線の路肩沿いに連なっている懸崖《けんがい》のうねりの向こうに、ときおり海が見えた。天空にまで差しかかった明月が、沖合いに広がる外海をくっきりと照らし出している。底引き網にかかった無数の魚が水面で沸き立っているように、金波銀波《きんぱぎんぱ》がさざめき合っている。

海とは反対側の、陸地のほうに視線を向けた。こちらにも月光の下、田畑の続くゆるやかな丘陵に囲まれて、寝静まった集落がそこかしこに点在している。

百姓の子は、百姓。漁師の子は、漁師。

半農半漁でやっとこさ成り立っているような、九州の西にある小さな田舎町《いなかまち》——そんな世界で、おれは十八まで育った。

当時、家の近くに墓場があった。墓場とはいっても、その立地はよくありがちな陰鬱《いんうつ》な雰囲気ではない。周囲をジャガイモ畑に囲まれた高台の上で、墓地はそのジャガイモ畑の先端、ちょうど高台が平地に向かって切り立っている場所にあった。

墓地からは、眼下を通る国道と、その先に広がる海が一望できた。カンカン照りの真夏でも、岸辺からのひんやりとした潮風が絶えず吹き抜けていく場所で、いくら騒いで遊んだところでうるさく言う大人もいない。大きな墓石が無数に立っており、申しわけ程度だが茂みもある。年端《としは》のいかない子どもがカクレンボをするには、格好の遊び場だった。

国道は、高台の下の平野で東西に延びていた。西に進んで二山越えると、国道はそこで終わりだ。その先には東シナ海がどこまでも広がっているだけだ。

逆に半島沿いをうねうねと東に向かって十キロほども行けば、県境だった。さらにそのずっと先に、博多《はかた》や門司港《もじこう》がある。

国道を、乗用車に混じって長距離トラックが行き交っている。

日暮れ時ともなると、トラックのサイドに点灯している緑や赤やオレンジなどのライトが遠目にも美しく輝いている。ディーゼルエンジンの音と、十六輪ものタイヤの走行音が、遊び疲れたおれたちの耳元にもかすかに届いてくる。

「アツ坊、おまえ《ワイ》は大人んなったら、何になるとな」国道から目を逸《そ》らし、横にいた幼友達に聞いたことがある。「おいは、トラックの運転手や」

子どもの頃、おれは当然のようにそう思っていた。

「なんで」と、アツ坊は聞いてきた。「なんでトラックの運転手や」

「カッコ良かろもん」おれは答えた。「あいで、ずうっと先まで運転して行く」

「ずっと先て、どこや」

「東京とか……そげんところ」

ふーん、とアッ坊は答えた。鼻の下の青洟《あおばな》が、パリパリに乾いていた。

アッ坊のふた親は、揃《そろ》って大柄だった。その体格を譲り受けたのか、同じ年頃の遊び仲間の中でも一回り体が大きかった。

だが、どういうわけか青洟をたらす癖が十歳前後まで抜けきらず、小学生になりたての時分は、よく周りからからかわれていた。

おれはもう一度口を開いた。

「ワイは、どげんな？」

洟をすすり上げながら、アッ坊は答えた。

「おいは、百姓や」

「なして？」今度はおれが聞いた。「なしてワイは百姓な？」

「なしてでも」

いつものアッ坊にしては珍しく、そう頑《かたく》なに答えた。六歳の頃だった。

……それが、おれの原風景だ。

物心がついた頃からすでに諦《あきら》めを知っている子どもたち。そして土地。町。世界……。

誰だっていつかは老人になる。だが、六歳で老人になるのは、あまりにも悲し過ぎる。

やがて道路は海沿いを離れ、急勾配《きゅうこうばい》の上り坂へと差しかかった。道の両側から切り立った崖が迫り、連続したカーブは次第にきつくなる。

ギアを四速からサードに落とし、坂を登りきったとき、フロントガラスの向こうに夜景が拓《ひら》けた。『地球の丸く見える丘展望館』という施設のある、小高い丘の上に出たのだ。遠くに街灯が密集して見えていた。寝静まった銚子の市街だ。

ギアはサードのままエンブレを利かせ、丘の頂から麓《ふもと》の平地へ向かってゆっくりと道を下ってゆく。

そのときのおれは、まだ薄ぼんやりしていたのだと思う。ふと思い出した郷里での記憶を引き摺《ひず》ったまま、どこか注意力が散漫だった。

ところどころに林の残る畑の中の一本道を、再びアクセルを踏んで加速しかけた瞬間だった。

不意にヘッドライトの脇《わき》の暗闇から、何かがふらりと飛び出てきた。

あっと思ったときには反射的にブレーキを踏み込んでいたが、遅かった。それより一瞬早く、左のフェンダーあたりにかすかな感触が走った。少なくともそんな気がした。

気がつくと、レガシィは道路に対して斜めになったまま停車していた。急ブレーキに、堪《たま》らずリアがスライドしたのだ。点灯したままのヘッドライトが、道路脇の無人の畑をくっきりと照らし出している。エンジンも止まっていた。ギアを繋いだまま急停止したからだ。暗い車内に、タイヤの焦《こ》げた匂《にお》いとブレーキパッドの焼けた鉄臭《くさ》さが充満していた。

茫然《ぼうぜん》としたまま両手でステアリングを握り締め、完全に現実に引き戻されていた。

やっちまった——そう感じると、じわりと腹の底が冷えた。

飛び出してきたのは、黒い生き物だ。猫やイタチや、そんなサイズの小動物ではない。かなりの大きさの動物だった。

ドアを開け、アスファルトの上に降り立つ。恐る恐るクルマの前に回りこみ、前方の暗い路上を見渡してみる。どこにもそれらしきものは転がっていなかった。

前方に弾き飛ばされてはいないということだ。ややほっとする。側面に擦《こす》るようにしてぶつかっただけなら、衝撃は緩和されているはずだ。

少し心を落ち着け、すぐに頭の中で計算を始める。

衝突時には、時速六十キロは出ていたはずだった。接触時から一瞬遅れてブレーキを踏んだ。コンマ二、三秒というところだろう。時速六十キロとして、一秒で十七メートル弱進む。ブレーキをかけてからの制動距離も計算に入れると、その黒い生き物は今止まっているクルマの位置より二十メートル以上は後方に転がっているはずだった。

今度は車体を左に回り込み、道路の路肩沿い——膝元《ひざもと》まで生い茂った夏草とアスファルトの境界——を注意して確認しながら、ゆっくりと戻り始めた。

畑の真ん中を通っている一本道に、街灯はない。だが、思いのほか月の光量があった。

くっきりとした月明かりの下、周囲を確認しながら少しずつ進んでいく。

いくらか気が静まってきていた。

そのころには一瞬見たときの形状を改めて思い起こし、ぶつかったのが人間ではないという確信は抱いていた。

暗がりにも目が慣れてきた。自分の影が、アスファルトの上にくっきりと映し出されている。じっとりとした夜風が、襟元《えりもと》を撫《な》で過ぎていく。首筋が汗ばんでいることに気づく。

やれやれ、えらいことになったな――。

ブレーキ痕《こん》を辿《たど》りながら、クルマ三台分ほど後戻りしたときだった。

気配を感じた。

数メートルほどの距離から、かすかな息遣いが聞こえた。小刻みに途切れがちの、ようやく聞き取れるか取れないかくらいの苦しげな息遣い。

見ると、傍《かたわ》らのこんもりと茂った草むらの一部が、大きく窪《くぼ》んでいる。足元の路肩にも、四散した血痕が光っている。

忸怩《じくじ》たる思いを抱きながら、そろそろと近づいていった。露草《つゆくさ》の向こうから、投げ出された前肢《まえあし》が垣間《かいま》見えた。続いて、後肢《うしろあし》。

その全身が、目に入ってきた途端、おれは思わずたじろいだ。

大きな黒い塊が、窪みの中に倒れ込んでいた。犬――それも超大型犬、と言っていいだろう。見事な体軀《たいく》をしていた。

月光に晒され、四肢の付け根から足首にかけて太縄を捻《ねじ》ったような筋肉が、波打つような隆起を見せている。胴まわりは、ビロードのように黒光りする滑らかな短毛に覆《おお》われている。対照的に、太い首筋から分厚い胸板に走る渦巻き型の黒い襟毛は、荒々しく波立っていた。腹部と足先だけは、黄褐色の毛に覆われている。頭蓋《ずがい》も大きい。鼻筋から眉間《みけん》、後頭部にかけてのごつごつした盛り上がりも、骨格の発達のよさを物語っている。

が、黒犬は、おれがさらに近づいても身動きもしなかった。

明らかに半死半生の状態だった。

肩口から脇腹にかけて大きく走った創傷《そうしょう》が、ざっくりと肉を割っている。赤黒い開口部から鮮血が流れ出し、黒い胸元を、黄褐色の下腹を、てらてらと濡《ぬ》らしている。

横を向いたままの瞳は半ば閉じられ、がっちりとした下顎《したあご》に支えられた剝《む》き出しの白い牙《きば》からは、赤い舌が力なくはみ出し、苦しげに呼吸をしている。

しかし、その外傷はクルマとの接触時に出来たものではない。レガシィのフェンダーには、およそ皮膚を切り裂くような鋭い突起物はない。つまり、この犬はどこかで傷を負い、大量の出血のため意識も朦朧《もうろう》となりながら畑の中を横切り、道路にふらりと出てきた。そこにおれのクルマが突っ込み、ダメージに追い討ちをかけた。そういうことだろうと踏んだ。

黒犬の頭部に回り込むと、腰を静かに降ろしながら、至近距離で顔を拝もうとした。と、その動作の途中で、頭蓋の低い位置についた垂れ耳が、ピクン、と動いた。黒犬は横たわったまま、半ば開いた口吻《こうふん》の奥からかすかな唸《うな》り声を上げ始めた。

見知らぬ者に対する、威嚇《いかく》……。おれは半ば降ろしかけていた腰を上げ、後ずさりしながら少し距離をとった。

喉《のど》奥からの唸り声は止まった。

腰に手を当てたまま、改めて黒犬を見下ろした。そして、ため息をついた。

やれやれ。

こいつが勝手に死にたいというのなら、話は別だ。おれはこのままクルマに戻り、すべてを見なかったことにして帰路につく。しかし犬程度の知能の動物が、自ら進んで死を望むことはないだろう。そして犬をこの状態に追いやった責任の一端は、おれにもある。このまま放っておくわけにもいかない。

なんとか、この犬を助ける方法はないものか。

ふと、車内のカップホルダーに、リプトンのミルクティーが残っていることを思い出した。

クルマに駆け戻り、運転席に潜《もぐ》り込む。ペットボトルを手に取りながら、もうひとつ閃《ひらめ》いた。以前、ダッシュボードの中に、食べかけのカロリーメイトを放り込んだ記憶がある。急いでダッシュボードを開け、車検証の奥に紛れ込んでいたカロリーメイトの箱を引っ張り出した。中身を確認した。まだ二本ある。ふと気になる。箱の横に記載された賞味期限も、大丈夫だった。神経質なのは、おれの性分だ。

さっそくエンジンに火を入れ、クルマをUターンさせて、犬の転がっている草むらにヘッドライトを当てた。次いでドアを閉め、小走りに黒犬の場所に戻った。当然のことながら、黒犬は横たわったままだ。クルマのライトの中に晒《さら》され、肩口から流れ出た鮮血がぬらぬらと照り輝いている。黄褐色をした胸の苦しそうな上下が、はっきりと見てとれる。あまりにも生々しかった。

片手にカロリーメイトとペットボトルを持ち直し、すぐ脇の草むらにゆっくりとしゃがみ込んだ。

身動きしない犬の口元から、再び低い唸り声が漏れ聞こえた。

「大丈夫だ」つい、声をかけていた。そして、なるべく優しげな声音に聞こえるよう、繰り返した。「だいじょうぶ」

子どもの頃、犬を飼っていた。その経験で知っている。犬は、言葉の意味は分からなくても、その声音で、相手が自分にとってどういう存在なのかを推《お》し量《はか》る。

そのせいかどうか、おれがそう声をかけたあと、唸り声が心持ち小さくなったような気がした。

まずペットボトルのキャップを取り、飲み口を犬の鼻先でゆっくりと前後左右に揺らし、匂いを漂《ただよ》わせた。ミルクと砂糖と、紅茶に含まれるカフェインの香り。果たして、その黒い鼻腔《びこう》がかすかにひくついた。

「ミルクティーだ」

思いつくままにおれは言った。犬相手に実に馬鹿なことを口走ったものだが、それでもいい。こちらの友好的な雰囲気が伝わることが、まずは肝心だ。

「ミルクと糖分が入っている。栄養になる。カフェインも入っているから、飲み慣れていない奴には、気付け薬にもなる」

言い終えると、飲み口を鼻先にかざしたまま、しばらくじっと黒犬を見ていた。

やがて唸り声はやんだ。

次の行動に移った。キャップを裏返し、それを小さなお碗代わりにしてミルクティーを満たした。それからキャップを静かに犬の上唇まで持ってゆき、半ば開いた口元に、少しずつ垂らしていった。

三滴、四滴と垂らすうちに、白い牙の間から覗《のぞ》いていた舌が、ゆっくりと動き始めた。

中身のなくなったキャップに再度ミルクティーを注ぎ、同じことを繰り返す。

やがてその舌が甘みを求めて、はっきりと意識的な動きを示すようになった。

その様子から、いきなり嚙《か》み付かれることはないと判断した。

一瞬躊躇《ためら》ったが、左の手のひらに窪みを作り、そこにペットボトルの中身を満たした。雫《しずく》が零《こぼ》れないように注意しながら、ゆっくりと黒犬の口元へと近づけていく。

鼻先が、ふたたびひくひくと動いた。

「さあ、もっと飲めよ」

おれはそう呼びかけ、手のひらを差し出した。そのときだった。

横たわった犬の首に、不意に太い筋肉のうねりが走ったかと思うと、頭部がおれのほうに持ち上がった。あたかも瀕死の人間が、残る力を振り絞って半身を起こしたかのような、そんな印象を受けた。

次いでその双眼が、こちらを見上げた。

我知らず、おれはたじろいだ。

深い琥珀《こはく》色を湛《たた》えた、ひどく澄んだ瞳が、じっとおれを見返していた。

暴力に飢えた闘犬のように荒々しいこの外見——しかも深手の傷を負ったその状態からして、おれはもっと余裕のない、ぎらぎらと血走った瞳を予想していた。むろん体力の極度の消耗から来る疲労の色は隠しようもなかったが、それを差し引いても、なお落ち着きを保っている怜悧《れいり》な眼差《まなざ》しだった。

いい犬だ、と感じた。

なんとかして助けてやりたい、と直後にははっきりと意識した。たとえ野犬であったとしても、これほどの犬をむざむざ死なせたくはない。

おれは昔から犬は好きだ。少なくとも猫よりもはるかに好きだ。何故かは分からない。

黒犬はもう一度おれを見つめると、ゆっくりと手のひらの中の液体に鼻先を差し込んだ。ミルクティーを静かにその舌に搦《から》め捕ってゆく。舌先のざらついた感触が手のひらに伝わってくる。

やがて手のひらの液体がなくなると、黒犬の頭部はぐったりと草の上に横たわった。

もう一度ペットボトルの中身を手のひらに満たし、鼻先に差し出した。反応はない。さらに何度か顔に近づけてみた。だが、犬は二度と首をもたげようとはしなかった。その呼吸が、前にもまして細切れになっている。体力の限界なのだろうか。おれは慌てた。

もう片方の手に持っていたカロリーメイトの封を口で切り、中身を手のひらのミルクティーに浸した。いくぶん柔らかくなったのを目視すると、今度はそれを犬の前にかざしてみた。

これも反応がない。

このまま死んでしまうのかも知れないと感じ、ますます焦《あせ》った。

時計を見た。午前二時半。周囲に人家はないし、あったところでこの時間帯に見ず知らずの相手の軒先《のきさき》へ駆け込むわけにもいかない……。

なら、動物病院――。

これも完全に閉まっている時間帯だ。それでもこちらなら相手も商売だ、手当たり次第に当たってみる価値はある。

そう思い、ポケットから携帯を取り出した。ガラケーだ。まだスマホにはしていない。基本、自宅で仕事をしているので、調べ物は全てパソコンで済ます。万能の携帯電話など必要ない。ごくありきたりのフォーマ。アイ・モードのボタンを押し、グーグルのサイトを呼び出す。『銚子　動物病院』と打ち込む。

五軒出てきた。営業時間帯を順に見ていく。当然ながら五軒ともすべて閉まっている。

それでも次々とその電話番号を呼び出してみた。

が、すべてが五コール目までで留守番案内に切り替わった。どこも完全に無人だということだ。時刻を考えれば無理もない。

つい、大きなため息をついた。

こうなったら――思いつつ、『銚子　救急病院』と打ち込む。

一軒出てきた。しかし人間相手の総合病院だ。犬の手術で予《あらかじ》め電話をすれば、断られるに決まっている。

ふむ……。

何パターンかの強引なやり方を考えながら、さらに病院の地図を呼び出す。

いかにも携帯端末用らしい、簡単極まりない簡略図が出てきた。たまにこの房総には来るが、場所は市街地の中らしい。一度も行ったことがない。これではまったく位置関係が分からない。

クルマにカーナビでも載せていれば話は別だが、どうも昔人間《むかしにんげん》のおれは、クルマの中にモニター画面があるというあの感覚に馴染《なじ》めず、結局は今のレガシィを買う際にも付けずじまいだった。

もう一度考え込む。ある可能性がひらめく。

しかしその前にやることがあった。携帯のそのサイトにブックマークを付け、クルマに駆け戻ってエンジンをかける。黒犬の寝転がっているすぐ脇まで、後部ドアの位置を移動させる。

敷物、敷物……。トランクの中に、以前に買ったまま殆ど使っていないボディカバーがあることを思い出した。レバーを引き、リアに回りこんで、トランクを開けた。ボディカバーが入っている箱を取り出し、銀色の中身を引きずり出した。後部ドアを開け、ナイロン地のカバーを座席いっぱいに敷き詰めた。

そこまで準備した後、あらためて黒犬を振り返った。犬は横たわったまま、依然としてかすかに喘《あえ》いでいる。

近寄ってゆき、少し躊躇った後、思い切って直接行動に出た。犬の頭部へ、そろそろと腕を伸ばした。指先が、その首筋に触れた。犬は目を閉じたままだった。唸り声は起こらない。さらにもう片方の腕を伸ばし、頭蓋に触れた。今度も、特に敵意の兆候は見られない。

腕力にはそこそこ自信があるが、うまく持ち上げられるかどうかは分からない。見たところ、黒犬の鼻先から尾骶まで、ざっと百四十センチはありそうだった。体重も少なく見積もって、五十キロ以上はあるだろう。しかも個体の状態を考えれば、それこそ胸元に抱くようにして慎重に持ち上げなくてはならない。ところがこのおれときたら、長年の座り仕事で、すっかり慢性の腰痛持ちという体《てい》たらくだ。

頭部から首筋を両手で包むようにゆっくりと撫で、いっそう警戒心を解いてから、その背後へ回り込んだ。腰を降ろし、地面と背中の間にゆっくりと両腕を差し込み始める。右腕は肩口の下から、左腕は腰まわりの下から、なるべく外皮に突っ張りを生まないように、寝ている草の流れに沿って慎重に手首を滑り込ませた。

頭部から再び唸り声が漏れ聞こえた。背後を触られたことへの威嚇。それとも微妙に傷口が動くことによる苦痛なのか。が、今さらここで止《や》めるわけにもいかない。

「おれはな、おまえを助けようと思ってるんだぞ」つい軽く毒づいた。「頼むから、ちっとは我慢してくれよ。な?」

だが、今度ばかりは唸り声は止まなかった。そればかりか一層喉元を震わせ、不気味な低音を辺りに響かせ始める。

正直、泣きたい、とはこういうことを言うのだろう。街灯さえない畑の中の一本道で、近所には助けを求める人家もない。おまけに助けようとしている相手には、唸り声を浴びせかけられる。

次第にムカついてきた。

なに、かまうものか。肩と腰にしっかりと腕を回して抱きかかえれば、犬の頭部から上は、かえって身動きが取れなくなるはずだった。それでもなお暴れ、抵抗して、万が一嚙みつこうとする素振りが見えれば、その前に草むらの中にほっぽり出せばいい。

素早く腕を体の下に滑り込ませ、胸元に寄せつつ一気に膝に力を入れた。

一瞬腰砕けになるかと思うぐらいの、予想以上の重さだった。くそ。なんでこいつはこんなに重いんだ？

よろけつつも、なんとか踏ん張り立ち上がった。

黒犬は抵抗を示さなかった。それ以上体を動かす気力も失せていたのかもしれない。おかげで一歩一歩刻むような足取りながらも、無事クルマまで辿り着くことが出来た。

開けっ放しの後部ドアの前で立ち止まり、車内に上半身を半ば乗り入れた状態で、そろそろと腰を曲げてゆく。あと少しで犬の下っ腹がシートに着くというその直前、おれの腰部にチリッと電流のようなものが走った。それからずっしりと重い感触が、背中一面に広がった。

痛みを堪《こら》え、犬をシートに降ろした。腰の痛みを引き摺りながらも運転席に戻り、エンジンをかける。少しでもバックシートの犬の様子が見えるよう、ルームミラーを調節してから、レガシィをスタートさせる。

さっきひらめいたこと。

記憶では、このまま一キロも行かないうちに、銚子電鉄の線路を跨《また》ぐはずだった。そしてその線路を跨いだすぐ左手に、銚子電鉄の犬吠《いぬぼう》駅がある。

運転を始めてから一分も経っていなかった。はたして、暗がりの行く手に自販機や街灯の集合体が白っぽく滲《にじ》んで見えてきて、レガシィは線路を跨いだ。

左手に駅の入口が見えた。道路のすぐ脇が五台分ぐらいの駐車場になっていた。そこから先は一段高くなり、レンガ敷きの広場《プラザ》がある。オレンジ色の常夜灯が、人っ子一人いない広場のそこかしこにしつらえられた花壇を、柔らかな光で照らし出していた。さらにその奥に、まだ新しい教会風の三角屋根と丸い窓を持った駅舎が、ぼうっと浮かび上がって見えている。観光客誘致のための、メルヘンチックなデコレーション。広場の片隅には古びた木造の建物が、忘れ去られたように転がっている。おそらくそれが、以前の駅舎だったところだろう。

レガシィの鼻先を駐車場に突っ込み、広場の隅々を舐《な》めるように眺《なが》め回す。そこに人が群れ集う場所である以上、こんな夜中でもひょっとしたら、と思っていた。

広場の右奥に、用済みになり路線から引き上げられた古い車輛があった。昇降ドアと窓に貼られた看板から、現在は民芸品や特産物販売の店舗として利用されていることが分かる。

その昇降口のすぐ脇に、原付バイクが二台、停まっている。泥埃《どろぼこり》に塗《まみ》れたボディにステッカーをべたべた貼り付け、ナンバープレートを跳ね上げた五〇ccのスクーター。サイドウィンドウを下げてみる。軽く響いてくるチャンバーの排気音——このエコの二十一世紀に、アイドリングのしっ放しだ。

こんな場合ながらもつい微笑《ほほえ》む。千葉県の最東端。ここらあたりじゃプチヤンキー文化も、まだまだ健在ってわけだ。

エンジンを切って、後部座席を振り返った。横たわっている犬。茶色い腹部がゆっくりと上下している。その安定したリズム。しばらくはまだ大丈夫のようだ。

財布をポケットに入れ、クルマを降りる。広場を横切っていって車輛の脇まで来た。原付の向こう、公衆トイレと車輛の間の狭いスペースに、二つの影がうずくまっているのが見える。

薄闇に目が慣れてくるにつれて分かった。

ドレッドヘアーと茶髪の、少年二人組。ドレッドは、背中に龍の立ち昇っている刺繡《ししゅう》を施した、青いスカジャンを着込んでいる。膝小僧の擦り切れたジーンズにナイキのシューズ。一方の茶髪は、黒のタンクトップにカーキ色のカーゴパンツ。ビーチサンダルを突っかけている。

少年たちの輪郭のはっきりしない顔が、こちらをチラチラと窺《うかが》っている。無理もない。真夜中の人気《ひとけ》のない駅前を、いい歳をした三十男がうろついている。誰だって不審に思う。

「あのさ――」彼らの不信感を取り払うため、なるべくフランクに聞こえるよう声をかけた。「君ら、銚子西病院って分かるかな?」

一瞬遅れて、ドレッドのほうから返事がきた。

「分かるけど……それが?」

「もし良かったら、そこまで案内してくれないか?」おれは切り出した。「病院前までおれのクルマを先導してくれればいい。もちろん、ガス代は払う」

これに対する反応は、一瞬遅れた。

「いくらです?」

「五千円で、どうかな」

そう言って、財布の中から五枚の千円札を取り出し、ちょっと振ってみせた。

二人は顔を見合わせた。そして幼さの残る笑みを浮かべると、ぱんぱんと尻をはたいて立ち上がった。

「いいっスよ」

ドレッドがもう一度口を開き、茶髪のほうもうなずいた。契約合意。おれはドレッドのほうに札を手渡した。

駐車場に戻り、レガシィをいったんバックさせて道路に出た。広場から出てきたスクーターが、ヘッドライトの先に映った。二人の少年は原付に跨ったまま、病院までの道順を話し合っている様子だ。考えてみると、おれが病院に行きたい理由も、特に詮索《せんさく》してはこなかった。なんとも気安い連中だ。

やがてドレッドのほうが後方のこちらを振り返った。何か聞きたそうな素振りに、おれはサイドの窓から顔を突き出した。

「どうした？」

「……あの、おれらノーヘルでしょ？」

「それが？」

「なんでか分かんないけど、さっき、市内の中心で警察《サツ》が検問を張ってたんスよ」少年は説明した。「見つかりたくないんで、途中から裏道に逃げていいスか？　ちょっとクルマではきつい場所もあると思うけど、そっちのほうが近道だし……」

おれは笑ってうなずいた。

スクーターが走り出した。

おれはその後を追ってレガシィを運転している間、再び後部座席の犬のことを考えていた。犬同士の喧嘩《けんか》ではなさそうだった。縄張り争い、餌《えさ》の取り合いでも、通常あそこまでお互いを傷つけ合うことはない。犬は出会った瞬間に、相手との力関係をすぐに認知するものだ。威嚇行動があり、たいがいはその段階で勝ち負けが決まる。実際に牙を剝き出しにして揉《も》み合ったとしても、体に受ける傷は、もっと非直線的な裂傷気味の開口部になるような気がしていた。

スクーターのテールランプが、白い街灯の連なる大通りから、いきなり細い路地へと切れ込んだ。おれもその後に続く。民家のブロック塀が両脇から迫ってきたかと思うと、すぐに三叉路。原付は何の迷いもなく右に折れてゆく。所々に緩いカーブのある住宅地の長い坂を登りきり、前触れもなく今度は左折。思わず苦笑する。さすがは地元のヤンキー。躊躇なく裏道をチョイスしてゆく。一方通行の標識もお構いなしだ。そして、ウィンカーを全く出さずに突然曲がってゆく無神経さも――。

二台のスクーターはなだらかな坂を降りてゆき、ブレーキも踏まずに県道と思《おぼ》しき通りに躍り出た。黄色に点滅する信号を二つやり過ごし、線路を跨ぐ。それからさらに大きな通りへと出た。

ブラインドカーブを曲がりきったところで、不意にスクーターは停止した。

おれはレガシィをスクーターの後ろに付けて停車させ、再び窓から顔を出した。

「ここですよ」

と、こちらを振り返っているドレッド少年は、夜空に顎《あご》をしゃくった。

見上げると、すぐ隣のビルの屋上に、『銚子西病院』の看板があった。言われるまで気づかなかったのは、そこが病院の裏口だったからだ。脇に、夜間窓口の受付が見えた。

「ありがと」

そう言って、彼らに手を振った。少年たちは曖昧《あいまい》な笑みを浮かべ、二台のスクーターはそのまま走り去った。

室内灯を点《とも》し、もう一度後部座席を振り返る。いきなり明るくなっても、黒犬は反応を示さなかった。かすかな胸の上下で、まだ息をしていることが分かる。

レガシィを降り、裏口の階段を上って夜間窓口のドアを開けた。すぐ右手に、受付があった。ひょろりとした青年が、窓ガラスの向こうに座っていた。

目が合った瞬間、おれは口を開いた。

「犬が死にかけているんです。さっき道で偶然見つけたので、クルマで運んできました」

こういう場合、相手が口を挟む前にすべてを言い切ったほうがいい。「傷口がぱっくり開いて、血が大量に流れ出しています。動物病院を調べて電話をかけたんですが、どこも繋がりません。専門外なのは承知しています。が、なんとか診《み》てもらえないですか」

後半は受付に両手をつき、身を乗り出しながら話した。青年は驚いた様子で、まじまじとおれの顔を見つめてきた。さらにおれは言った。

「ともかくも当直医に。このとおり、頼みます」

と、青年に向かって両手を合わせ、拝む真似をした。

青年は少し迷ったようだったが、それでも脇にあった電話を手に取った。おそらく院内の内線電話なのだろうが、しばらく受話器を耳に当てて相手が出るのを待っていた。ジリジリしながらその様子を見守った。

なかなか回線が繋がらないようだった。ついにしびれを切らしたのか、青年は受話器を戻した。

「今、係を呼んできますから――」

そう言って廊下に出てくると、おれを振り返った。

「ちょっとここで待っていてください」

言い置くと、病棟の奥へ小走りに去った。当直室、あるいはナースステーションのようなものに行ったのだと想像した。

オキシドールの匂いが漂うリノリウム敷きの廊下で、しばらく待った。

数分経っただろうか。奥から足音が聞こえてきた。振り返ると、青年と一緒に女性の看護師がこちらに向かってくる。老練、という言葉がぴったりの、五十がらみの看護師だ。

夜勤疲れのせいなのだろうか、小鼻に脂が浮き、目の下に隈《くま》がくっきりと浮き出ている。

看護師は目の前まで来て立ち止まると、疲れきった様子でおれを一瞥《いちべつ》した。

「犬、ですか？」

その迷惑そうな口調に一瞬ひるんだが、先ほどの言葉を繰り返した。

「そうです。傷口から血が大量に流れ出て、死にかけています。どうにか診てやってもらえませんか」

「無理ですね」看護師はぴしゃりと言い放った。「うちは動物病院じゃないんだから」

いきなりの切り口上だった。さすがにむっときた。

「申し訳ないですが、そんなことは百も承知ですよ」つい言葉が走った。「だが、肝心の動物病院がどこも開いていない。だからここに駆け込んできたんじゃないですか」

「でも、無理なものは無理なんです」看護師はさらに言った。「なにも、規則の問題ばかりじゃありません。治療室に犬の雑菌が散らばって、万が一その菌が患者さんにでも入ったら、失礼ですがあなた、責任を持てますか？　治療を施した先生だって問題になりかねません。やはり、動物病院が開くまで待ってもらうしかありませんね」

確かに言われればそうだ。それでもおれは食い下がった。

「……どうしても？」

「どうしても」

頑として譲ろうとしない看護師の目が、おれの前にあった。

くそったれ——と同時に、ふと思う。

理屈ではない。おれが不愉快なのは、その口調だった。

……ほとんどの人間はそうだ。ある程度歳がいくと、夢も希望も歩みを止め、どいつもこいつもしおれた菜っ葉同然になっていく。砕けた未来。過去への悔恨。クサい言葉で言えばそんなもんだ。

こんなはずじゃなかった。どうしてこんなことになってしまったんだろう——。そんな繰言《くりごと》をつぶやきながら、他人に対する気遣いもなくなり、蓮《はす》っ葉《ぱ》同然の物言いになっていく。

一見この世に溢れているかのように思える自由。希望。あるいは情報。少なくとも制度上はそうだ。

だが、ようはその遣い方だ。

おれは静かな口調で言った。

「今、クルマの中で犬が死にかけています。ぼくの犬じゃない。それでも道端で拾った。助けてやりたいと思ったからです」さらに続けた。「それをあなたは駄目だという。理屈は分かります。けど、死にかけた犬を抱えて、あなただったら、どうします？」

さすがに少しは心苦しくなったのか、看護師は目を逸らした。

「……気持ちは分かります。でも、どちらにしろ今夜の当直医の態勢では、難しいのですよ」

「と言うと?」

「今夜は、産婦人科と、小児科、それに泌尿器科の先生しか詰めていないのよ。でも、その犬の様子だと、どうみても形成外科の分野になってくるから……」

おれは呆《あき》れた。だったらそれを先に言えばいいのだ。

「他に、救急病院は?」舌打ちしたい気持ちを抑えながら、おれは聞いた。「今夜、形成外科医の詰めている近くの病院を調べてもらえませんか? 駄目もとでも、とりあえず行ってみますから」

「それは、調べなくても分かりますよ」と、即座に答えた。「犬吠埼《いぬぼうさき》の総合病院です」

え、とおれは思わず問い返した。「なんですぐに分かるんです?」

「ついさっき、市内で怪我《けが》人が三人出ました。かなりの外傷を受けているという連絡で、犬吠埼の救急車だけでは間に合わなくて、うちからも搬送車を出してくれるように要請されましたから」

「――――」

「そうです。だから、その病院に行っても、おそらく犬の治療どころではないでしょうね。今ごろ、集中治療室はパニックでしょうから」

「じゃあ、どちらにしても、打つ手はもう無い、と?」

そう漏らした時のおれの顔は、よほどガックリきていたんだろう、この時ばかりは強面《こわもて》の看護師も、神妙にうなずいた。

「気の毒だけど」


結局、とぼとぼと病院を出た。道路に続く階段を降りていると、受付の青年が小走りに追いかけてきた。

「すいません」おれの横に並び、青年は言った。「お役に立てないどころか、かえって無駄な手間をかけさせちゃって」

「いいさ」丁寧に答える気力も失せていた。「ムリなものは、仕方がない」

「ちゃんとした院内の事情が分かっていれば……ぼく、夜間だけの学生バイトなんです。ごめんなさい」

道理で対応がややぎこちないとは思っていた。聞かれてもいないのに言い訳をしたのは、この気の良さそうな青年の、小心さゆえだろう。

おれは青年に手を振ると、路肩に停めっ放しにしていたレガシィに戻った。運転席に乗り込み、室内灯を点《つ》けてバックシートを振り返る。かろうじて、まだ息をしていた。

「運の悪い奴だな。おまえも」

思わずそうつぶやいた。

レガシィをスタートさせた時、青年はまだ階段の上に立っていた。軽く会釈をして、その前を走り去った。

県道から大通りへと出た。シャッターの閉まったモノトーンの商店街が、白い街灯の先々まで連なっている。真夜中でなくても、今の地方の町はみな似たようなものだ。

その先に続く国道356号線に乗り、ゆっくりとレガシィを転がしていった。深夜営業のコンビニを見つけるつもりだった。必要な物を買い、出来る範囲の応急手当だけでもしておく。

コンビニはしばらく走ると見つかった。

店内に入り、消毒液を探した。夏の行楽客がよく買い求めるのか、レジャー用の小さなものがすぐに見つかった。それを二つ手に取り、脱脂綿を探した。パンツを売っていた。代用品としてそのトランクスを小脇に挟んだ。最後にレジ横の棚で紙の皿とパックの牛乳を手に取り、キャッシャーの横に置いた。

壁にかかった時計を見ると、午前三時半を少し回っていた。

あくびをかみ殺した若い店員が、それらをバーコードで読み取ってゆく。見たところ十八、九の女の子だ。うなじの後ろで束ねた茶髪に、枝毛が目立つ。今時の子らしく、くっきりとしたアイラインに、くどいほどの付け睫毛《まつげ》。ラメの入ったピンクの口紅。

たまに思うのだ。自由は、やたらめったら使えばいいというものではない。

金を払い、ポリエチレンの袋を提げ、駐車場に戻る。後部ドアを開いて運転席を前方にスライドさせ、出来たスペースになんとか身をかがめて乗り込んだ。

あらためて傷口を見た。室内灯の頼りない明るさの下では定かではなかったが、開口部からはまだ鮮血が滲み出ているようだった。

黒犬は頭部をぐったりと横たえたまま、こちらを向こうともしない。消毒液のセロファンを剝ぎ、脱脂綿代わりのトランクスの封を切った。

消毒液を傷口の上にかざし、ボトルを指の腹で押した。ホットドッグにマスタードソースを塗り付けてゆくように、透明な液体を傷口に沿って流し込んでいく。消毒液が傷口に付着したとたん、開口部からまるで炭酸飲料のように気泡が沸き立つ。その痛みからだろう、頭部で微かな唸り声が復活し、この腹がわずかに捩《よじ》れた。おれも乱暴極まりない消毒の仕方をしたものだが、そのときはその方法しか思いつかなかった。

泡立ちがおさまるのを待ち、おろし立てのトランクスで傷口を軽く押さえるようにして拭いていった。拭き取ったあとから、きれいなサーモンピンクの断面が露わになった。最初に見たときから、予感はあった。だが、そのくっきりとした切れ目を目の当たりにして、おれはますます確信を深めた。ナイフ、あるいはそれに類するもので切りつけられた痕だ。

残る二枚のトランクスの封を切り、消毒した傷口に埃や雑菌が付かないよう、傷口の上にかぶせた。紙の皿を出し、ミルクをこぼれないよう慎重に注ぎ、黒犬の鼻先にそっと置いた。

反応はなかった。

車外に降り立つと、ゆっくりとドアを閉めた。リアフェンダーに寄りかかり、煙草に火をつけた。煙を吐き出しながら、これからどうするかを考えた。

ふつうに考えれば、この銚子で夜明けを待ち、市内の動物病院に担ぎ込むのが一番だろう。飼い犬なら予防接種も受けているだろうし、その日のうちには動物病院同士、あるいは同業種組合などのネットワークで、飼い主を調べてくれるはずだ。半泣きの飼い主が病院に駆けつけ、犬がワンワンと喜びの声をあげ、めでたしめでたしの結末となるわけだ。

だが、そんな気楽な想像が通じるのも、動物病院が開くまでこの犬が生きていればの話だ。夜が明け、九時に動物病院が開くとして、あと五時間半はある。

仮にそれまで息をしていたとしても、それ以前の話として、おれはこの黒犬の飼い主の存在自体を疑ってかかっていた。

畑の中で見つけたときから不思議に思っていたのだが、これだけの大型犬なのに首輪がなかった。それだけのことなら、普段は犬舎の中で飼っていて散歩に連れ出すときだけ、首輪をつけるということも考えられる。しかしこの体格の犬なら、控えめに見ても一日に一時間ほどの引き運動は必要とする。筋肉の引き締まり具合から見ても、日常的に体を動かしているはずだ。ところが、抱きかかえる前に首筋を撫でたとき、その引き痕は感じられなかった。毎日それだけの時間首輪を付けていればついているはずの、毛の磨り減りというものがなかった。

もうひとつ。

畑を横切って、この黒犬はどこに行こうとしていたのか？　しかも瀕死の重傷を負った身で。これもふつうなら、飼い主の元に戻る途中だったと考えるのが自然だ。

だが、あの一帯には人家はない。平地にはずっと畑が広がり、さらにその先の愛宕山《あたごやま》という小高い丘の上にぽつんと展望台があるだけの土地だ。何度も——その時々に付き合っていた女の子と性懲《しょうこ》りもなくドライブをしに来たのだが——屛風ヶ浦から展望台を抜けてここに来たことがあるので、この記憶には自信があった。

だとしたら、やっぱり野良犬なのか？　そう思ってはみたものの、この想像にも納得のいかないものを感じる。気になるのは、その体格と毛並みだった。

昔、親に買ってもらった犬種図鑑で読んだことがある。もともと日本の犬は、秋田犬や土佐《とさ》犬を除いて、紀州犬、四国犬、甲斐《かい》犬など、スピッツ系の中型犬がその源流となっている。しかも秋田犬だって、あの大きさになるまでには、かなり洋犬の血が混じっているのだ。土佐犬などは、その比率がもっと大きい。

当然、野良犬たちも体格的にはその流れに入ってくる。しかも、雑多な犬種と交配を重ねた結果、毛色はぼうっとした中間色が多く、外見的に目立った特徴も持っていない。

ところがこの黒犬ときたら、一度見たら忘れようもないほど、はっきりとした特徴があった。まずは均整の取れたその体格だ。パワフルで、筋肉が至るところで隆々と盛り上がっており、体高、脚の大きさ、いかついごつごつとした面構え、全てにおいて巨大で、明らかに洋犬の濃厚な血が感じられる。

それから、毛質とその色。全身の大部分が、まるで黒檀《こくたん》のような真っ黒い短毛に覆われていたが、それとは対照的に、上唇から始まり下顎・首筋を通って胸元の下をかいくぐり、下腹に至るまでの部分は、くっきりとした黄褐色の毛で包まれている。左右の眉の部分と四本の足首から先も、そこだけ黒を脱色したように黄褐色だった。さらに、首下と肩口から胸元にかけて渦巻く、鬣《たてがみ》のような剛毛もある。

これほどの目立つ特徴は、明らかにそれを目指した人為的な配合でしか出現してこないはずだ。例えば、ボクサーやドーベルマン、ブルドッグのようにだ。

おれの思考はしばらくの間、堂々巡りを続けた。

野良か、それとも飼い犬か――それによって担ぎ込む先が違ってくる気がした。

これが飼い犬だった場合、この市内の動物病院に処置を頼めば、おそらく一日も経たないうちに飼い主まで探し出してくれるだろう。だが、野良犬だった場合、ここの病院に担ぎ込むのは得策ではない。傷の大きさからして、処置を受けてもすぐに動ける体になるとは、まず考えられない。術後の入院ということにでもなれば、おれは地元から何回かここまで通う羽目になるだろう。入院しないで済まされるとしても、その後の傷の経過を見せるため、しばしば通院することになる。そうなると、今後のおれ自身にとってもかなりの負担になる。挙句、飼い主不在で保健所のガス室送りになるかも知れなかった。

また、黒犬の傷の具合を最優先に考えれば、別の可能性も考えられないことはなかった。

つまり、銚子では動物病院は夜間はすべて閉まっているが、首都圏でも果たしてそうなのか、ということだ。

特に今おれの住んでいる都下のベッドタウンは、ペット産業にとってはかなり大きなマーケットだろう。おそらくはその手のクリニックも無数にある。朝早くから夜遅くまで忙しく働き、なかには真夜中しか動きの取れない飼い主のために、夜間も対応してくれる動物病院が存在しているかもしれない。

ここからおれの街まで、この深夜だと三時間弱——ここで動物病院の開くのを待って五時間半もぼうっとしているより、地元で救急対応の病院が見つかった場合は、処置までの大幅な時間の短縮にもなる。

そんなことを考えているうちに、おれの腹は決まった。

よし、そうしよう。なに、飼い主がいたって構うものか、と。

結果的にせよ、こんな大型犬を夜に放し飼いにしてしまうような間抜けな奴なのだ。おれの地元の動物病院まで担ぎ込み、術後の犬の経過は自宅と病院との往復でその様子を見ればいい。その間にこちらの動物病院に連絡をして、飼い主から捜索願が出ているかどうかを調べればいいだけの話だ。

もし飼い主が存在すれば、回復ぶりを見てしかるべき時期に届けにくればいい。もし存在しなければ、復調を待ちながら、あらためてこの犬をどう扱うかを考える。

そう。後のことは後のこと。そんなもんだ。人生いつだって先々までは見通せない。

腹が決まるとすぐに行動を開始した。そのとき、おれは市街中心地からやや西寄りにいた。運転席に乗り込み、コンソールボックスの脇に立てかけていた地図を取り出した。

ここからだと、356号線を香取《かとり》市目指して北上し、途中の佐原《さわら》香取ICから東関道に乗り、湾岸経由の都内行き――それが最短ルートだった。次いで、後部座席を振り返った。

黒犬は、相変わらず寝転がったままだった。

――たどり着くまでにもし出血で死んだとしても、頼むからおれを恨《うら》まないでくれよ。

エンジンをかけつつ、密かにそう思った。

夜明け前の高速道路は、ガラガラかと思いきや、意外に交通量はあるものだ。

もっともそのほとんどが、深夜から朝方にかけて距離を稼ぐトラックではある。

おれもまた急いでいる。長距離トラックの騒々しい十六輪タイヤと共に、東関東自動車道を時速百四十キロ前後で巡航する。

大人になるにつれて分かった。子どものころ憧《あこが》れていた長距離トラックの運転手。だが、現実の彼らはいつも納期と距離に追われている。この不景気の時代ならなおさらだ。トラック運転手に限らずみんな何かに追われている。営業マンはノルマに追われ、デイトレーダーは株価に追われ、独身女性は婚期に追われ、そうして結婚した男の大半は、出世と家のローンに追われる。

『ライフ・イン・ザ・ファスト・レーン』

イーグルスの古い歌にも昔あった。

駆け足の人生。どいつもこいつも人生を生き急いでいるように見える。おれも今は、後ろの犬の生き死にに追われている。

だが、本当にそうなのか。

本当に何かに追われているのだろうか。

酒々井《しすい》パーキングで休憩を入れた時点で、まだ黒犬が息をしていることは確認していた。五時半には葛西ＪＣＴを北に折れ、首都高に入った。うっすらと東の空が白み始めていた。ヘッドライトからポジションランプに切り替える。

新井宿で下道に降りたのが六時少し前だ。

酒々井パーキングで、携帯のサイトを使ってすでに地元の動物病院は調べていた。住宅街へと続く幹線道路を走っている途中で、一度クルマを止めた。携帯のブックマークを呼び出す。

今の自宅からそう遠くない場所に、二つあった。

一軒目——。

おれはじっとしたままコール音が鳴るのを聞いていた。が、たっぷり一分以上待ってから、電話を切った。

祈るような気持ちで、二軒目をダイヤルした。

五回目、六回目……ようやく十回目のコールで相手が出た。朝の六時。当然だが、眠たげな女性の声だった。声質からして、そんなに若くはない。おれとどっこいぐらいか。

「朝早く、すいません。相沢《あいざわ》動物病院さんですか」

ええ、そうです——答えが返ってきた。おれはやや早口で犬の状態を説明した。

ややあって、そんなおれの口調を押し止《とど》めるような女の声が響いた。

「失礼ですが、私どもの病院の所在地は、お分かりですか?」

分かっています、とおれは答えた。

「今、どちらからおかけですか」

自分のいるおおまかな場所を告げた。

「そこからですと、十分ほどでおいでになれますね」女は言った。「それまでにできるだけの準備をしてお待ちしていますから、気をつけてお越しください」

「ありがとうございます」

電話を切り、エンジンに火を入れる。

朝靄《あさもや》の中に浮かんだ前方の信号は、まだ黄色い点滅を繰り返していた。

自宅の近所に、雑木林を切り拓き、最近造成された宅地がある。その区画の外れに、まだ上物《うわもの》がほとんど建っていない更地《さらち》があった。

目当ての病院は、その更地にぽつんと一軒だけ建っていた。いかにも個人経営のクリニックといった様相で、病院の後ろが居住用住宅となっているようだった。

玄関前の駐車スペースにクルマを停め、まだカーテンの引かれている扉脇のブザーを押した。

室内に明かりが灯り、片側のカーテンが開くと、ガラス越しに三十代半ばの女の顔が映った。明らかに起き抜けだと分かるその表情から、先ほど電話に出た相手だと見当をつけ、軽く頭を下げる。

女がカーテンを両側に開けている傍から、よれたTシャツ姿の男が現れた。カーテンの帯を結び、ガラス戸を開錠している女が小学生に見えるほど、その男は大きかった。巨漢と言っていい。四十前後、ややふとり気味だ。髭面にメタルフレームの眼鏡をかけ、後頭部の寝癖のついた髪が、何本かあさっての方向を向いていた。

ガラス戸が開くなり、男はやや充血気味の目をおれに向け、笑いかけた。

「どうも、こんななりで」

男はわずかに両手を開いてみせた。

ごく自然な、くだけた感じ――。おれもつられて笑った。悪い男ではなさそうだった。少なくとも連れてこられた犬を、飼い主へのご機嫌取りに『ワンちゃん』などと口走るタイプではないように見受けられた。

「犬は、クルマの後部座席にいます。さっそくですが、見てやってください」

おれがクルマのドアを開けると、男は入れ違いに車内に首を突っ込んだ。おれもまたレガシィの反対側に回り、後部ドアを開けて犬の様子を覗き込む。後部座席にぐったりと横たわっている黒犬。医者は一瞬、怪訝《けげん》そうな表情を浮かべた。しかしそれも束の間のことで、すぐに元の表情に戻り、黒犬の背中に掛けておいた二枚のトランクスをゆっくりと剝ぎ取った。

「――ふむ」

傷口を一瞥するなり、獣医はつぶやいた。幸いなことに、傷口からの出血はほぼ止まっているようだ。

「ふむ……」

それからおれを見上げた。

「どうやって、こんな大型犬をクルマに載せたんです」

「どうやってって……むろん、抱え上げてですよ」

「それは、大変でしたね」男は笑った。「でも、もう一度やってくれと言われたら、あなたもお困りになるでしょう」

おれも苦笑してうなずいた。

獣医は、玄関先で成り行きを見守っていた女性に声をかけた。

「紀子《のりこ》。診察台の下から、担架《たんか》を持ってきてくれ」

この男のカミさんなのだろう、紀子と呼ばれた女性は軽くうなずくと、足早に建物の中へ消えた。

「どこで、見つけたんです」

「銚子ですよ」

「え?」

「銚子です。千葉の、犬吠埼の」

獣医は呆れたような表情を浮かべた。

「わざわざここまで連れてきたんですか」

おれは正直に答えた。

「草むらからふらりと出てきた出会い頭《がしら》に、おれのクルマが擦ったんです。この傷の上に、骨折まで負わせたかもしれない。捨て置くわけにもいかんでしょう」

なるほど、というように獣医はうなずいた。目元がかすかに笑ったような気がした。

夫人が、両側に棒のついた布製の担架を持って建物を出てきた。獣医はそれを受け取ると、ふたたびおれを見た。

「すいませんが、手伝ってもらえませんか」

獣医は担架の片方の取っ手を、後部座席のシートの上に置いた。反対側の取っ手をおれが持ったのを確認すると、黒犬の後肢付け根に両腕を滑り込ませ、ずるずると担架の上に引きずり出した。

「じゃあ、一緒に建物の中までお願いします」

担架の両端を持った獣医とおれは、ゆっくりと建物まで進んだ。一度手元に視線を落とすと、黒犬はいつの間にかうっすらと目を開けていた。

玄関前の階段を上り、夫人が閉まらないように押さえ込んでいるガラス戸から中に入る。

途端だった。

無数の咆哮《ほうこう》が室内に響き渡った。

奥の壁一面に、いくつものケージが積み重なるように設置してあった。檻《おり》の中にいたペットたち——おそらく飼い主から預かっている犬や猫なのだろう——が、急に騒ぎ出したのだ。金網越しに見える動物たちはみな、一斉に全身の毛を逆立て、牙を剝き、唸り、吠《ほ》え声を上げ、狭い鉄柵の中で猛《たけ》り狂っている。その波動に、檻全体の構造が共振を起こしている。こちらに向かって凄《すさ》まじい敵愾心《てきがいしん》を剝き出しにしている。

おれは担架を持ったまま、呆気《あっけ》にとられて二人を交互に見た。正直言って、動物がこれほどの敵意を剝き出しにする場面には初めて遭遇した。束の間、獣医も困惑気味の表情を浮かべ、夫人も驚いたように立ち尽くしていた。

治療室に入り、ドアを閉めても、廊下からの吠え声はつづいていた。

黒犬が乗った担架を診察台に下ろし、おれは聞いた。

「あの騒ぎは、なんです？」

「血の匂い、ですかね」黒犬は浅い息をつづけている。その状態をちらりと見遣った後、獣医はつぶやいた。「それにしては騒ぎ過ぎのような気もしますが……」

そのあとの言葉を飲み込み、ハンガーに掛けてあった白衣に袖を通した。診察台にかがみ込むと、もう一度傷の具合を見始めた。

部屋の隅にあるデスクに、パイプ椅子《いす》が立て掛けてあった。おれはその椅子を開き、腰掛けた。

「やはり、人にやられたものですか？」

獣医はうなずいた。

「ナイフとか、そんなもので切り付けられたんでしょう」そして、急に伝法《でんぽう》な口調になった。「とんでもねぇ罰当《ばち》たりもいたもんだ」

それから獣医の視線は、犬の頭部に移動した。鼻の上に手をかざすような素振りを見せた。が、薄目を開けたままの黒犬は、ちらりと瞳を動かした以外、特に反応を示さなかった。獣医は黒犬の片目にペンライトを当て、下まぶたを指先で引っ張るようにして、その瞳を覗き込んだ。それでも黒犬はじっとしていた。

しばらくして腕を引き、おれを振り返った。

「見つけたのは、いつ頃ですか」

腕時計を見た。六時二十分。

「かれこれ、四時間近く前ですね」

獣医は感心したようにため息をついた。

「瞳孔の大きさにも、特に異常はありません。たいした生命力ですよ」

夫人が手術器具を載せたワゴンを獣医の近くまで押してきた。

彼女はそのトレイの上から、栄養剤の点滴によく使う半透明の液体の入った四角い袋を取り出し始めた。だが、獣医は首を振った。

「後でも、おそらく大丈夫だ」彼は言った。「それより早めに処置を済ませよう。骨折の疑いもある。先に、触診《しよくしん》で軋轢音《あつれきおん》のチェックをする」

夫人はその言葉を受け、診察台の反対側に回り込んだ。首と尻に両手を伸ばし、そっと触れるようにして黒犬の前後部を押さえた。いつの間にか、廊下からの吠え声はやんでいた。獣医は犬の体に耳を近づけ、両手指先で、まずその肩口をじわりと指圧した。犬からの反応はなかった。それを確認した獣医の太い指先は、黒犬の毛の表面を移動していった。肩口から前肢、首筋から胸部、脇腹から大腿部へと移動し、それぞれの箇所で数回ずつ指圧を試みた。

いずれの箇所の指圧にも、黒犬は反応を示さなかった。獣医はおれを振り返った。

「特に、骨折の疑いは無いですね」彼は言った。「普通こうやって触診すれば、骨に罅《ひび》が入っているだけでも必ず犬は痛がりますし、骨折していれば、コリコリという軋轢音もかすかに響いてくるものです」

そして髭面に笑みを浮かべた。

「良かったですな」

おれも曖昧にうなずいた。確かにこれで、黒犬に擦った引け目が少し、なくなった。

「傷口がほぼ乾いて、かなりの部分に凝血《ぎょうけつ》が出来ています」獣医は言った。「洗浄した後に、取れにくい部分をこそいで、縫合しますから」

トレイの上から透明な液体の入ったアンプルを手に取り、ピックでその縊《くび》れた部分を切り割った。小振りな注射器にアンプルの中身を吸い上げ、目元まで引き寄せて針先から液を一雫溢れさせた。だが、その注射器の中身は、どう見ても十ccにも満たない。

物珍しさも手伝い、つい、聞いてみた。

「部分麻酔ですか」

獣医は首を振った。

「全身麻酔ですよ、これでも」彼は言った。「大型犬でも、五ccもあれば充分です。これを前肢静脈に打てば、針を抜く頃にはころりと眠りに落ちてます」

言葉どおりだった。前肢に針が刺さった瞬間、黒犬はピクリと体を震わせて頭部を上げかけたが、獣医は構わずに中身を一気に注入した。直後、その頸部が診察台の上にかくりと崩れ落ちた。本当に一瞬だった。やはり人間と犬とでは、薬物に対する免疫力が格段に違うのだろう。

獣医はおれに聞いてきた。

「何か、食べ物は口にしましたか」

「ミルクティーを少し」

「それを、もどすようなことはなかったですね」

おれはうなずいた。獣医は黒犬の上唇を指先で捲《めく》り上げ、その歯茎にじっと見入った。

「きれいなピンク色をしている」獣医は夫人につぶやいた。「特に循環不全も、見られないようだ」

それからおれを見た。

「内臓系の損傷や、体腔内の出血も、心配なさそうですね」

獣医は両手にゴム手袋をはめ、口にマスクをした。片手で傷口を押さえながら、もう片方の手に剃刀《かみそり》を持った。

その構えに、盲腸で入院したときのことを思い出した。高校二年だった。剃毛《ていもう》——度胸付けのための若い看護師に、陰毛近くを剃《そ》られた。相部屋だった親父たちの冷やかしも気になって、ひどく恥ずかしかったものだ。

むろんそのときの手慣れない看護師などとは違い、獣医は傷口周辺の黒い毛を、実に要領よく剃っていった。

数分で剃毛が終わると、次の処置に移った。

滅菌ガーゼに消毒液をふんだんに染み込ませると、片手で頸部を押さえ、傷口を拭《ぬぐ》うようにして洗い始めた。すぐに一つ目が真っ赤に染まり、二つ目のガーゼに消毒液を含ませる。

二つ目のガーゼをゴミ箱に捨て、三つ目のガーゼを取り出したときに、獣医と目が合った。

「これ、飼い犬なんでしょうかね」

おれは聞いた。

「分かりませんな」

ガーゼに消毒液を含ませながら、獣医は答えた。マスクのせいで声が多少くぐもって聞こえる。

「正直言って、クルマの中でこの犬を見た瞬間には、飼い犬に間違いないだろうと踏んでいました。大型犬で、しかもこれだけはっきりとした外見的特徴を持つ野良犬は普通存在しないものですし、第一、今の日本には野良犬が生きていける環境なんて、殆どありませんからね」

「じゃあ、なぜ今は分からないと？」

獣医は、目尻を苦笑まじりに緩ませた。

「いくつか、腑《ふ》に落ちない点があるんですよ。今はこれですし——」と、自分のマスクを指さし、「話し出すと長くなりそうですから、またあとで」

そう言って、再び作業に戻った。

脇で獣医の様子を見守っていた夫人が、クリップボードを片手におれの前までやってきて、控え目な笑みを浮かべた。

「すいませんけど、こちらにご記入願えませんか？　分かる範囲で結構ですから」

差し出されたボードに添付された書類は、問診票のようなものだった。飼い主の住所、氏名、年齢、職業欄の上枠がひとかたまりのワンブロック、その下は、犬についての記入欄だった。犬種、雌雄《しゆう》、年齢、症状、などなどだ。

まず住所と電話番号を書き込み、続く項目に順にボールペンを走らせた。太刀川要《たちかわかなめ》。おれの名前だ。年齢は三十三。職業――少し迷ったが、自営業、とだけ書き込んだ。下枠の犬の欄。犬の名前――パス。雌雄――下腹部の立派な突起物を思い出した。雄にマル。年齢――不明。おそらく成犬。症状――肩口から脇腹にかけての創傷と、打撲。犬籍簿《けんせきぼ》への登録と、その所属団体――不明。

一通り書き終えて、夫人に手渡した。

「近くに、お住まいなのですね」

おれはうなずいた。

「歩いても、十分ぐらいなもんでしょう」

診察台を見ると、獣医はメスのようなものを片手に、魚の鱗《うろこ》をこそぐような手つきで傷口の処置を続けている。ぴったりと縫合するために、傷口の凹凸を無くしているのだろう。

やがてその作業が終わると、もう一度ガーゼで傷口を拭き取った。

「新鮮創の処置は終了」獣医はつぶやくと、夫人を見て片手を伸ばした。「縫合」

脇にいた夫人は、その手のひらに、黒い糸を通した針とピンセットを手渡した。獣医はそれを手に取ると、傷口に針を通し始めた。素人《しろうと》のおれが見ても、手早い動きだった。もっとも、あまりモタモタやっていると、傷口が乾燥してくるからかも知れなかった。

傷口の最後の部分を縫い合わせると、余った糸を鋏《はさみ》でぷつりと切り取った。

次いでトレイの上からグリースのような軟膏《なんこう》を取り出し、それを縫合済みの傷口の上に塗っていった。

そこまでが終わると、両手からゴム手袋を外し、マスクを取った。

「念のため、栄養剤を点滴しておきましょう」

下部にチューブのついた四角い袋を、夫人が手に取った。それを診察台横のハンガーに吊り下げ、チューブの先の針キャップを取り、獣医に渡した。

獣医は黒犬の大腿部の毛を掻《か》き分け、その皮膚に注意深く針の先端を差し込んだ。それを確認した夫人は、チューブの中ほどにあったつまみを緩めた。それから血のついた医療道具をトレイごと別室に運んでいった。

腕時計を見た。六時五十分だった。

獣医はこちらに近寄ってくると、おれが記入したクリップボードを手に取った。内容にざっと目を通すと、白衣のポケットに手を突っ込み、名刺を取り出した。つられておれも立ち上がった。

「どうも、自己紹介が遅れました」

立ち上がって受け取った名刺には、相沢動物病院、院長・獣医師——相沢正《ただし》、とある。

「院長とは言っても、このとおり女房と二人だけのちっぽけなクリニックですが」そう軽く笑い、再びクリップボードを見た。「……太刀川さん、ですか？　どうぞお座りください」

おれは再びパイプ椅子に、獣医は隣のデスク椅子に腰掛けた。

「大変だったですな。あなたも朝早く、わざわざ遠方から」

「まあ、そうでしたね」

「点滴は三十分ほどで終わりますが、もし良かったら、その間に先ほどの話の続きをしましょうか？」

「ええ、是非」

相沢獣医はしばらく思案をしたのち、口を開いた。

「腑に落ちない、とは言っても、あくまで推測でしかないんですが……」そう前置きをした後で、話を始めた。「この犬の持っている雰囲気というか、そんなものが、どうも人に飼われていたような感じではないのですよ。——まず、飼い犬にしては首輪が付いていないし、頸部に首輪をされていた形跡もない。犬舎に入れているときは外していたにしても、この犬のサイズに必要な散歩時間や運動量から考えれば、多少とも痕が残っていてもおかしくないわけです」

これは、おれが考えていたこととほぼ同じだった。

「それと、この犬には、およそ人に対する畏《おそ》れ、というものが見受けられないように思えます。体力が限界近くまで来ていて、とてもそんな恐怖を感じる余裕などなかったのかも知れませんが、通常、怪我をして連れてこられた飼い犬は、診察台に載せられただけで、かなりの不安を感じるものです。どんな大型犬でも、まずたいがいの場合は目をキョロキョロさせますし、大多数の犬は何をされるのかと思い、小刻みな震えを起こします。飼い主の仲間としての人間を、意識しているからです。自分より知能が上の存在として、畏れているからです。なかには、全身をガタガタ震わせながら、小便を漏らしてしまう犬もいるほどです。ところがこの犬は、全くといっていいほど周囲に無関心のように見えましたね」

「しかし、さっき相沢さんも言われたとおり、これだけはっきりした特徴を持つ犬が、野良犬とは考えにくいんじゃないですか?」

するといい、獣医は頭を掻いた。

「それも、腑に落ちない点なんですよ」

「とは?」

続いて顔をしかめた。

「分からないんです」

「え?」

「確かにこの犬には、一目見ただけでも分かるほど、はっきりとした特徴があります。私もこの仕事を始めて十五、六年になります。少なくとも個体を見た瞬間にその犬種を判別できるぐらいの経験は、積んで来たつもりです。しかしこの犬の種類は、処置が終わった今になっても全く分からない」

「はあ」

「明らかにマスティフ系のゴツゴツした面構え。大部分が黒い短毛に覆われ、口吻《こうふん》と両眉、それに胸元から腹部にかけてが黄褐色――一瞬、ロットワイラーかとも思いましたが、それにしては肩口から胸元にかけての波打った長毛が気になる。まるで鬣です。尾も同様の長毛で覆われている。そこだけ観察すると、レオンベルガーのようにも見えます。あるいは、その二犬種の掛け合わせか」

ロットワイラー、レオンベルガー……具体的にはよく知らなかったが、その犬種名はどこかで聞いたことがあった。

そんなおれのわずかな戸惑いを読み取ったのか、獣医は脇のデスクの上から、一冊の大きな本を手に取った。分厚い、ハードカバーの犬種図鑑だった。パラパラとページを捲《めく》ってゆくと、ある箇所の見開きを大きく広げ、おれのほうに上下を入れ替えて差し出した。

獣医の示すページの右下に、黒い短毛で覆われ、所々に黄褐色の入った大型犬が載っていた。見るからに頑丈そうな顎周りと、太い首。均整の取れた全身に、見事な筋肉の隆起が見てとれる。なるほど見れば見るほど、診察台の上の黒犬に、全体から醸《かも》し出す雰囲気がよく似ていた。

「これが、ロットワイラーです。原産国ドイツの近世では、キャトル・ドッグ――つまり牛追い犬だった履歴を持ちます。元々は、ローマ帝国がゲルマン人を攻めようとアルプス越えをしたときに連れて行った戦闘用のマスティフが、ドイツのロットワイル地方に住み着いたのが始まりだと言われています。源流が戦闘犬だっただけに、力も恐ろしく強く、頑健で、高い防護能力を持っています。有名なドーベルマンなども、この硬性の犬種から派生して作られました」

続いて獣医は、次のページを開けた。

「これが、レオンベルガー」

獣医の指している犬種は、ロットワイラーの全身に、ふさふさと栗色に波打った被毛《ひもう》を付け加えたような犬だった。特に襟首には、鬣のような長い毛が渦を巻いている。全体から受ける印象はひどく柔和な感じだった。もう少し体毛が短くて太っていれば、セントバーナードに似ていると言えないこともなかった。

「ロットワイラーと同じくドイツの大型犬ですが、性格は温和そのもので、滅多なことで攻撃的になることはありません。作り出された初期の頃から使役犬としての役割は皆無で、いわゆるコンパニオン目的の軟性犬だったからだろうと考えられています。一八〇〇年代に、レオンベルク州の議員がライオンに似た優美な犬を作ろうと、ニューファンドランド、セントバーナード、ピレニアン・マウンテンドッグなどを掛け合わせて作出《さくしゅつ》したのが、この犬種です」

獣医の説明はなかなか面白い。外見の特徴はおれが写真を見ていることですっ飛ばし、その犬種の生まれた歴史的背景や要因から来る性格づけを、無駄なく説明してゆく。商売柄もあるのだろうが、何も見ないでここまで来歴を諳《そら》んじられるのは、犬という生き物をよほど好きだからなのだろう。時おり思うのだが、好きなことを仕事や商売に出来る人間は、幸せなものだ。

もっとも、夢中になっていたはずの仕事に様々な事情からしだいに倦《う》んでゆき、いつしかその情熱が色褪《あ》せてしまった人間も、世の中にはごまんといるが……。

図鑑を手に取り、前後するページの二犬種を見比べた。確かに獣医の言うとおり、この二つの犬種を交配すれば、目の前の黒犬のような個体になる姿がぼんやりと想像できた。

「――しかし、です。仮にこの二つの犬種を掛け合わせたとしても、必ずしも双方の特徴がはっきりと現れてくるとは限りません。双方のいいとこ取りをしようと思っても、なかなかそう上手《うま》くはいかないものですからね。気の遠くなるような手間暇をかけて交配を繰り返し、ようやく目指すべきスタイルに近づいてくる。それが、犬種開発の仕事ですから」

さすがに話し疲れたのか、ようやく獣医は一息入れた。

「で、私の知っている限りでは、少なくともこの日本には、そこまでの資金力と規模を持っているブリーダーは、存在しないように思います」

おれは首をかしげた。

「つまり、どういうことです」

不意に、獣医は破顔した。

「結局は、よく分からんということですわ。あれこれ推測をしてみてもね。これだけ御託《ごたく》を並べ立てた後で、こんなこと言うのもなんですが」

おれも笑った。笑いながら図鑑を閉じた。

「なるほど」

獣医は犬種図鑑を手にとると、デスクの上に戻した。

「この傷ぐらいだと、完治するのにどれくらいかかりますか？」

「通常、十日から二週間ですね」獣医は答えた。「抜糸すれば、すぐに元気に走り回れるようになりますよ」

「そうですか」

「で、これから、どうされるんです？」

「……とりあえず、まずは飼い犬だった可能性を当たってみようとは思っていますが」

獣医はうなずいた。

「犬が見当たらなくなった場合、飼い主が一番に連絡するところが、その地域を管轄する動物保護センター、いわゆる保健所です。もし飼い主がいたとしたら、今日ぐらいは戻ってくるのを待つかも知れませんが、それでも明日か明後日《あさって》には届出をしてくるでしょう。だから、私のほうで——そうですね、明後日あたりに、一度所轄のセンターに問い合わせを入れてみますから」

「ありがとうございます」

獣医は軽く吐息をついた。

「ただ、飼い主が見つからなかったときのことも、考えておかなければなりませんね」

そう言って、じっとこちらを見た。おれは言った。

「正直言って、そこまで考えている余裕はなかったですね」

獣医は笑った。

「でしょうな」彼は言った。「まあ、それは、そうなったときに考えるとしましょう」

おれはまた笑う。そうなったときは、そうなったときのこと。分かっている、と感じる。

獣医は再びクリップボードに視線を落とし、妙な質問をしてきた。

「お住まいは、集合住宅ではないようですね？」

住所の末尾を見れば分かることだった。

「ええ」おれは答えた。「一軒家を借りて住んでいます」

「家族に、小さなお子さんとかはいらっしゃいますか?」

「いえ、一人暮らしです」

「なるほど」獣医はうなずいた。「基本的な処置は終わっていますから、ご自宅に引き取っていただくことも可能ですが、どうします?」

「とは?」

「つまり、この犬をうちに入院させますか?」

「できれば」

「動物の手術には保険がないものですから、今の治療費だけでも四万はいきます。このうえ入院させるとなると、さらにお金がかかりますよ」

「構いません」

獣医は再び目元で笑った。

これからのことをしばらく話した後、診察室を出て、受付前のソファに腰を降ろした。途端に、廊下奥のケージの中から、一斉に唸り声が聞こえ始めた。振り向くと、柵越しにこちらをじっと見つめている犬たちの、無数の視線にぶち当たった。最初にここに入ってきたときほどではないものの、いずれの犬からも、明らかに敵意と警戒の様子が感じられる。

何故だろう。再び強い違和感を持った。

ペットには、動物嫌いな人間とそうでない人間を見分ける嗅覚がごく自然に備わっているという。相手の身振りや目つき、雰囲気などから、自分にとってどういう存在なのかをほとんど直感的に察知するのだ。そしてたいがいの場合、それは当たっている。だが、おれはべつだん動物嫌いではない。どころか、実家で飼っていたボクサーを、幼い頃からい遊び相手にしていたぐらいだ。それなのに、ここの動物たちはみな、おれに冷たい視線を投げかけてくる。

伝票を持って受付に出てきた夫人も、ケージの中の唸り声に、怪訝そうな顔をして廊下の奥を見た。

「すみません……何故か、また興奮しているみたいですね」

伝票の金額は、四万七百五十円だった。それほど手持ちが無かったおれは、カードでもいいかと聞き、彼女はそれで大丈夫ですと答えた。

精算を済ませている間も、居心地の悪さは相変わらずだった。カードを受け取ると、そそくさと病院の外に出た。

午前七時半。太陽は既に空の高い部分まで上がっていた。

エンジンを掛け、眠い目をしばたかせながら、家に向かって帰り始めた。

【J・壱】

蝶《ちょう》はいい——。

私は、この小さな生き物が好きだ。

蝶は自分が生きていくために何も殺さない。

花や木を求めてひらひらと舞い、蜜や樹液を吸うだけだ。他の生き物を威嚇することも、蜂のように何かを刺すこともない。

蝶は、誰にも痛みを与えない。

そう。痛みだ……。

私はこの感覚を、初めて実感として分かった。

何故、参道で転んだ子どもが泣くのか。どうして、ぶたれた女が泣くのか。

それまでの私は、理屈として忖度《そんたく》はできても、実感値としてまったく理解していなかった。

小柄《こづか》……肩口から腹部までをやられた。

最初に皮膚の破れる感覚があり、裂かれた肉が一瞬で熱くなり、直後には全身を激痛が襲った。

多勢に無勢でもあった。

初めての怒り。初めての痛み。初めての恐怖。

私はその場を逃げ出した。

四肢が地面を蹴るたびに、痛みは激しくなった。

あの場所を飛び出し、森を抜け、広大な畑の中を横切ったときには、もう走る気力はなかった。腹部に激しい痛みを抱えながら、意識も朦朧《もうろう》としかけていた。

のちに知ったことだが、動物というものはみな、出血がある限度の量を超えると、視覚も聴覚も嗅覚も急激に鈍り、正常な判断ができなくなるのだという。

そう。

私も生きている動物――有機体になったのだ。

朦朧とした状態で草むらを抜け、前脚の肉球にひんやりとした地面の感触を覚えたときだ。

いきなり悲鳴のような音が聞こえ、はっと左手を見ると、まぶしい光がもう目の前だった。

光は私にぶつかる寸前、やや斜め――私の前方にずれた。

それでも直後には、鈍い痛みが全身を襲った。私は草むらの上に弾き飛ばされていた。

ダメ押しの衝撃と痛みに、束の間意識が遠のいた。

ふたたび覚醒したときには、人の気配が近くに感じられた。痛みに動くことが出来ない。それでも私の喉は、ごく自然に唸り声を上げていた。

そうだ。野良犬たちがかつてこの唸り声を上げるのを何度もこの目で見、耳で聞いた。私は今、その野良犬同然の声を上げている。

気付けば、さきほどの明るい光が私を照らしていた。

ふたたび近くに来た人間が、何かを言っている。衰弱からくるものだったのだろう、脳裏で容易に言葉の意味がまとまらない。だが、その諭すような声音には、私に危害を加える意図は感じられない。

鼻先に匂いを覚えた。

不意に、焼け付くような喉の渇きを覚えた。舐めたい。そう思った。これが、食欲というものなのか。

と、その匂いのする液体が口の中に零《こぼ》れ落ちてきた。意識しないうちに舌先が動いた。

しかし、実感値として分からない。

私が聞き覚えた言葉の、いずれに分類される味覚だろう。

甘い、それとも苦い、辛い。あるいはまずい、もしくはおいしい。

全身が弛緩《しかん》していくような味覚……。

おそらくは、甘い、だ。そして、おいしい、だろう。

祭りというもので餅《もち》や餡《あん》、飴《あめ》というものを食べていた人間たちは、いつの時代にも弛緩し切った表情を浮かべていた。

さらに強い匂いが、鼻先に漂った。

私はまだぼんやりとしていた。

人間の手のひらが目の前にあった。その手の中に強い匂いを発する液体がある。その手首、肘、肩を経て、ようやくぼやついている視界がヒトの影を捉《とら》えた。

男だ。若い。そして細面だった。眉が太く、眼窩《がんか》が窪んでいる。鼻筋が高い。

「さあ、もっと飲めよ」

その影は、ふたたび諭すように言った。

2

目が覚めると、レースのカーテン越しに西日が差し込んでいた。頭を捻るようにして、ベッド脇のキャビネットにある時計を見る。

……午後四時。

八時間近くは寝ていたようだ。帰ってきてすぐに血のついたボディカバーを浴室で洗い、床に就いたのが朝の八時過ぎだった。なんだかんだ言っても、あんなことがあった朝にこれだけ寝られるのは、健康なしるしだ。

二階の寝室を出る。階段を降り、一階の奥にある洗面所に向かう。電気剃刀《かみそり》で無精髭を剃り、顔を洗ってリビングに行った。

南面のカーテンと窓を開け、居間の中央にあるテーブルの前に座って、煙草――黄色いアメリカン・スピリットに火をつけた。

昨今、喫煙者には世知辛《せちがら》い世の中だ。飲み屋も禁煙、公園も禁煙、喫茶店も禁煙。昔はヘビースモーカーだったおれも、今では自宅以外ではほとんど吸わない。

ほとんど確実なものがない世の中を、健康のファシズムが埋め尽くしている。

『体にいいことを薦めて、何が悪い？』

あるいは、

『健康に悪いことを禁止して、何が悪い？』

それはそうだ。言われるたびに、おれは何も言えなくなる。

たしかに健康は大事だ。だが、それは人に強制するものなのか。他人への迷惑を含めてのモラルと自律の問題が、いつの間にか健康の問題にすり替わっている。

それを思うと、おれはこの国の行く末が空恐ろしくなるときがある。

原付バイクは危ない。だから交差点では、二段階左折にしよう。

タトゥーは見る者が不愉快だ。だから公務員は禁止にしよう。

あの島は日本固有の領土だ。だから国有化しよう。

やれやれ……。

正しいことと、では実際にそれをやるかどうかは、また別の問題だ。やるにしても不用意に傷口に触れれば、その痛さに相手は飛び上がる。

居間の窓の向こうに、二十坪ほどの小さな庭が見える。紫色の煙を吹き上げると、昨夜からの騒動にようやく人心地ついたような気がした。

今おれが住んでいる家は、二年前に不動産屋で見つけた。一階が十二畳のリビングと、八畳の和室。二階がそれぞれ六畳ずつの三部屋に分かれており、東の部屋から順に、仕事部屋、衣装部屋、寝室、と用途に分けて使っていた。一階の和室は空いたままになっている。一人で住むのには、充分過ぎる広さだった。

元々は持ち主の四人家族が住んでいた。旦那が転勤で長期の北海道赴任となり、空家として賃貸に出されていた物件を、おれが借りたのだ。賃料は月に十四万だった。このあたりだと、駐車場料金抜きの3DKのマンションでもそれくらいの家賃はする。手に入る居住空間の広さと付属の駐車スペース、それに今の仕事に必要な静かな環境を考えれば、お得な物件だった。

むろん集合住宅とは違い、面倒くさい一面もある。窓ガラス拭き、廊下のワックス掛け、桟《さん》や庇《ひさし》の埃取り、外壁の清掃――一人で家中を掃除すると、どんなに急いでやったとしてもだいたいは半日仕事になる。夏場は庭のいたるところに雑草が蔓延《はびこ》り、最低二週間に一度は、汗をだらだら流しながら草むしりや庭木の剪定《せんてい》をしなくてはならない。草むらや木の葉の陰にいる毒虫にうっかり指先を刺され、あっ、と毒づいたことも一度や二度ではない。おまけに町内会には半強制的に加入させられ、月に一回は、排水溝やごみ捨て場の掃除という共同作業に駆り出される。ふう。マジに面倒だ。

これが賃貸専門の物件や自分の持ち家なら、多少汚して使っても構わないと思う。だが、この家を建て、今もローンを払い、おそらくここで老後を過ごそうと考えている夫婦がいる。家族がある。やはりそれは気が引けた。

まあ、これがおれなりのモラルであり、正しさみたいなものだ。正しさなど、常にファジイでいい。

もっとも、こういった心持ちは、やっている仕事柄がそうさせている部分もある。

おれは現在、フリーの建築設計士として在宅で仕事をこなしている。

と言えば聞こえはいいかもしれないが、ある程度の経験を積んで県から事務所開設の許認可番号を取り、自宅に太刀川建築設計事務所という小さなプレートを貼り付ければ、それで受け皿は出来上がりだ。

おれの名刺には、一級建築士・太刀川要。その脇に、ここの住所と電話番号、ファックス、E-mailアドレスが刷《す》られているだけだ。

いつの時代にも——特にこの首都圏はそうだが——代々の土地を受け継いだ金持ち階級というのは掃いて捨てるほどいるもので、そういった層から贅《ぜい》を尽くした注文住宅を専門に請け負う地場の工務店が多数存在する。そうした工務店の何社かと、おれはいわば業務提携を結んでいる。

おれが仕事に至るまでのだいたいの流れは、ざっとこうだ。

まず、家を新築したいと思った施主が、いくつかの工務店に声をかける。つまり、コンペだ。少しでも自分の希望や予算に添った形で企画を出してくれた工務店に注文は下りることとなるから、どこの工務店も建物の設計図と見積もりには細心の注意を払う。だから施主からヒアリングを行う段階で、おれは工務店の社長と同席する。

帰宅し、なるべく施主の希望に添うような設計の叩《たた》き台を作り、材質を選び、耐震・耐火の基準に照らし合わせながら、実際の図面に落とし込んでゆく。

ここが、腕の見せ所だ。大まかな設計は施主の希望どおりに図面を引きながらも、その全体のバランス取りや工法・内外装の仕上げ方の取捨選択に、建築士としてのおれの経験やセンスが問われてくる。細かい作業の積み重ねで、さらに付加価値のある建物作りを目指す。トータルとして見た場合の、仕上がりの魅力を高めてゆく。結果、図面を引いた建築士によって、出来上がったコンテは全く違った様相を帯びてくる。

さて、それを他社のものと比較検討してもらい、おれの企画が通ったとする。今度はその元となる設計図から配管・空調などのさらに詳しい施工図を作成し、工務店の下請けの業者に引き渡して、おれの仕事は終了となる。

受注に成功した場合の設計料金は、落札価格の五パーセント。

つまり、五千万の上物ならおれの取り分は二百五十万、七千万なら三百五十万というわけだ。ひと月に一、二件ほどの割合で工務店からの引き合いは来ているが、いつも競合他社に競り勝つとは限らない。ここ三年ほどで、年に平均七、八件前後が、おれが競り落としている実績だった。自分で言うのもなんだが、こういったコンペ出しの成功率としては悪くないと思う。現在、必要経費を差し引いたおれの平均年収は、およそ一千五百万ほどだ。

将来の保証など何もない暮らしだが、その点は企業に勤めていても今の時代は似たようなものだ。時間的に融通の利く仕事でもあるし、特に不満のない日常を送っている。

日常といえば、おれは日々の暮らしにほとんど金がかからない。ゴルフには興味がないし、パチンコ、競馬、マージャンなど、賭け事も一切やらない。キャバクラに行って若い女を両脇に侍《はべ》らせ、散財することもない。

勤め人時代に一通り経験したことはあるが、どれもつまらない。夜明け前から起き出して栃木や群馬にあるゴルフ場に行くぐらいなら、スポーツジムで泳いだり汗を流したりするほうが性に合っているし、賭け事全搬では、以前少し手を出していた株の売り買いのほうがよっぽど面白い。わざわざ金を払ってまで色欲まみれのネエちゃんたちの戯言《ざれごと》に付き合う気にはなれないし、そこまで女に不自由しているわけでもない。

そんなわけでこの仕事を始めてからというもの、おれの収入の七割以上は常に貯蓄に回っている。この前も通帳を見たら、三千万近くあった。

そんな地味な生活で楽しいのか、と人は言うかもしれない。どうせならもう少し生活のレベルを上げ、派手に暮らしてみたらどうか、と。あるいはクルマや着る物など、もう少し贅沢《ぜいたく》なものにしてみてはどうか、と。

だが、今のところおれはこれで満足だ。べつだん自分の家を持つ必要は感じないし、無駄金を使ってまで交際の幅を広げようとも思わない。十年落ちのレガシィは今も気に入っているし、普段着ならライトオンとユニクロで充分だ。

孤独もたまには感じるが、社会に対する自分の立場をなるたけ縛りのない、常にニュートラルな状態に置いておきたかった。そうでないと、途端に周りの酸素が足りなくなるような、息苦しくなるような気がしていた。


二本目の吸い差しを手にしていた。

ひどく腹が減っているのに気がついた。考えてみたら、昨日の夕方から食事というものを摂っていない。冷蔵庫が空に近いことは知っていた。

居間を出て玄関脇の鍵束を手に取り、靴を履きかけたときに、電話が鳴った。

廊下を足早に戻り、受話器を取る。

「はい、もしもし」

「太刀川さんのお宅ですか？」

その声は、今朝耳にしたばかりだ。相沢獣医だった。

「……実は、ちょっと困ったことになってまして……」

挨拶もそこそこに済ませた獣医は、その経緯を語り始めた。

点滴を終えた黒犬を、廊下にあるケージまで運んでいこうと診察室を出た途端、再び動物たちが騒ぎ出したという。黒犬を載せた担架を、動物たちの入っている檻の近くで一旦下ろした。騒ぎはますます大きくなった。最初は威嚇と警戒だった吠え声が、明らかに怯《おび》えた声音に変わった。それでもしばらく経てば収まるだろうと思い、空いたケージの中に黒犬を入れた。土佐闘犬やマスティフ系の犬を、ポメラニアンやマルチーズの横に入れると、新入りとの体格差に恐怖を感じ、鳴き叫ぶことがたまにあるのだという。

しかし三十分経ち、一時間経っても、いっかな騒ぎは収まらなかった。犬たちの檻から病院の待合室までは筒抜けになっている。このままでは来訪する客の迷惑になると判断した彼は、ひとまず黒犬をケージごと、診察室の中に運びこんだ。部屋の隅のなるべく目立たないところに移動させ、さらにケージの上から黒い布を被せた。

これなら診察を受ける小型犬も怯えることは無いだろうと踏んだからだ。

ところが、その予想はまたしても外れた。

九時に診療が始まり、最初のお客が再診の飼い犬を連れてやってきた。

夫人によると、受付で待っているときまでは、その白い中型犬も普段どおりの落ち着いた様子だったという。だが、いざ診察を受ける段階になって、その白い犬は急に抵抗を始めた。診察室のドアが開いた途端だった。先に部屋に入った飼い主がどんなにリードを引っ張っても、白犬は廊下側の床に前肢と後肢を踏ん張り、頑として敷居を越えようとしない。慌てた飼い主がさらに強く首輪を引っ張ろうとすると、全身の毛を逆立て、牙を剝き、しまいには唸り声を上げる始末だった。飼い主と協力してなんとか診察台に上げても、白犬の興奮は収まらなかった。診察を受けている間中、ひっきりなしに唸り声を上げ、その瞳は部屋の隅にある黒い布の掛かったケージをじっと窺っていた。最初に傷口に触ったときには危うく噛み付かれそうになったと、獣医はため息をついた。

十時からの予約の犬も、さらに次に診察した犬も、似たような興奮状態を呈した。仕事にならないと判断した獣医は、遅い昼休みの時間を利用して、病院の裏手にある自宅にケージごと運び込んだ。

しかし、ここでも不具合が発生した。自宅で飼っているラブラドール・レトリバーまでもが、黒犬に敵意を剝き出しにした。日頃は滅多に攻撃的になることのない飼い犬の様子を目《ま》の当《あ》たりにして、しまいには獣医の幼い息子も泣き出してしまった……。

ここまで説明を聞いた頃には、これから獣医の言わんとすることがぼんやりと呑《の》みこめてはいた。おれに手間を取らせるようなことでなければ、ここまでくどくどと前置きする必要はないのだ。

案の定、獣医は済まなさそうに提案してきた。

「それで、ものは相談なんですが、太刀川さん、あなた、一軒家にお住まいでしたよね」

「ええ、そうですが……」

「こちらで面倒を見ると言っておいてこんなことをお願いするのも心苦しいのですが、なんとか太刀川さんのお宅で療養させてもらうわけにはいきませんか？」

おれが少し考えていると、それを拒否の予兆だと思ったのか、獣医は口早に言葉を続けた。

「むろん、術後の経過については毎日きっちりと往診させてもらいますし、犬を当座飼うための準備も、お伺いした際に、何かと手伝わせてもらうつもりです。いかがでしょうか？」

獣医の困った様子をさんざん聞かされた後だ。断りようも無かった。

分かりました、と、結局おれは言った。

「連れていらっしゃるのは、何時ごろになります？」

「もう一件診察を済ませてから出る準備をしますので、六時ごろになると思います」

その後、おれの家に犬を受け入れるためのこまごまとした打ち合わせをして、電話を切った。切るなり、思わずため息をついた。

やっかいなことになったな——正直、そう思った。

確かにこの家の敷地なら犬一匹を転がしておくスペースはあるし、おれもほとんど在宅で仕事をこなしている身だから、状況的に術後の世話を焼くことは可能だろう。

しかし、あくまで慣れ親しんだ犬の場合なら、ということだ。

おれはあの黒犬が弱りきっているところを拾ったから、その元気なときの素行や性質には皆目見当がつかない。おまけにあの体格だ。本来の体力を取り戻した時に、もし人の言うことを聞かない凶暴な犬だったりしたら、七面倒くさいことになる。

もう一つ、おれの気持ちを暗然とさせていることがあった。

動物病院にいたときから気になっていたのが、黒犬に対するペットたちの、あの見事なまでの拒絶反応だった。しかも獣医の話では、おれがいなくなった後もパニック状態は続いたということだ。

おれたち人間のように、脳の前頭葉《ぜんとうよう》だけが異常に発達して他の部分が退化してしまった動物と違い、彼ら犬猫はヒトに飼われているとはいえ、まだ原始的な本能を十二分に備えている。そんなペットたちが一様に騒ぎ出したのは、あの黒犬が尋常な気質ではないからだという気がしてならなかった。

おれは玄関に戻ると鍵束を取り、靴を履いた。玄関のドアを閉め、脇の駐車スペースに行ってクルマに乗り込んだ。獣医がやって来る六時までに、受け入れの準備をしておく必要がある。

十分後、バイパス沿いにある大型ホームセンターに到着した。買い物籠《かご》を入れたカートを押してペット用品コーナーに向かった。

電話口で打ち合わせたとき、一旦預かった犬を戻してしまう引け目もあったのか、獣医はおれにこう言った。

いつまであなたの家に居るか分からない犬ですから、首輪やリード、組み立て用のケージ類などはわざわざ購入することはありません。こちらの備品を提供させてもらいます、と。ただ、犬用の食べ物に関しては、そちらで手配してもらいたい、ということだった。

さて、ドッグフードの並んだ陳列棚を見た途端、おれは思わず仰《の》け反《ぞ》りそうになった。延々と続くそのワンブースそっくりが、全てドッグフード商品だったのだ。フリスキー、ペディグリー、デリシャスカット、シーザー、アルポ、ビタワン、シスコ、愛犬元気、ソフト——ブランド名だけでも、ざっとこれだけのものが目の中に飛び込んできた。凄まじいほどの種類と量だ。さらにそれぞれのブランドごとに、味付けのラインナップも様々だ。チキン味、ビーフ味、お野菜たっぷりバージョン、小魚カルシウム豊富……中にはひな鳥レバー水煮なんていう、おれには意味不明のやつもある。付け加えるに、それらが袋詰のドライタイプ・半生タイプ、缶詰のウェットタイプに分かれ、おやつ用のジャーキーなんぞも、ささみタイプ、骨付きタイプ、ビーフタイプ……いやはや、至れり尽くせりだ。

鶏が先か。卵が先か。

世の中には商品にしろ、情報にしろ、とにかく必要以上のものが溢れ返っている。自由主義経済の原則だ。買ってくれよ、見てくれよ、味わってくれよ、と、絶え間なくがなり立ててくる。おれたちはそれに振り回され、さんざん迷った挙句、無駄金を使う。

自由とは、選択する責任でもあるようだ。

仕方なしにどれが今の黒犬にとって一番いい食材かを吟味してゆく。

あの黒犬。人間の病人を想定して考えた。重病人なら、まあイメージ的には流動食に近いものだろう。ドライタイプは、パス。半生か、ウェットタイプ。

結局、それ以上はどれがもっともいいものか見当もつかず、半生タイプのビーフ味袋詰を一つ、チキン味、小魚カルシウム、レバー水煮、お野菜たっぷりの四種類の缶詰を、籠に放り込んだ。どれか一つぐらいは、口に合うものがあるだろうと思った。それと、念のため、骨付きジャーキーを一袋……。

ふう――なんだかんだ理屈をこねてみたって、最後にはこういうことになる。

常に世の中に溢れている〝過剰〟。

人間、自分にとって本当に必要なモノは、そんなに多くはない。

まあ、それはいい。

レジで精算を済ませ、クルマに乗り込む。

腕時計を見た。五時五分過ぎ。ホームセンターを出て、同じバイパス沿いにあるスーパーマーケットに行った。カートを押し、野菜コーナーから順に、今度は自分用の食材を目につくものから籠にぶち込んでゆく。

にんじん、ズッキーニ、豆腐、アボカド、ししゃも、鶏肉、牛乳――急いでいるとはいえ、我ながら見事に統一感がない。

最後に惣菜コーナーに行き、弁当とポテトサラダを手に取った。獣医が来るまでの時間を考えると、今日はこれで夕食を済ませるしかなかった。

ふたたびクルマに乗り込んだのが、五時十五分。家に着いて、五時三十分。弁当を急いで掻き込み、五時五十分には食後の一服をつけていた。

六時五分前に家の前の通りに出て、薄闇の近づくなか、獣医の到着を待った。おれの家も含めたこちら側の住宅の玄関位置は、北面道路側になる。逆に、通りを挟んで連なる住宅は建物に対して庭先が道路に面した南側にある。

六時ちょうどに区画の向こうから、緑色のステップワゴンが現れた。ボディの横に、『相沢動物病院』とある。軽く手をあげて見せると、ステップワゴンはおれの前で停車し、運転席から白衣姿に髭面の大男が、のっそりと降り立った。

「どうもすいません、なんだか二度手間になっちゃいまして」ごく自然に身についた鷹揚《おうよう》な態度とは裏腹に、その口調はかしこまっていた。「本当に、面目ないです」

組み立て式の犬舎を庭の軒先に設置することは、先ほどの電話で打ち合わせ済みだった。

獣医に続いてステップワゴンの後ろに回りこみ、備品を荷台から降ろすのを手伝うことにした。獣医がリアゲートを開けると、車内の右手に担架が設置されており、黒犬がこちらに尻を向けて巨体を横たえている。意識があるのかないのか、ドアが開きおれたちが内部を覗き込んでも、振り返りもしない。担架の左横に、組み立て式のケージ板がかなりの枚数と、天板が三、四枚立て掛けてあった。床にはおそらくケージ用の留め金だろう、たくさんのU字形の金具が、ビニール袋に入っていた。

獣医はおれを見て説明した。

「傷がある程度癒《い》えるまでは、ほとんど犬舎の中に居ることになります。なりも大きいですから、その中で寝転がっているだけとはいっても、ある程度のスペースは必要です。通常の二倍の大きさのケージを作ります。仕上がった後、一方を家の外壁に寄せ、反対側と屋根を天板で覆います。とりあえずそこまでやってから、犬を移動させましょう」

おれはうなずき、獣医と共に開けっ放しの荷台からケージと天板を降ろし始めた。

備品をほぼ降ろし終えたときだった。唐突に、隣家の向こうから、ワン、という吠え声が聞こえた。隣の家が犬を飼っていることは知っていた。おれの家と反対側にある玄関脇には、引っ越してきたときから古ぼけた犬小屋があった。

つづけて、ワン、ワンと二回。それから微かな唸り声がつづいた。

嫌な感じがする。両側から住宅が軒を連ねたこの小路には、おれたち以外に動くものはない。静かな夕暮れ。犬が吠える必然性は、どこにもなかった。

おれと獣医の目が合った。彼はかすかに顔をしかめた。

「……最初から備品と一緒に、運んでおきますか」

黒犬を、ということだ。

「様子見のためにも」

と、おれもうなずいた。

荷台を開けっ放しにしたまま、まずケージと天板を持って南側にある庭まで数回往復した。それから黒犬を担架ごとリアゲートから運び出す。

黒犬は目を閉じていたが、意識はあるようだった。そんな雰囲気が、体全体から感じ取られた。

担架を持ったまま玄関に続く階段を二人で上り始めたとき、再び犬が吠え始めた。先程よりも激しく、より警戒感を強めたような騒ぎ方だった。困惑を感じつつも足早に家の脇を通り抜け、南側にある二十坪ほどの庭に出る。

軒下のコンクリートの基底部に、担架をそっと降ろした。

隣家の吠え声はしつこくつづいていた。やがて、その鳴き声に近所の飼い犬までもが唱和し始めた。

それら鳴き声が止むのを期待しながら、しばらく庭に突っ立っていた。

だが、吠え声は静まるどころか、ますます盛んになってきた。様子を窺っている間にも、近隣の住宅の窓に数箇所、明かりが灯った。物好きな人間が、何事かと外を覗いているのだろう。

薄闇の中、獣医は両眉を寄せておれを見た。

「……困りましたね」

「たしかに」

「どうします？　構わず犬舎を設営しますか」

獣医が電話で話した経緯を反芻《はんすう》する。黒犬を室外に置く以上、近隣の吠え声からは逃れられないように思えた。最悪の場合、騒ぎは一晩中続き、明日からもこのうるささに悩まされるだろう。

それでは仕事にならないし、第一、近所迷惑も甚《はなは》だしい……。

足元の黒犬を見た。相変わらず目を閉じ、担架の上に横たわったままだ。その横腹が、呼吸に合わせて規則的に軽く上下している。

ふと、その巨体が小面憎《こづらにく》くなった。

この犬のせいで、いい歳の大人が二人、夜明けから夕刻まで振り回されっ放しだ。それなのにこいつときたら、まったく我関せずといった素振りで悠々《ゆうゆう》と構えている。

いっぺんギャフンと言わせてやりたかったが、それもまずは、傷を回復させてからのことだ。しばらくの間は散歩はおろか、動き回ることも億劫《おっくう》なはずだった——そう、動き回ることも……。

閃くものがあった。

「相沢さん、この犬の今の状態なら、このケージの高さでも——」と、おれは外壁に立てかけてある組み立て用の柵を指した。高さは一メートル弱ある。「跳び越えることは不可能でしょう?」

獣医は少し考えた後、うなずいた。

「そうですね。その高さでも、跳躍するのはかなり傷に響くはずです」

おれは思いついたことを説明した。

「部屋の中に柵を、ですか?」

さすがに獣医は驚いた様子だった。

「でも、大型犬ですから結構なスペースが必要ですし、抜け毛や食べこぼし、排便の心配もあります。床もそれなりに汚れてしまいますよ」

大丈夫だと、おれは言った。一階に八畳の空いている部屋があるし、抜け毛や食べこぼしが心配なら、二階のベランダに干してある車のボディカバーがある。ナイロン製カバーの表面には、強力な防水加工も施されている。ちょっとやそっとでは破れる心配もない。四隅に鋏を入れて平面に伸ばせば、八畳程度の大きさはあるはずだった。その敷物の上に、ひとまわり小さな柵を、ケージを使って張り巡らす。そうすればこの犬も、部屋の壁に傷を付けることは出来ない。動物病院でもそうだったように、黒犬と外界とを遮断すれば、おそらく近所の犬たちもここまで神経質にはならないはずだ、と。

獣医も一応納得したようだった。

家の中に入り、二階に行って物干し竿からボディカバーを引っぺがした。それを持って階下に降りた。和室に足を踏み入れると、奥のサッシを開け、獣医にそこから上がるように案内した。二人で畳の上にボディカバーを広げ、鋏を持ってきて四隅に切れ目を入れた。八畳には少し足らなかったが、それでもほぼ畳を覆い尽くすことが出来た。その上に、軒下からケージとU字形の金具を運び込んだ。

「ケージの板は、十枚持ってきています。縦二枚、横三枚を使えば、長方形の柵が出来上がりますが、それでいいですよね？」

おれはうなずいた。獣医は器用な手つきで、U字形の金具を使って柵を組み立て始めた。黒犬が転がっている窓の外では、相変わらずしつこいほどの吠え声がつづいている。

束の間、手持ち無沙汰になったおれは、何故なのだろう、と思った。

あの黒犬の行く先々で、どうして動物たちは騒ぎまくるのか？——やはりおれたち人間には嗅《か》ぎ分けられないような、尋常でないほどの凶暴なオーラを全身から放っているのか？　それにしては、いくら重傷を負っているとはいえ黒犬の挙動はおとなし過ぎ、物事に動じないにもほどがある。

恐ろしく強烈な雄のフェロモンを漂わせているのかとも思った。あの見るからに獰猛《どうもう》そうな体格なら、これはうなずける。そのフェロモンの匂いに、雄犬はいきり立ち、雌犬は興奮して陰唇《いんしん》を濡《ぬ》らす——そういう寸法かも知れなかった。

そんな愚にもつかぬことを考えているうちに、柵は完成した。

黒犬の運び込みに移った。窓側の柵の一箇所を、獣医は開けていた。

「今後、ここから外に連れ出すこともあるでしょうから、開閉式にしましたよ」

気が利いていた。

獣医とおれで担架の両端を持ち、一気に和室の中に運び込む。柵の中央で、担架を降ろした。

おれはすぐに黒犬をカバーの上に転がそうと提案したが、獣医は首を振った。

「とりあえずこの状態で窓を閉めて、しばらく外の様子を窺いましょう。担架から降ろすのは、それからでもいいでしょう」

それもそうだと思った。仕事柄か、さすがに獣医は落ち着いている。というより、おれがせっかち過ぎるのだろう。

窓を閉め、獣医を誘って隣のリビングに移動した。テーブルの前に座らせ、飲む物が欲しくないか尋ねた。

「……そうですね、もしあれば、麦茶か何かで」

冷蔵庫を開け、ペットボトルからグラスに二つ、麦茶を注いだ。

テーブルに戻ると、先ほどからの疑問を口にした。

「よくあるんですか、こんなこと？」

「とは？」

「ある特定の犬に周りの動物が一斉に怯えるというか、興奮するというか、そういう類《たぐい》のことです」

「いや……正直言いまして、ここまでひどいのは、私も初めての経験です」

「じゃあ、似たようなことはあるんですね？」

獣医は少し考えて言った。

「発情期を迎えた雌に、雄たちが騒ぐのはありますけどね。通常は二月から五月末、九月末から十一月末が発情期なんですが、近年はその生まれた月齢によって、多少のバラつきはあるようです。ちなみに雄は、年がら年中発情しています。平静期の雌に馬乗り《マウント》しかかって、邪険に扱われている雄をよく見ますよね」そして、苦笑した。「まあ、これは人間の雄も一緒ですがね」

おれも笑った。

「その雄独特の匂いに、他の犬たちが大騒ぎするといったようなことはありませんか？」

「フェロモン、ということですか？」

「そうです」

これには、首をかしげた。

「さあ……雌から出されるフェロモンは相当強烈で、雌犬のいる島まで海峡を渡っていった雄の話などもあります。が、こと雄に関しては、聞いたことがありませんし……私の勉強不足かもしれません」雄犬のフェロモンを云々《うんぬん》した文献を見たことはありませんし……私の勉強不足かもしれませんが……」

そう、口籠《くちごも》った。

その後に訪れた沈黙は、あまり雰囲気の良いものとはいえなかった。

おれの場合は疑問が氷解せず、依然残ったままの漠然とした不安を、獣医のほうはおそらく職業上の苛立《いらだ》ちを、感じていたのだと思う。

気まずい沈黙を埋めるかのように、おれと獣医はグラスの中の麦茶を二回、三回と飲んだ。

やがて獣医が口を開いた。

「しかし、変わった犬ですよ」

「え？」

「病院でもそうでしたが、これだけ周りを騒がせても本人はいたって平然と構えている。自宅でもラブが吠え立てる部屋で、悠々と檻に寝転がっていました。ウチの子どもだって異様な雰囲気を感じ取って泣き出したというのに、並みの神経じゃないですよ」

おれはどう答えていいか分からなかった。

いったいこの犬の何が、周囲の動物をそんな状態にまで駆り立てるのか？――そう思いながらもテーブルから立ち上がり、窓ガラスから外の様子を窺った。

いつの間にか吠え声はやんでいた。

「予想どおりですね。太刀川さんの」

獣医は表情を少し緩めた。

隣の和室に移動して、黒犬を担架から降ろすことにした。

獣医は首周りから、おれは腰部のほうから、担架のキャンバス地と犬の被毛の間に腕を差し入れ、カバーの上に移動させようとする。

が、巨体のうえ、黒犬自身が平然とこちらのなすがままに身をまかせているので、どうも思うようにうまくいかない。

人の苦労も知らず、その無関心な態度にさっきからアタマにきていたおれは、つい口走った。

「このバカ犬が。ちったぁ人の苦労も考えろ」

直後だった。まるでその言葉の意味が分かったかのように、黒犬は下側になった前肢と後肢を数回掻いて、ずりずりと担架から半身を擦《ず》り出し、止まった。

おれと獣医は半ば呆気に取られて、顔を見合わせた。

黒犬は担架から半身を出した体勢で止まったまま、こちらを見向きもしない。

ここからはあんたらでも担架を外せるだろう——黒い背中が、そう語りかけているように思えた。

「――なんなんだよ、こいつは」

おれは気味悪くなり、思わずつぶやいた。

ほどなく、気を取り直した獣医が口を開いた。

「……とにかく、完全に降ろしてしまいましょう」

その後は簡単だった。黒犬の体は担架に半分乗っているだけだから、獣医が犬の体を浮かせ気味にした瞬間、おれが担架を抜き取った。黒犬の体は音も立てずに、ボディカバーの上に移行する。

おれはもう一度獣医を見た。獣医も何か言いたそうな素振りだったが、

「……車に備品を取りに行ってきますから」

そう言って、再び和室のサッシを開けるとすぐに閉め、窓の外側でなにやらゴソゴソやっていたが、やがて家の正面側に回りこんだのだろう、姿が見えなくなった。

しばらくして玄関から入ってきたときには、首輪やらリードやら、スコップ、強化プラスティックと思しきマル皿を二つ、両手に抱えていた。

「この皿は、見た目よりもずっと底が安定しています。ドッグフード用と飲み物用に使ってください。スコップは、外で排便をさせたときの始末用です。明日になれば傷口もかなり乾いて多少動けるようになります。それ以降もよおすことがあれば、排便は室外で済ま

すようにさせたほうがいいでしょう。和室のサッシ枠から軒下の地面まで、天板を渡しておきました。傾斜はきついですが、飛び降りるよりも傷口への負担は軽いと思います。利用してください」

おれが礼を言うと、獣医は口元で笑った。

「見も知らぬ、しかも扱いも厄介《やっかい》そうな犬の面倒を見ようとしている。肝心の獣医は、介護の頼りにならない。心苦しいのは、こちらのほうです」

そのあと、細々《こまごま》とした世話の話になった。

「食事は一日の量を、朝と夜の二回に分けて与えてください。これぐらいの大型犬――特にロットワイラーの血が濃いと思われる犬種は、大食いや丸呑みする可能性があります。毎日いっぺんに一日分を与えつづけていると、胃捻転《いねんてん》を起こしやすいのです。犬は普通、毎日同じ物を食べても栄養のバランスさえ取れていれば満足しますから、毎回ドッグフードでも大丈夫です。一日の摂取量は、体重一キロあたり五十グラムが妥当です。ですから、この犬ですと――」と、寝そべっている黒犬を振り返った。「そうですね、だいたい二キロ七百か八百がいいところでしょう。今日は栄養剤を直接投与してありますし、ほとんど寝ているだけでしたから、必要ないと思います」

獣医の説明は分かりやすかった。対処法と、そうしなくてはならない理由を常にリンクさせて、話を進めてゆくからだ。

「ところで、明日以降はだいたい何時ごろ往診に来ればいいですか？　もし仕事の都合などで夜のほうがよければ、その時間に伺いますが」

いいえ、とおれは答えた。

「事前に連絡さえもらえれば、昼間でも夜でも大丈夫ですよ」

「え？」

おれは自分がほとんど在宅で仕事をこなしており、また、いつでも中断できることを告げた。

「このご自宅で、ですか？」ちらりとリビングを見渡した獣医の瞳に、かすかな好奇心の色が浮かんでいた。「……確か、自営業でしたよね？　差し支えなければで結構なんですが、どういうご職業なのです？」

簡単に、自分の仕事を説明した。

すると、何故か獣医はおれの顔をじっと見た。それから口を開いた。

「お好きなようですね、今の仕事」

「仕事のやり方には、まあ、満足しています」

「世間を腕一本で渡っていける。しかも時間的には融通も利く仕事――」そう言って、獣医は笑った。「羨《うらや》ましいですな」

「しかし、あなただって好きな仕事で飯を食っているふうに、ぼくには見えますが？」

「好きですよ」獣医は言った。「好きですが、獣医という仕事は、所詮《しょせん》サービス業です。飼い主に感謝されることは多いですし、それを嬉しく感じる自分もいます。でも、モノを作る仕事とは違いますよ」

おれは笑った。

「今の仕事は、正確にはモノ作りとは言えませんね」

「なぜです？」

「人の希望、注文に応じて図面を引く。仕事である以上は懸命にやりますが、基本的にはその設計の上にさらに付加価値を上積みしてゆく作業です。そういう仕事をモノ作りとは呼ばないですよ」

「では、どういう仕事が、モノを作るということなんです？」

「自分が作りたかったものを、土台から形にすること。その動機に、自分の中で必然があることでしょう」

「なるほど」獣医はうなずき、ちらりと笑みを洩《も》らした。「なかなか、求道的《ぐどうてき》な考え方ですな」

この意見には、もう一度苦笑するしかなかった。

十分ほどして、獣医は帰った。

和室を窺い、黒犬が依然寝転がったままなのを確かめてから、二階に上がった。仕事部屋でパソコンを立ち上げ、卓上ライトをつけた。

なんとなく、ため息が洩れた。

この仕事のもたらす経済状態や生活の形態には、満足している。大事なことだ。だが、言ってみればそれだけのことだ。

そして悲しいかな、人間とは自分の仕事や生き方に意味づけを求める生き物だ。少なくとも、おれはそうだ。


翌日、七時半に起きると階下に降りて、真っ先に和室を覗き込んだ。

黒犬は起きていた。腹ばいの状態からぐっと頭部をもたげ、おれの顔を見返している。その安定した姿勢。一晩でずいぶんと体力が回復しているようだ。

ケージの周囲を見回した。柱をかじったり、壁に小便をかけたりした様子はない。

ケージの扉を開き、柵の中に入った。そろそろと黒犬に近づいていった。

黒犬はおれの顔から視線を外さない。当然、近づくに従って、寝そべったままおれを見上げている黒犬の頭部は、次第に上向きになってくる。

琥珀色の瞳に、かすかな警戒の色が見え隠れしている。内心、苦笑した。

「安心しろ」言い聞かせた。「傷の具合を見るだけだ」

黒犬は何の反応も示さない。表情に変化はないし、尾を振ってみせるわけでもない。

その脇にゆっくりとしゃがみ込み、肩口から脇腹に走った縫合の跡を見る。血糊が拭われ凹凸の取り除かれた傷口は、左右からぴったりと合わせられ、整然と縫い目が並んでいる。血液はもちろん、組織液の滲みも見られない。素人のおれが言うのもなんだが、昨日の獣医の処置は完璧なように思えた。

和室を出て、リビングの奥にある台所に立つ。

ウェットタイプの缶入りドッグフードを紙袋から三個取り出した。横のラベルを見ると、どれも内容量が三百グラム前後だった。もう一つ取り出し、計千二百グラム。缶切りを使って、丸いトレイの上に盛り付けていった。

次に、昨日獣医から貰《もら》った内服薬を二種類用意した。抗生物質の入った、痛み止めと化膿《かのう》止めだった。ドッグフードの中にスプーンで練りこんだ。別のトレイにミルクをたっぷりと注いだ後、二つのトレイを持って和室に戻った。

柵の中に入り、黒犬の前にトレイを置く。それから腰を落としたままの姿勢で、数歩後ずさった。

「食べな」

しゃがんだまま、おれは皿を指さした。

黒犬はおれの指先を追い、ちらりとトレイに視線を落としたものの、舌先をだらりと垂らしたまま再びおれを見上げた。

……これが普通の飼い犬なら、たちまち皿にガッついているところだろう。おれをまだ警戒しているのか？——だからその人間の見ている前では食べたくないのか？

「食べるんだよ。腹、減ってるんだろ？」

だが、やはり反応はない。

おれはため息をついて立ち上がった。

昨日の昼から何も食っていないのだ。しばらく放っておけば、やがて食べ出すだろうと思った。

二階の仕事部屋に行く前に、簡単に自分の朝飯を済ませた。豆乳と、百パーセントの野菜ジュースを、それぞれコップ一杯。それとヨーグルトを百グラムほど。

おれはいつもこれだ。これ以上腹が満たされると、仕事の集中力が鈍る。

二階に行き、デスクの前に腰かけて仕事を始めた。

パソコンを立ち上げながら、ステレオの電源をオンにして、お気に入りのＣＤをエンドレスのリピートにする。午前中は、おれの仕事時間のコア・タイムだ。

一人で黙々とやる仕事に、ＢＧＭは不可欠だ。少なくとも、おれの場合はそうだ。仕事が煮詰まった時やら、ふっと集中の切れた瞬間、周りがしんとしていると気が滅入ってしまうことがある。

徐々に仕事に集中してゆき、いつの間にか時間の経過を忘れた。

気がつくと、十二時を少し過ぎていた。

切りのいいところで音楽を止め、パソコンの電源を落とす。ステレオの電源を切っても、まだ頭の中でベッチ・カルヴァーリョやジョアン・ボスコ、エリス・レジーナの歌声が渦巻いている。人生を楽しもう。笑って過ごそう。彼等はそう唄っていた。両肩と腰がガチガチに凝っていた。

両手の指の関節をほぐし、首を左右に捻ってパキパキいわせながら、一階へと降りた。真っ先に和室を覗いた。

黒犬は柵の隅のほうに移動していた。相変わらず落ち着いた様子で寝そべっている。頭部だけが動いて、心持ち、こちらを向いた。

中央に置いていたトレイが、きれいに空になっていた。

和室の引き戸を開けっ放しにしたまま続き部屋のリビングに入り、奥のキッチンで自分の昼飯を簡単に作り始めた。

ズッキーニを薄切りにして塩・胡椒《こしょう》と普通のオリーブオイルをまぶし、オーブンにぶち込む。パスタを茹《ゆ》でつつ、挽肉《ひきにく》とトマトホール缶を、島唐辛子を漬け込んだオリーブオイルを、熱したフライパンに投入。この二つの出来上がり具合を横目で見ながらも、アボカドを刳《く》り貫《ぬ》き、輪切りにする。山葵《わさび》を摺り下ろし、アボカドに添える。豆腐は一丁冷奴で食べるため、上乗せの鰹節を削り出す。

料理というほどのことでもないし、和洋ごちゃまぜだが、基本的には冷蔵庫の中を覗いた時点で食べたいものをチョイスして食べる、というのがおれの食事だ。

仕事の後のいい気分転換にもなる。何も考えず手作業に没頭しているうちに、脳の芯《しん》の部分が次第にリラックスしてくる。しかも、やっているうちに面白くなってくる。こうすればもっと上手く削れるんじゃないかとか、もう少し厚めに切ったほうが、より食感がいいんじゃないかとか、せかせかといつも一人で試行錯誤を繰り返している。

出来上がった遅めの昼食を缶ビールと共に済ますと、ふと、あることに気づいた。

排便だった。

鎖に繋がれた飼い犬はたいがい便意を催すと、急にそわそわしだすものだ。黒犬は一向にそういった気配を見せないばかりか、今も和室の隅で悠々と寝そべっている。

だが、現実には昨夕おれの家に来てからというもの、大はおろか小も出していない。

昨日は栄養剤の点滴だけだったからウンコが出ないのは当然としても、朝に適量の食事を与えてから、優に五時間は過ぎていた。そろそろ排便の時間はやってくるだろうし、閉め切った部屋の中でやられるのはごめんだった。

庭に連れ出して、近所の犬が吠える前に素早く済ませるよう仕向けるしかなかった。

少し考えてから、やはり首輪とリードを手に取った。そうそう動き回れる体とも思えなかったが、なにせ一歩外に出れば心地よい青空の下だ。不意に心変わりし、おれを威嚇しながら逃げ出してしまう可能性だって皆無ではない。

右手に首輪とリード、左手にスコップとビニール袋の完全武装で、柵の中に入った。黒犬は、そんなおれの様子を興味深げに眺めていた。

寝そべっている黒犬に近寄り、その首にゆっくりと手をかけた。

もう一方の手で首輪を付けようとした途端、喉元から唸り声が洩れた。おれの手が触れていた首筋の筋肉が、ゆっくりと固く盛り上がり始めた。

「だいじょうぶ、大丈夫だ」慌てておれは諭した。「警戒すんなって。用さえ済めば、すぐに外してやるから。おまえだってションベンやウンコ、出したいだろ」

たかが首輪に、この警戒心――やはり、こいつは飼い犬ではないのか？　飼い慣らされたことがないのか？

傷に触れないように背中を撫で付け、唸り声が静まるのを待って、そっと首輪を首の上に載せた。ふたたび首筋の腱がぴくりと動いたが、唸り声はなかった。

両手を首の下にゆっくりと回し、ゆるいほうの首輪の穴に、留め金を通した。

そこでようやく一息つき、思わずシートの上に尻餅をついた。なにせこの大きさだ。圧《の》し掛かられたり牙でも剝《む》かれたら、こっちだってひとたまりもない。やはり唸り声を上げられると緊張する。

和室窓側の柵を開く。次にサッシをカラカラと開けた。

足元の桟を見ると、なるほど昨夜の獣医の言葉どおり、庭の芝生の上まで天板が渡してある。渡り板の脇の軒下には、くたびれかけたおれのクロックスが転がっている。

そこまで確認して、黒犬の首輪にリードを結わえた。

黒犬もさすがに外の景色には心惹かれるのか、おれの背中越しにじっと庭を見つめている。傷の具合にもよるが、外に連れ出すのには、首輪を付けるほどの手間はかからないように思えた。

案の定だった。リードを少し引っ張っただけで、黒犬は特に反抗する素振りも見せず、ゆらりと立ち上がった。そろそろと窓際まで進んできて、おれを見上げた。振り返った琥珀色の瞳の端に、少し白目が覗いた。相手の意志を窺う目つき——この犬に対して、わずかに親近感が湧《わ》いた。

軒下に降りてクロックスを履いた。窓際で立っている黒犬と、ほぼ同じ目線になった。もう一度、軽くリードを引いた。

黒犬は傾斜のきつい渡り板に前脚をかけると、その後はずるずると足の裏を滑らせるようにして芝の上に降りてきた。

ここまでは予定どおり——近所の犬の存在を考え、極力早く排便を済まさせて和室に連れ戻ろうと思っていた。

ところが、だ。

芝の上に降り立った黒犬は、しばらく経ってもいっこうに排便する気配を見せなかった。まだ青さの残る芝の何がそんなに珍しいのか、周辺の表面をさかんに嗅ぎ回っている。おれはといえば、スコップと糞回収用のビニール袋を片手に握り締めたまま、黒犬が催すタイミングを今か今かと待っている。

黄色い蝶が、どこからか庭に紛れ込んできた。

隣家の犬がワン、と吠えた。続けざまにワン、ワンと二声——厄介ごとの予兆だ。焦《あせ》った。黒犬は悠長な態度を崩さない。呑気《のんき》に蝶の舞う軌跡を視線で追っている。

考えてみれば不思議な犬だが、そのときのおれにはとてもそんな感慨にふけっている余裕はなく、どうにかして早く便意を催させようと必死だった。

「おい」堪らずおれは呼びかけた。「のんびり構えてる場合じゃないだろ。なんか、忘れているもんがあるんじゃないのか」

隣家の犬の喚《わめ》き声が次第に大きくなってくる。そうこうするうちに、別の方面から、犬の吠え声が重なり始めた。ますます焦りだした。

だが、黒犬はそんな吠え声にも相変わらずどこ吹く風だった。蝶から視線を外すと、ふたたび熱心に芝の匂いを嗅ぎ始めた。

やがて近所の犬の吠え声が三つに増えた——排便計画は大失敗だ。

「ウンコだよ、ウンコ」泣きたい気分だった。情けないこと、この上ない。「頼むから、ウンコしろよ」

いったい、何だってこんなに芝の匂いに執着するのか？　排便してはいけない場所だとでも思っているのか——そう思った直後、ふと、見本を示してやらなければならないのかも知れないと感じた。

冷静に考えてみれば、排便の仕方に見本もクソもないわけだが、とにかくそのときのおれは必死だった。

「こっち見ろ、こっち」

そう黒犬に喚き、視線がこっちを向いた瞬間、しゃがんだままの姿勢で大便をふんばる真似をした。

「こうだ、こうしろ」

さらにおれは真似事を続けた。しかし黒犬はおれを見たまま、わずかに首をかしげたばかりだった。対して、周囲の吠え声はますます盛んになってくる。おれは舌打ちし、庭の植木から見える範囲で、周囲の人家に視線を走らせた。

幸いに、どこの窓にも人影はない。仕方ない——こうなればもっとリアルに真似事をやってみせるしかない。実際に便を出すわけではないが、肛門まで露わにすれば、このバカ犬も少しは察するだろう。おれはジーンズのボタンを外しジッパーを下ろし、尻を丸出しにして、再び芝の上にしゃがみ込んだ。

ああ、我ながら、なんて無様な姿だろう――。

そう思った瞬間だった。

不意に気配を感じ、尻を剝き出しにしたまま背後を振り返った。

家の脇から姿を現した女性が、呆然とこちらを見つめている。小柄ながらも均整のとれた立ち姿だ。かっちりしたオリーブ色のスーツに身を包み、すらりとした足元には、つや消しの深緑《ふかみどり》のパンプス。軽くウェーブしたショートの髪は、サイドをすっきりと刈り込んである。スキンケアだけの素顔には、ポイントメイク。いつもは程よく引き締まっている紅色の口元が半ば開き、弓なりに整えられた眉下の瞳が、呆気に取られた表情を浮かべている。

かたやおれはと言えば、吠え声が飛び交う中、彼女の見知らぬでっかい黒犬にリードを付けたまま、半ケツを晒しているという狂態だった。

「要くん……」ようやく彼女は口を開いた。「いったい、なんの真似？」

「……なにって」かろうじて、そう答えるのが精一杯だった。「――ウンコ」

そのときだった。

不意に黒犬がむっくり立ち上がったかと思うと、盛大な音を立てて小便を放った。軽い放物線を描いて芝生の上に四散する黄金色の液体。

次に、やや心持ち腰を落としたかと思うと、強烈な太さの大便を、ぶりぶりと捻《ひね》り出し始めた。

　黒犬を和室に戻し、リビングに戻ったおれは、事の次第を――特に排便をさせようとした経緯は詳しく――彼女に説明して聞かせた。

「それで、あの格好？」

　苦々しく、うなずいた。

　その途端、彼女ははじけたように笑い出した。肩を揺らし、腹部を手で押さえたまま、目尻に涙を浮かべながら笑い転げた。おれは顔をしかめた。

「なにもそこまで笑うことは、ないだろ」

「だって、間抜け過ぎる」

　なおも笑いながら、彼女は言う。

　さっきおれの家に着いてみると、裏手の庭のほうから、盛んに犬の吠え声がした。その吠え声に混じっておれの喚き声が数回、聞こえた。怪訝《けげん》に思い、家の側面を回り込んでみると、そこに半ケツを晒したおれがいた。

　その肩の揺れに合わせ、額に少しかかったショートの髪の先が少し揺れている。頭部が小振りで程よく丸く、卵形の顔の終わりが、くっきりとした顎のラインに繋がっている。

　名前は、知花麻子《ちばなあさこ》。

横須賀《よこすか》生まれの横須賀育ち。だが、苗字《みようじ》から分かるように、両親は沖縄の出身だ。

彼女と初めて会ったのは、昨年の夏のことだ。

おれの家の設計に満足してくれた、ある資産家からの紹介だった。奥さんが懇意にしている沖縄食材専門店の経営者が、駅前の借り店舗を畳んで、新しく店舗兼自宅の上物を建てることになった。そのための用地も、すでに手配済みだという。

駅からはやや遠くなるが、十年ほどその商売をやっている間に、店頭売りよりネット販売の比率のほうが圧倒的に高くなったせいもあり、店舗を縮小して、そのぶん自宅の中の事務所のネット環境を充実させるのだという。

その食材店のオーナーというのが、彼女だ。当時、おれより五歳年上の三十八歳だった。

初回に訪れたときには、他に工務店の社長や紹介者の奥さんも同席していた。そのときは挨拶程度の話しか出来なかったし、さほどの印象は残らなかった。さすがに南国系だけあって、くっきりとした目鼻立ちの女だな、というほどのものだ。

おれは、女の顔には惚《ほ》れない。何故かは分からない。

しかし、その後の打ち合わせで二度、三度と膝を突き合わせるうちに、次第に好感を持つようになった。

こちらの問いかけには、意図を正確に汲み取り、分かりやすく的確な答え方をする。話の順序にも無駄がない。かといって事務的な物言いでもなく、くだけた感じで柔らかみがある。有り体《てい》に言えば、頭がいいし、人間的にも練れている。

なによりもおれが気に入ったのは、その風韻《ふういん》だ。

昔から、しゃべり過ぎたり、不自然な高笑いをする人間が苦手だった。その裏に隠れている自分に対する自信のなさや媚《こび》、自己保身の匂いに、見ているこっちが疲れてしまうからだ。

だが彼女には一切それがなかった。

その笑い方、話す際の表情、視線の動き——ちょっとした所作のすべてが、その時々の心の動きと、ごく自然にリンクしていた。肩口から漂う、気負いやてらいの感じられない佇《たたず》まい——そのフラットさに、おれは惹かれた。

かと言って、裕福な家庭に育ったわけではない。おれ同様、ブルーカラーのわんさかといる米兵の町で生まれ育った。両親も工場労働者だったという。

つまりは環境からくるものではない。

小学校・中学校まではすべて地元の公立。高校は近隣の進学校にすすんだが、これまた公立。そして大学も地元の、横浜国立。貧乏人のエリートコースだ。そして食材専門の輸入商社に五年勤めたあと、その間にしっかりと貯金していたお金で今の仕事を開業した。

おそらくは辛いこともあっただろう。おれも決して裕福ではない家庭で育ったから、なんとなく想像はつくつもりだ。

しかし、似たような育ち方をしたおれのように、敢えてはったりをかますというような外連《けれん》が、彼女には微塵《みじん》も感じられない。

そんな彼女の雰囲気はいったいどこから来ているのだろうと、時おり考えるようになった。

自宅の間取りを打ち合わせているときから、彼女がその家で一人で暮らすつもりなのには気づいていた。マニキュアを施している左手の薬指にも、光り物はなかった。

やがて、その理由が分かった。

つまり、一人で生きてゆく覚悟が出来ている、ということのようだった。

単に結婚しない主義の女、あるいは結婚は嫌だという女、ということではない。そんな肩肘《かたひじ》張ったものではなく、もっと柔らかな心ばえだ。もし連れ添う男がいなくても、一人でちゃんと自活してゆける道を歩んでいる女、ということだ。両者は一見似ているようでいて、その内面の柔軟さにおいて、全く非なるものだ。

おれだって三十数年生きてきたから、時代が昭和から平成に変わり二十一世紀になって、新聞や雑誌で女性の社会進出がさかんにもてはやされてはいても、この世間が最終的にはいかに男性優位なものとして成り立っているかは、充分分かっているつもりだ。

そんな社会の中を、淡々と一人で渡ってゆく覚悟が出来ている、ということだ。

だから必要以上に周囲の目を気にしないし、相手におもねることもない。

伸びやかな精神が息づいている土台は、その覚悟だ。

女という以前に、人として潔《いさぎよ》い生き方だと感じた。

麻子はリビングと和室の境まで歩いてゆくと、引き戸に軽く手を添えたまま和室の柵の中を覗き込んだ。

黒犬の圧倒的な大きさと不気味に沈黙を守っているその佇まいに、明らかに腰が引けている。

「やっぱり、おっかない？」

そんなおれの問いかけに、彼女は振り返った。

「要くんは？」

「おれだって、そう」と、頭を掻いた。「血塗れで倒れているのを見たときには、卒倒しそうだった。一緒に暮らすのは、あまりぞっとしない」

彼女は目の端で笑った。

「早く見つかるといいよね、飼い主」

「まあ、実際に、いればの話だけどさ」

「いなかったら、どうするつもり」

「そのときに、また考える」

彼女は視線を黒犬に戻した。

「どうして他の動物たちは、そんなに騒ぐのかな」と、首をかしげた。「体臭とか、フェロモンの関係？」

「雄のフェロモンに関しては、そんな事例はないそうだ」おれは答えた。「雌と違って雄はいつも発情期だから、それで強いフェロモンが出ていたら、年中大変なことになるからじゃないのかな」

「なるほどね」一応、彼女は納得した。「それで、なんて種類の犬なの？」

「それも、分からない」

「え？」

「おれはもちろんだけど、獣医も首をかしげていた。こんな犬は、今まで見たこともないって」

そう言って、獣医から聞かされたロットワイラーやらレオンベルガーの話を説明した。

「——そういうわけで、仮に交配させたとしても、そうそう意図どおりの特徴がうまく出るもんでもないらしい」

ふーん、と彼女は言った。おれの新たな同居人に、興味津々《きょうみしんしん》の様子だった。

それからおれの横にやって来て、ぺたんと横座りになった。

ふと気づいて、おれは言った。

「スーツ、皺《しわ》になっちゃうぜ」

「いいよ、これは今日で洗いに出すから」

おれはリビングの隅からクッションを持ってきて、彼女に差し出した。

「いいのに」と、彼女は微笑んだ。「気を遣わなくても」

「なに、膝下が荒れると思って」おれは言った。「肝心なとき切なくなって萎《な》えると、おれが困る」

彼女は笑った。

「いやらしい」

「たしかに」

言っておきながら、おれもうなずいた。

どういうわけかおれは、彼女に対してこういう痴話の類を持ちかけるのが滅法好きだ。そのときの相手のちょっとした反応を見るのが楽しいのだ。悪い趣味だ。

時計を見た。午後三時。

「珍しくないか？　この時間に、しかも突然来るなんて」

彼女は少し笑った。

「また携帯、バッグの中に入れっぱなしでしょ」

言われておれは黙った。たぶん彼女は、おれの携帯にメールをしている。

いつごろからか家にいるときは、携帯をいっさい見なくなった。電池が切れない限り、外出用のバッグに入れっぱなしだ。

もちろん出かけるときは持って出る。だが、一時間程度のチョイ用なら、置いていく。

それが、今のおれの人間関係を物語っている。

このおれのモノ言い。このおれの思考……。

自分の言葉と現実との壁を埋められない者は、いつしか人間関係から乖離《かいり》していく。自らを囲い込んでいく。

人は言葉によって形作られる。

大昔はブッダが言い、近年ではロラン・バルトが似たようなことを書いていた。

つまり、そういうことだ。

おれは聞いてみた。

「店は？」

「今日は、仕入れ先新規開拓のために臨時休業」彼女は答えた。「朝から幕張《まくはり》の沖縄物産展まで行ってきて、その帰りに、気まぐれで寄ってみたのよ」

「ありがたい」

「でも、夜までは居られない」

「は？」

「六時にはサンプル品が届くから。今日買い付けたもののね」彼女は言った。「だから五時半くらいまでには、戻らないと」

「どうしても?」

「どうしても」

おれの家から彼女の家までは、クルマで約一時間。電車でも、乗り換えや駅からの歩きも含めるとそれくらいはかかる。となると、あと一時間半しか居られない計算だった。

「つまんねーの」と、思わず声を上げた。

麻子はただ笑った。


麻子の自宅兼店舗が完成したのは、昨年の末だ。

通常おれの仕事は、役所から認可を貰った設計図を工務店に引き渡したところで終了となる。だからその年末の時点で、彼女に会わなくなってから既に二ヶ月が過ぎていた。工務店経由で振り込まれてきた彼女からの入金も、確認済みだった。

おれには、勤め人時代から自分に課しているルールが一つあった。

少なくとも仕事の関係が続いている間は、その相手に対して、自分の個人的な感情にきっちりと線引きをするということだ。

年が明け、仕事の絡みが完全になくなったある日、おれは朝からせっせとクルマを磨き上げ、いつもは電気剃刀で適当にあたっている無精髭をカミソリで丁寧に剃った。

眉をきっちりと刈り揃え、鼻毛が出ていないかも入念にチェックし、お気に入りのジャケットを着込んで出かけた。

彼女の家に向かう途中、多少気恥ずかしかったが花屋に寄った。新築祝いを口実に、会いに行くつもりだった。カトレアをメインに花束をアレンジしてもらった。

カトレアの花言葉は曰《いわ》く、成熟した魅力だと、店主から教えてもらったからだ。

我ながら笑ってしまうほどの気合いの入れ方だったが、道端や盛り場で一晩のお供に気安くナンパした相手ではない。仕事で知り合った以上は、たとえ断られるにしろ、それが最低限の礼儀だと思っていた。

とにかく、花束片手に店の前に立ったときのおれの心臓は、緊張で爆発寸前だった。あやうく腰砕けになりそうな自分に、心の中で毒づいた。

あらかじめ口上は考えてきたつもりだったが、花束を見た彼女の怪訝そうな表情を目の当たりにして、おれは思ってもいなかったことを口走った。

しかも出てきたのは、ナマ言葉ときた。

正直言って、ぶっ倒れそうです、と。

良かったら、飯でも食いに行ってもらえませんか、と。

なんとも垢《あか》抜けない話だ。

そのときの彼女は——どう言えばいいのか——そう、先ほどおれが半ケツを晒していたときの表情によく似ていた。まさしく、呆気に取られていた。

無理もないと思った。仕事の絡みがある間は、おれはそんな素振りを微塵も見せていなかったはずなのだから。

彼女はじっとおれを見つめたあと、ふと軽い吐息を漏らした。

一瞬、断られるのかとひやりとした。いきなりこんなことを切り出してきた抜《ぬ》け作《さく》を、どう扱えばいいのか考えあぐねているのかとも、思った。

だが、彼女はやがて、一歩おれのほうに近づいた。

「来週の、火曜なら……」

少しはにかむように笑って、花束を受け取った。

むろん、そのときは、天にも昇るような気持ちだった。誰かに念仏踊りでもしろといわれたら、即座に踊ってみせただろう。帰りのクルマの中でもサンバをガンガン鳴らして、狂ったように一人ではしゃいでいた。

ところが、だ。

興奮もやや鎮まったその夜、一瞬垣間見せた彼女のため息に、ぼんやりと想いを馳《は》せている自分に気づいた。

人生も半ばに差し掛かり、一人で生きてゆくための家まで構えた女——つまりは、おれと知り合う以前から、自分が朽ちてゆくまでの身の振り方を想定していた。

今後付き合う男に、その平穏な暮らしを乱されたくもないだろうし、それを捨ててまで冒険するつもりもないのかもしれない。

もしそうだった場合、そんな人生の片隅に居場所を確保しようと、彼女の前に躍起になって現れたおれのような闖入者《ちんにゅうしゃ》は、何を意味するのだろう?

むろん彼女だって女だから、時々男は欲しくなるだろう。が、それはあくまでも生理的な意味でだ。それと、肉の交わりのあとの、ちょっとした親近感と。

それ以外男には何も期待していなかったとしたら、急に鼻息を荒くして現れた野郎なんざ、おれが彼女の立場だったら論外だ。

が、彼女は何故か申し出を受けてくれた。それが、ありがたく思えた。

なおもおれが不満そうな表情をぶら下げていると、彼女はしばし考えたあと、提案してきた。

「天気もいいし、ちょっと散歩にでも行こうか」

「散歩、ねぇ……」

気乗りしない気分でいると、彼女はそんなおれの気持ちを盛り上げるかのように、さらに言葉を続けた。

「ほら、前に言ってたじゃない。近くに野鳥の飛来地があって、その湿原が保護区になっているって。そこに行ってみようよ。たまには二人で外をぶらぶら歩いてみるのも、悪くないかもよ」

言われてみると、たまにはそんなのもいいか、と思った。

おれと彼女は、外に出て会うということがあまりない。たいがいの場合は、どちらかの家で一緒にごろごろしていることが多い。デートの定番である外食には、ほとんど出かけないからだ。彼女は仕事以外ではもともと出無精なほうだし、おれも三十を過ぎた頃からすっかり外飯《そとめし》が億劫になった。たらふく食った後にわざわざ家まで帰らなくてはならないというのがまず面倒だし、ある程度味が分かる年齢になってきたのか、味と値段の兼ね合いに敏感になり、不満を感じることも多くなった。あと、その店の雰囲気とか、店員の対応とか――。

好きな女と、お互いにそう感じながらまずい飯を食うのは、一人でまずい飯を食うよりも、うんと嫌なものだ。

そんなわけで、近所まで買い出しに出かけて内飯《うちめし》を作り、飯を食った後は一緒に有料放送の映画を見たり、だらだらと話をしたりと、もっぱら家の中で時間を過ごすこととなる。

結局、彼女の提案に同意したおれは、腰を上げた。

黒犬のことが気にならないでもなかったが、昨夜《ゆうべ》も特に悪さをした様子はなかった。ほんの一時間ぐらいなら、問題ないだろうと思った。

玄関まで行き、三和土《たたき》にある彼女の履物を見て、ふと気づいた。

「パンプスじゃ無理だろ？」おれは彼女に言った。「散歩」

「大丈夫」彼女はニッとした。「車の中に、ウォーキングシューズが入っているから」

「どうして」

「幕張あたりで開く展示会は、スペースがおそろしく広いの。固い床の上を、気に入ったものを求めて何時間もさ迷うしね。歩きつづけるのは、重労働」

「履き替え用に、持っていったってわけか」

「ご名答」

家の外に出た。おれのレガシィの脇に、黄色いクルマがきっちりと横付けされている。彼女のクルマだ。スズキのスイフト・スポーツ。決して高級車ではないが、いい趣味だ。小ぶりで、キビキビと走る。何よりも貧乏くささの微塵も感じられないその車影《しゃえい》が、彼女にはよく似合っている。

道路脇を通り抜ける車輛を気にしてか、おれのクルマとの隙間《すきま》は五センチとない。縦列駐車の上手い女だ。麻子もそうだが、昔からおれは、クルマ扱いの上手い女性には好意を持つ。

麻子は運転席側の後部ドアを開けると、フロアから黒革のナイキを取り出した。ドアを開けたまま、後部シートに腰を降ろし、パンプスから履き替える。

「じゃあ、いきましょう」

おれの借家から整然と立ち並んだ区画の並ぶ住宅地を東へ数分も歩くと、南北に流れる水路に突き当たる。

その用水路に沿って北に百メートルほど進み、県道の橋を越えると、突然嘘《うそ》のように家並みが途切れる。一面に、広大な湿原――おもに葦《あし》の群生地だが――が拡がる。

おれが住んでいるこの一帯は、もともとは、戦前から鷺《さぎ》や鴫《しぎ》の飛来地として有名な湿地帯だった……らしい。それが高度経済成長期に埋め立てられ、宅地が開発され、いつの間にか首都圏のベッドタウンへと様変わりしていった。それでもある時期から環境団体の働きかけや行政の指導などがあり、用水路と県道に囲まれたこの湿原だけは、かろうじてそのままの状態で残されることになった。

おれと麻子は、その群生地の中の並木道をぶらぶらと歩き始めた。平日の昼下がりということもあり、人気《ひとけ》はなかった。もう少し時間が押して夕方になると、ジョギングをしている人間や、犬を連れている人間がちらほらと出没する。たまにはおれも、その走っている人間の一人になる。

いつの間にか、おれと彼女は手を繋いで歩いていた。

彼女は人前では決して手を繋ぎたがらない。通行人に時折、好奇の目を向けられるのが嫌だという。おれなんかは、他人がどう思おうが別にいいじゃないか、と気にもならないが、ここらあたりに若干、世代の感覚差を感じる。

湿原の外周を回る並木の下には、未舗装の砂利道もかなり残っており、ごつごつとした起伏がある。

ところどころに水溜りもあった。その都度、おれは彼女の手を引いた。

「ありがと」と、かなり大きな水溜りを迂回《うかい》したとき、彼女は言った。そして、チラリとおれを見た。「優しいよね、いつも要くんは」

そんなものか、とおれは思う。これって、優しさなんだろうか。


湿原をぐるりと回り込むようにして延びている並木道は、一周四キロほどだ。ジョギングすると、いつも二十分ほどで家に戻っていた。だが、二人でのんびりと歩いていたので、再び住宅街に戻り家に辿り着く頃には、腕時計の針は四時を少し回っていた。

彼女はおれの家の前まで来ると、スイフトの横で立ち止まった。

「ここで、いいわ」

「上がってけば」名残惜《なごりお》しく、おれは言った。「まだ時間もあるし、少しぐらいは、いいじゃん」

だが、彼女はううん、と首を振った。

「ここで、いいよ。家に上がると、ずるずると居たくなっちゃうし」

おれは意味もなく路上に落ちていた小石を蹴った。

「今度、いつ会う」

「来週の定休日は？」

彼女の店の定休日は、金曜だった。接客や売り物の仕入れ、帳簿付けなどを、人も雇わずに一人でやっているので、普段の日は閉店後も忙しくてなかなか会えない。

おれがうなずくと、彼女はにこりとした。

「次はおれが行くよ。何時ごろがいい？」

「朝、早く」

おれは笑った。

彼女はスイフトに乗り込み、エンジンをスタートさせた。四発のシリンダーがシュト、シュトト……と、小気味いいアイドリング音を奏で始めると、彼女はパワーウィンドウを下げて、軽く手を振った。

「じゃあね」

「うん」

フロントタイヤが、ぐるりと動いた。スイフトはゆっくりと小路を進み、区画の向こうの辻《つじ》で、見えなくなった。


道路から玄関前までの階段を上り、家に入った。

彼女のいなくなった室内は、薄暗く、妙にだだっ広く感じられた。

ふと、どういうわけか、陽光に晒された石のような乾いた匂いがした。あまりにも場違いなその匂いに違和感を覚え、なんとなく玄関脇の和室の中を覗き込んだ。

柵の中には、家を出たときと全く同じ姿勢で、黒犬が寝そべっていた。

同居人が帰ってきても尾っぽ一つ振るわけでもなく、愛想の欠片《かけら》もない。薄暗い部屋の奥から、琥珀色の瞳をこちらに向けて光らせているだけだった。

小便をしに一度連れ出すべきか、とも思ったが、それにしてはそわそわした様子も見受けられない。近所の犬の騒ぎを思うと、一苦労にもなるし、まあ、大丈夫だろうと思い、リビングに戻った。

電話が鳴った。

受話器を取ると、獣医からで、今から診察に行ってもよいかということだった。大丈夫ですと答え、電話を切った。

三十分後、玄関のチャイムが鳴った。

入口まで行って扉を開けると、そこに診察バッグを提げた獣医が立っていた。

「やあ、どうも」

そう言って、相変わらずの髭面で軽く会釈した。もう片方の手に、透明なビニール袋に包装された、真新しい盥《たらい》のようなものを持っている。

「室内での小の用足しにと思って、持ってきました」

獣医は言った。つまりは、便器だった。

「どうです、その後の様子は？」

「主人面をして、ふんぞり返ってますよ」

獣医は苦笑した。

「あの犬なら、そうかも知れませんな」

そう言って靴を脱ぎ、廊下に上がった。それから一瞬怪訝そうな顔をして、小鼻をかすかに膨《ふく》らませた。石の焼けたような香り――獣医もその匂いを嗅いだのだと思った。口に出さなかったのは、おれに対して失礼になるかもしれないという遠慮からだろう。

獣医はおれに先立って和室に入った。柵の開口部を開き、どれどれ、というように黒犬の前にしゃがみ込んだ。その間、黒犬は身動きもせず、目の焦点を獣医の顔に注ぎつづけていた。

獣医の指先が、肩口から脇腹にかけての傷をなぞるようにして追ってゆく。

と、その指先が不意に何かに気づいたかのように、止まった。

「……ん」

一言つぶやき、じっとその傷口に見入った。白衣を着た大きな背中が、一瞬固まって見えた気がする。

つい、おれは口を開いた。

「なにか、問題でも？」

「いや……」背中を向けたまま、まるで独り言のように獣医はつぶやいた。「むしろ、全く問題はないんです」

妙な言い回しだった。だが、その疑問をおれは口に出さなかった。

相手が言わないことを、あえて詮索はしない。相手に信頼を置いている限りは、専門的な職業に従事している者に対する礼儀だ。おれだって、工法の仕組みを知りもしない施主から考えなしの意見をされると、むかっ腹が立つことがある。むろん、なるべく顔には出さないように努めてはいるが……。

獣医は胸ポケットからペンライトを取り出し、それで犬の瞳孔や歯茎の色を照らすようにして覗き込んだ。その間、黒犬は昨日のように唸り声を上げることもなく、神妙にしていた。獣医の扱いに慣れてきたのかもしれない。悪くない傾向だ。

獣医は、つづく診察のなかで、おれに二、三の質問をしてきた。

食事後に嘔吐しなかったかとか、血便や血尿はなかったかとか、主に消化器系に関しての質問だった。

特に問題はなかったと、おれは答えた。

診察はそれから程なく終わった。

聴診器をバッグにしまい始めた獣医に、声をかけた。

「一休みしていきますか?」

獣医は少し笑った。

「じゃあお言葉に甘えて、昨日の冷たいのを」

その言葉どおり、昨日に引きつづいて冷蔵庫の中から麦茶を取り出した。九月の終わりまでは、毎年おれはこれだ。

グラスに麦茶を注ぐと、獣医はよほど喉が渇いていたのか一気に飲み干した。再び麦茶を注いだ。

「や、これはどうも」と、恐縮して頭を掻いた。「午後は出ずっぱりで、水分を摂る暇もなかったものですから」

「商売繁盛で、いいことじゃないですか」

「貧乏暇なしってやつです」と、獣医は笑った。「自宅兼クリニックのローンもありますし、おまけに三人の子持ちです。毎月なんとか赤が出ないようにするだけで、精一杯ですよ」

そういうわりには、屈託のない顔つきをしていた。おれは、自分の日常をこういう表情で語る人間が好きだ。こっちまで、さばけた気分になってくる。

しばらく世間話を続け、六時過ぎに獣医は帰った。

おれは少し考えた後、獣医の持ってきた盥――便器を持って、トイレに入った。

小便をあらかた出し尽くした後、細心の注意を払って、その新品の盥の上に最後の一滴を垂らした。次に、トイレットペーパーでそれを拭き取った。

それを持ったまま和室に戻り、柵の中に入ると、黒犬の目の前にゆっくりと差し出した。

犬の鼻は敏感だ。きれいに拭き取った盥の中にも、アンモニア独特の異臭を嗅ぎ取ったのだろう、案の定、かすかに唸り声を上げた。

黒犬には悪いと思ったが、おれにしてみれば、あらかじめ小用の便器だと分からせるには、この匂い付けの方法しか思い浮かばなかった。

「分かるよな？」おれは、噛んで含めるように言い聞かせた。「もし、したくなったら、小便はここの中にするんだぞ」

しかし、黒犬はだらりと舌をたらし、鼻頭にかすかに皺を寄せたまま、おれの顔をじっと見つめるだけだった。

おれはため息をつき、便器の盥を、柵の中の黒犬から一番遠い場所、対角線上の隅に置いた。

脱衣室で服を脱ぎ、シャワーを浴びた。シャワーから上がると、今朝と同じ要領で犬の食事を作り、それから自分の晩飯の準備にかかった。

ニュースを見ながら晩飯を食い、二階に上がると、音楽を流しながらしばらく仕事をして、いつものように十二時には床に就いた。

ふと、暗い寝床の中で、黒犬の姿が頭をよぎった。奇妙な外見といい、助けたときの状況といい、考えれば考えるほど奇妙な犬だった。

明日には、獣医が地元の動物保護センターに問い合わせて、飼い主の有無を確かめると言っていた。もし飼い主がいなかったら、このままおれが飼いつづけることになるのだろうか。

物理的には確かに不可能ではない。不可能ではないが、何を考えているのか分からない、不気味に沈黙を守るあの雰囲気が、おれはどうも苦手だった。

それに、いつまでもこの一軒家に住めるとは限らない。やがて持ち主が戻ってくれば、出てゆかなくてはならないのだ。そのあとに戸建てに住めるという保証はない。

では、保健所に連れてゆくかというと、それも気が進まなかった。

飼い主が見つからなかった場合、間違いなくガス室送りになる。まがりなりにも一度は助け、餌を与え、体にも触れた犬だ。そんな死に目に遭《あ》わせるのは、さすがに目覚めが悪いこと極まりない。

それなら、適当な里親を探すのか。

これも即座に頭の中で却下した。

まかり間違っても人好きのしそうにない、あの無愛想な性格。おまけに外見は、見るからに猛々しい面構えの大型の成犬ときている。喜んで貰ってくれるような物好きが、そうそう居るはずもない。

そんなことをつらつらと考えているうちに、次第に腹が立ってきた。

ええい、どうせこうして考えていても結論は出ないのだ。獣医の問い合わせの結果がはっきりしてから、あらためて考えればいいではないか。

寝返りを打ち、余計なことは考えずに寝ることに決めた。

【J・弐】

孤独。

私はその意味を、ようやく理解した。

何故なら、この四百年、私はずっと一人だったのだから。

口も利けない。当然、話し相手もいなかった。

見ていたのは、目の前の石像だけだ。もっとも、やがてその石像が私にそっくりの造形だということも、人々の話の中から聞き知った。


一人だけの世界に、孤独は存在しない。

他者とのかかわりのないところに、疎外感は生まれない。

そういう意味で私はまったくの一人だったし、その状態をごく普通に受け入れていた。

あの清酒のような——現代ではアルコールとか言うらしい——匂いが充満する家屋に運び込まれたとき、いきなり無数の咆哮が私を出迎えた。

敵意と、恐怖と、そして異種に対する憎悪剝き出しの咆哮だった。むしろそれは悲鳴に近かった。

私を拾った男——太刀川と、白い服を着た大柄な太った男が目の前にいた。

彼ら二人からは、敵意も憎悪も感じなかった。白い服を着た大柄な男——獣医と呼ぶらしい——が、私の体をやたらと触ってきた。多少の傷口の痛みは感じたが、依然として敵意が感じられないその動作に、私はじっとしていた。

二人は何か、もぞもぞと喋《しゃべ》っていた。

私の怪我を心配して話していることは分かったが、しかし、要所要所で聞き慣れぬ用語が出てきて、完全に理解することは出来なかった。

やがて、ちくりとした痛みを前肢に覚えた途端、私は不覚にも眠りに落ちた。

目が覚めたとき、私はふたたび犬猫のいる場所に居た。檻の中に入っていた。

またしても彼らは吼《ほ》え喚き始めた。

敵意。恐怖。憎悪。

いくつもの光る目が、こちらを向いていた。真っ赤な口を開け、狂ったように吼え続けている。

謂《いわ》れのない敵意に、次第に腹が立った。気づけば、私も唸り声を上げていた。

一瞬、彼らは竦《すく》んだように黙り込んだ。

だが、それも束の間のことだった。

さらに声帯が張り裂けんばかりの吼え声を上げ始めた。

やがて獣医と女性が出てきて、私を檻ごと治療した場所に戻した。檻の上に黒い布が被せられ、周囲は暗くなった。何も見えなくなった。

しかしまた、ここでも私は黒い布越しに、敵意と恐怖と吼え声を聞き続けた。

私はまた、違う家屋に移された。

しかしその家屋にいた茶色い犬――非常に穏やかそうな雌犬でさえ、檻越しに私を一目見るなり、その鼻面に深い皺を寄せた。そして、怯えたような吼え声を上げ始めた。

その隣にいた人間の子どもまでが、泣き始めた。

私は、檻の中にじっとしていた。

私が、いったい何をしたというのか。

何もしてはいない。

しかし、動物たちはみな、そんな私に対して敵意と憎悪を剥き出しにする。一匹とて、私に好意的な態度を見せてはくれない。

他者とのかかわり。他者からの視線。

孤独とは、疎外感とは、おそらくはこういうことなのだと、寂しさと虚しさの檻の中で実感した。

その日の夕方、私はあの男――太刀川の家に運ばれていった。

太刀川と獣医。基本的にはいい人間のようだ。私のために、また檻を作り始めた。

どうやらこの太刀川の家で、私はしばらく過ごすらしい。

周囲の犬たちがふたたび吼えたこともあり、私は家屋の中に移された。

ここで私は一つ、しくじりを犯す。

あの二人が担架から私を降ろしているとき、その作業に焦れた太刀川が言ったのだ。

「このバカ犬が。ちったぁ人の苦労も考えろ」

と――。

この男は、時おり、とても荒い言葉遣いになる。

おそらくは昭和のマチズムの名残《なごり》だ。想像するに、元来が品のいい育ちではない。

だが、その口調には、私に対する悪意自体は感じられなかった。単に作業に苛立っただけだ。

だからつい気を利かせ、半身を動かして、担架から半ば自分の体を畳に移動させた。

背後で二人の動きが止まった。呼吸する音も一瞬、同時に止まった。おそらくは驚いていた。

明らかに束の間、まさか自分たちの言葉を解しているのか、と勘ぐったはずだ。

だが、その事実を悟られることは絶対に良くないという確信を、私は石像のころから抱いていた。

私は自分の迂闊《うかつ》さに、二人に背を向けたまま、ただじっとしていた。緊張に、背骨が固くなっている自分を自覚する。じわりと舌が湿ってくる。冷えた感触。よく人間が『冷や汗をかく』と言うが、こういうことなのだろうか。

が――。

「なんなんだよ、こいつは」

そう太刀川のつぶやく声が聞こえ、私は一安心した。

気味悪くは思ったものの、その理性は、あくまでも偶然の産物として処理しようとしている。そう感じた。

翌朝、私は早くから起きていた。だが、この檻の囲いの意味するもの……つまりはこの範囲から出て欲しくないということだろう、と推測した。

だから私は一人で、ただじっとしていた。

そのころには私も、この空間が、昔、人間の話によく聞いていた和室だろうと、見当をつけていた。

畳。襖《ふすま》。障子。そしてこれが、おそらくは床の間というもの……。

そんなことをぼんやりと考えているうちに、太刀川が姿を現した。

両手に赤い皿を持っている。濃厚な肉の匂いが鼻を突く。そしてもう一つの皿からは、牛乳の匂いがした。

昨夜、獣医と太刀川が隣室で『ドッグフード』なる単語を連発していたのを思い出した。そして、盗み聞きした彼らの文脈から、それが私の食べるであろう食物だということも既に分かっていた。

果たして太刀川は檻の中に入ってきて、口を開いた。

「食べな」

だが、私は動かなかった。昨日の教訓。私が、人間たちの言葉が分かることをこれ以上悟られてはならない。

「食べるんだよ」太刀川はやや苛立った声で言った。「腹、減ってるんだろ?」

それでも私はじっとしていた、
軽いため息をつき、太刀川が部屋から出て行く。

太刀川が隣室で何かを食べている。咀嚼《そしやく》の音がする。

私は、目の前に置かれた肉の塊――ドッグフードを見ている。美味《うま》そうな匂い。そして牛乳の、濃厚な匂い。

やがて太刀川が、二階へと戻っていった。

戻ってくる気配はない。

私は目の前の二つの皿に、鼻面を突っ込み始めた。

3

黒犬が来てから、三日目――。

この日は珍しく、午前中から出ずっぱりになった。

朝イチで懇意にしている工務店へと出向き、そこの社長と事前の打ち合わせをしてから、引き合いのきた新規の施主の自宅へ行った。

挨拶と初回のヒアリングを済ませ、施主の家を出たのが十一時半。

予算と、施工期間――社長と一緒に昼飯を食いながら、その上物に関して、おおまかなラインが出来るまで擦り合わせをした。

店を出て、喫茶店へとしつこく誘う社長と別れた。この人の好い赤ら顔の社長の魂胆《こんたん》は、分かっている。見合いの話だ。以前にも、三十過ぎにもなってふらふらしとるようではいかん、と説教され、自分の姪《めい》や同業者の娘との見合いをさかんに薦められた。そのたびにおれは、付き合っている女がいるからと断っていたのだが、ほとほと辟易《へきえき》していた。

午後一時。

市役所の建設部住宅課を訪ね、現在抱えている物件の建築許可申請を、審査係に提出した。

再びクルマに乗り込んだときには、二時を過ぎていた。

節目節目でつい時計を意識したのは、黒犬のことが気になっていたからだ……。

今朝も起きてからすぐに一階に降り、和室を覗き込んだ。

黒犬は定位置の奥のほうに座っていたが、顔だけをひょっこり上げて、おれのほうを見た。

便器の中を確認した。なみなみと黄金色の液体が入っていた。

褒《ほ》めてやろうと思い、黒犬を振り返った。だが、振り返ったときには、黒犬は既にそっぽを向いていた。

はぐらかされたような気になり、そのまま便器を持って和室を出た。

トイレに行き、中身を便器に流した。風呂場でシャワーを入念にかけ、雑巾で雫を拭き取り、再び和室の柵の中に戻した。犬用の食事を作りトレイに盛って、これも柵の中に入れた……まるで、おれは使用人だ。

それから慌てて身支度を整え、クルマで工務店に向かったのだ。

気になっていたのは、糞便の時間だった。人間でもほとんどの場合、決まった時間に飯を食い、決まった時間にトイレに入るように、犬も決まった時間に飼い主が排便を促していると、その時間に催すようになるものだ。

黒犬におれが排便を強いたのは、昨日の昼の一度きりだ。とはいえ、新しい環境に置かれた犬は、それを以降の習慣にしてしまう傾向がある。

ダッシュボードの時計を見た。もうすぐ二時半だった。あの黒犬のことだ。おれが帰るまで大便を出すのを我慢している、などというしおらしい行動は間違ってもしそうになかった。が、それでもどこかで気にはなっていた。

三時少し前に家に着き、玄関のドアを開けた。

また、あの石のような匂いが鼻腔をついた。

和室を覗き込んだ。どこにも糞便を垂れた跡はなかった。おれは黒犬を見た。寝そべっている下腹部が少し膨らんでいる気がした。

慌てて首輪とリードを繋ぎ、スコップと袋を用意して、庭に連れ出した。

「ウンコだ、ウンコ」

そう声をかけると、今回は近所の犬が吠える前にすんなりと放尿し、その後、昨日に引き続いて相当な太さの便を捻《ひね》り出した。大小とも、血の混じっている痕跡はない。

やはり、屋外に連れ出されるまで我慢していたのかもしれない——この犬を少し見直す気になった。

再び家の中に連れ戻り、褒美にビーフジャーキーを与えた。例によって黒犬はおれの見ている前でそれにかじりつくことはなかったが、それは放っておいてリビングに戻った。ようやくくつろいだ気分になり、煙草に火をつける。

獣医は今日も、同じ時間帯に来る予定だといっていた。時間にして、あと二時間強ある。さて、これからどうしようかと考えた。

仕事をしようかとも思ったが、とりあえず今日の役所行きで、急ぎの仕事にはケリがついたところだった。それにおれは、午後に仕事をするというのが苦手だった。よほど立てこまない限り、コア・タイムは午前中と夜の数時間と決めている。

その時間帯のほうが、仕事がはかどるのだ。

住宅地の午前中は、意外と静まり返っている。勤め人も学童も幼稚園児も、八時過ぎにはすっかり界隈《かいわい》から姿を消し、家の中にいる主婦たちもお昼までは洗濯や家の掃除などに追われ、あまり外に出てこない。夜にしても、だいたい午後九時を過ぎると、路上から人の気配がしなくなる。

ところが、午後になれば主婦は買い物や習い事などに出かける。そんな彼女たちの辻々での立ち話、近くの公園から響いてくる子どもたちの声、原付バイクの音——そんな日常のざわめきが、仕事部屋の窓から滲むようにして伝わってくる。

うるさいというわけではない。だが、そんな明るい午後の雰囲気をじかに感じながら、デスクにかじりついたまま黙々と仕事を進めるのは、どうにも辛気臭くてやってられなかった。

そんなときに、ふと思うことがある。

ここが、本当におれのいる場所なんだろうか。こんな生活で本当にいいのだろうか、と。世の中には、もっと楽しみに満ちて健康的に汗を流す生活があるのではないだろうか。他に、もっとおれが住む場所があるのではないんだろうか、と。

むろん、そんな思いがいつだって幻想でしかないことは、分かっている。遠くに見える虹の所在を追いかけて、躍起になって丘を越えてゆくようなものだ。ヒトに出来るのは、今自分のいるフレームから、その次にぼんやりと見えるフレームへと、日々手さぐりで登ってゆくことだけだ。

そんな愚にもつかぬことを考え始めると、もはや仕事に対するやる気モードはゼロだ。図面を投げ出し、クルマに乗り込んでそうそう楽しい景色もない町の中を流したり、気晴らしにスポーツジムにいくことになる。

物心ついたときから性根が座らないというか、どうもおれの肝心な部分は、いつも緩みっ放しだ。

結局、獣医が来るまでの時間を、洗車をして潰すことにした。

おれのクルマは、家の横の駐車スペースでいつも野ざらしの状態だ。先日遠乗りしたこともあり、ボディもかなり汚れていた。今朝乗ったときにも気づいたのだが、車内にも犬の毛やミルクの飛び散った跡が、いたるところに付着していた。

欧米人のようにクルマを単なる移動の道具として捉えず、ある程度汚れると、まるで調度品のようにせっせと磨き上げ、満足を味わう。そんな日本人の典型が、おれだ。

しかし、無心になって単純作業に没頭するのはいい気分転換になるし、運動不足の解消にもなるものだ。

庭の片隅にある物置の中から巻き取り式のホースと、洗車道具一式を引っ張り出し、さっそく水洗いに取りかかった。

おれの家と通りを挟んだ向かいに、手入れの行き届いたハナミズキやユズリハの庭木に囲まれた一軒の家が建っている。

大手の住宅メーカーが造成したここらあたりの住宅地は、どの家並みも、判で押したように五十坪ほどの敷地に白いツーバイフォー工法の上モノ、それに玄関脇に露天一台分の駐車スペース、という造りになっている。

ところがその向かいの家だけは、敷地を通常の二倍取り、若干高めにコンクリートで基礎を築いた上に、ゆったりとした純和風の建物が乗っている。玄人《くろうと》のおれが見ても、けっこうな建材を使った和風建築だった。さらにその家屋の横には、クルマ二台分の電動シャッター付きのガレージがあった。

入念に予洗いを始めてから、十分ほど経った。

やり始めたときから、予感はあった。

はたして、おれの背後でカラ、カラカラと電動シャッターの開く音が聞こえ、それが一段落すると、ガレージの奥から、見るからに人の好さそうな、小太りの夫人が出てくる。両目尻に笑い皺のある、お向かいさんの太田《おおた》夫人。

道の中ほどまで歩み寄ってきて、

「こんにちは。いい日和《ひより》ですね」

そう、にこにこと挨拶してくる。

おれはよく晴れた日の風のない午後にしか洗車をしないから、当然いつもいい日和になるわけだが、それにしても、夫人の第一声は、いつもこれだった。

「今日も、洗車ですか?」

はあ、とおれは生返事を返す。それから何か一言、付け加える。

「まあ、子どもと同じですよ。日が高いうちはどうもそわそわして、仕事がはかどらなくて」

夫人は笑い、おれも仕方なしに笑う。そんな感じのつきあいだ。

最初ここに越してきた頃、夫人は、会社に行くわけでもなく日中からぶらぶらしているおれに、興味津々の様子だった。

初めて長話をしたときに、聞きたい素振りを感じたので、おれは自宅で仕事をしていると言い、その仕事内容も簡単に説明した。

そんな在宅の仕事もあるのか、という顔を夫人はして、それから失礼だと思ったのか、「どうもすみません。私はどうも、世間が狭くって」と、照れ隠しに笑った。「うちの主人からも、よく言われるんです」

そのご主人というのは、霞《かすみ》が関《せき》にある石油会社の重役で、毎朝決まった時間に運転手付きの黒いセンチュリーが迎えに来る。

今までの夫人の話を繋ぎ合わせると、二人の娘はとうに片付き、あと数年で、ご主人も定年退職だということだった。

いつもの挨拶が終わった後、おれは再び作業に戻る。

夫人はまだ話し足りないのか、しばらくそんなおれの様子を眺めているが、やがて自分も、ふと思い立ったようにガレージの中のクルマを洗い始める。

これもいつものことだ。

クルマは、白いクラウン・ロイヤルサルーン。ただし、その動いている姿はほとんど見かけたことがない。

そのクラウンを予洗いもなしに、バケツの中の水に浸したモップでいきなり洗い始める。ボディの表面に無数の細かな掻き傷《スクラッチ》がついてしまうこと請け合いなのだが、夫人はお構いなしだ。

おれがやっているときに、いっしょにやる。洗車も、彼女にとってはおれとのご近所づきあいの一環なのだろう。

が、当然そんな洗い方では、ものの十分も経たないうちに終わってしまう。おれはまだ、予洗いからカーシャンプーを泡立て、本洗いに入ったばかりだ。

この日も、すぐに夫人は手持ち無沙汰になり、がたがたとバケツとモップを片付けると、一旦ガレージの中を通って家に戻り、数分後には再び家から出てきた。

左腕に買い物籠を提げ、右手には、ついでに散歩も済ませるのだろう、小型犬のリードを引いていた。飼い主と同様、見るからに性格の温和そうな、薄茶色の柴犬だった。名前は、『コロ』。柴犬の例に漏れず、きりっとした顔つきをしており、尻尾《しっぽ》は愛嬌たっぷりに、くりん、と巻き上がっている。

「今から、お買い物です」

夫人はそうおれに笑いかけ、いそいそと出かけていった。

そんな後ろ姿を見送るにつけ、黙々と作業を続けながらも、おれは何故かため息が漏れてしまう。

庭付き一戸建てに、性格の良さそうな犬。つつがなく嫁に行った二人の子ども。電動シャッター付きのガレージには、白いクラウン、それもマジェスタではなく、滅多に動くことのない〝お飾り同然〟のロイヤルサルーン……。

暮らしのすべてが、その結婚当時からの『お約束』にもとづいている。旦那がめでたく円満退職したあかつきには、退職金に加え、ぎりぎり滑り込みの国民年金と厚生年金で、老後の生活もほぼ保証される。

たぶん、システムを信じて生きられる最後の世代だ。基本的には親切で実直で、礼儀をわきまえ、社会の成長に合わせて頑張ってきた、消えゆく世代だ。

それがおれにはせつなく感じられる。こういう言い方をすると、ひどく傲慢《ごうまん》に聞こえるかもしれないが、やはり郷愁に近いものを感じる。


太田夫人が帰ってきたのは、それから一時間も経ってからだった。

その頃にはおれもコーティングを済ませ、あとは拭き取りの作業だけになっていた。路肩に腰を降ろしたまま一服つけていると、両腕いっぱいに買い物袋を提げ、柴犬のコロに引かれるようにして帰ってきた。

夫人は言った。

「まだまだ、精が出ますね」

おれもなんとなく立ち上がり、夫人とコロに近づいていった。

おれはこの柴犬には、以前から好意をもっている。無駄吠えせず、飼い主に忠実で、そのうえ、よく人になついた犬に特有の愛嬌がある。たまに頭を撫でてやると、ハッ、ハッと嬉しそうに舌を出し、ちぎれんばかりに尻尾を振りまくる。その愛嬌。おれの家の黒い新参者とは大違いだ。

このときもコロの頭を撫でてやろうと思い、近寄っていった。コロはおれを見上げたまま顔を期待に輝かせ、さっそく尾を振り始めた。

ところが、だ。

あと数歩というところまで近づいて、異変が起こった。コロが突然鼻頭に皺を寄せたかと思うと、おれに向かって唸り出したのだ。

予想外のことに、おれは思わず立ち止まった。

「コロ、どうしたの？」さすがに夫人も慌ててリードを引いた。「ほら、太刀川さんじゃないの」

おれも呆気にとられたまま、コロの様子に見入った。コロは上体を低くし、上目遣いにおれを睨《にら》んだまま、依然として唸りつづける。

少し離れようと、体を動かした直後だった。コロは一瞬びくっとして、跳ね飛ぶようにして数歩あとずさった。ウォン、と一声上げ、その後は立て続けにおれに向かって吠え始めた。尾の先を、しっかりと股の間に巻き込んでいる。嫌悪ではなく、恐怖。

「コロ！　駄目、コロ！」

夫人の叱咤《しった》する声がその背中に飛んだ。

敵意ではない。敵意ではないが、明らかにおれに対して怯えている。

まただ、と思った。

初日は病院の動物たちに吠えまくられ、昨日は近所の犬に喚き立てられ、そして今日は、コロにさえ怯えられている。

夫人はおれに平身低頭謝りつづけ、なおも吠えるコロを引き摺るようにして家の中に入っていった。

おれは茫然としてその後ろ姿を見送った。

ふいに悟った。

匂いだ——。おれの服にまとわりついた、黒犬の匂いだ。

それしか考えられなかった。

しかし何故なんだ？　何故、動物たちは黒犬の匂いに気が狂ったように騒ぎ出すのだ？

それに、家の中に漂うあの乾燥したような匂いはいったい何なのだ？

自分の家を振り返った。

暗い窓、くすみかけた壁面。傾いた陽射しが、軒先に黒い染みのような疑念の影を落としている。

黒犬は今も家の中にいる。おそらくいつものように転がったまま、じっとしている。

ふと、おれの背筋に、悪寒《おかん》に似たようなものが走った。

出会ったときに黒犬に感じた気高い何かへの感動は、いつしか理解できないものへの畏れと警戒に取って代わりつつあった。

――あの犬は、いったい何なのだ？


獣医は、それから一時間後――おれが車体からコーティング剤をきれいに拭き取り、ゴム部分に専用のワックスをかけ、仕上げにホイールとタイヤを磨き終わった直後にやってきた。

おれがぐずぐずと作業を進めていたのには、訳があった。

あんなことがあったあとで、すぐ家の中に入って黒犬の顔を見るのは、気乗りがしなかった。おそらくおれは、不気味なものでも見るかのような眼差しを黒犬に向けてしまう。そしてそんな人間の不安は、必ず犬に伝わる。

そうなることを避けたかった。

だが、あの朴訥《ぼくとつ》そうな獣医が一緒なら、黒犬の注意も分散するだろう。そのぶん、気軽に入れるというものだ。

反面、やれやれ、ここはおれの家なんだぞ、とも思う。自分の家に入るのに、なんの遠慮がいる。

獣医は緑色のステップワゴンから降り立つと、おれのクルマを見遣り、笑った。

「ぬらぬら、してますな」

獣医は、磨き上げたボディの表面を、そんな言い方で形容した。

おれもつられて笑った。

洗車道具を片付け、獣医と前後して玄関を開けた。再びあの匂いが漂っていた。昨日、獣医が入ってきたときに、変な顔をしていたのを思い出した。

「相沢さん」ためしに聞いてみた。「何か、変な匂い、しませんか?」

彼は一瞬考えてから、口を開いた。

「そうですね。布団乾燥機をかけたような、乾いた匂いなら……」

人によって、ずいぶんと感じ方は違うものだ。

獣医はおれに続いて靴を脱ぐと、和室に入っていった。

柵の隅にうずくまっていた黒犬は、頭を上げて獣医を見つめた。おれは敷居の手前で止まったまま、獣医と黒犬の様子を交互に眺めていた。

柵の中に入った獣医は、黒犬の前まで歩いてゆき、それからゆっくりと腰を降ろした。黒犬の視線は獣医から外れない。警戒している様子はないが、さりとて、親しみの情を表すこともない。ただ、じっと見つめているだけだ。この犬はおよそ、ヒトに見つめられても視線を外すということを知らない……。

「食事や排便の様子に、特に変わったことはありませんでしたか？」

おれはなかったと答えた。獣医は昨日と同じように聴診器とペンライトを取り出し、診察を始めた。

おれはリビングに行き、冷蔵庫から麦茶と、戸棚からグラスを二つ取り出した。それをテーブルの上に運び終わったとき、和室から獣医の呼ぶ声が聞こえた。

「太刀川さん、ちょっといいですか？」

おれはその声に呼ばれて、和室に入った。獣医の背中が見え、その先で黒犬が寝転がっている。

獣医はおれを振り返り、言った。

「ここを、見てください」

指し示す先に、剃毛された傷跡があった。ペンライトの光が、縫合済みの傷口に当たっている。表面が完全に乾いており、切れ目の下から、ほんの少し肉が盛り上がってきている。

「……これが、なにか？」

「早過ぎるんですよね」ペンライトの先を見つめたまま、獣医は言った。「異常に。治りが」

おれはもう一度、傷口を観察した。患部の間からかすかに覗く盛り上がりにも、湿った跡はない。組織液が滲み出して凝固したと思えるピンク色の被膜が、しっかりとその表面を覆っていた。傷口の間から肉が盛り上がってきてから、かなり時間が経っているということだ。

「以前にもお話ししたかと思うんですが、通常の場合、あれくらいの深い傷ですと、完治するのに十日から二週間はかかります」獣医は言った。「ところが、この傷を見ると、縫合した間から、新しい角質層が古い表皮を突き破らんばかりの盛り上がりようです。しかも乾ききっている……少なくとも、術後一週間以上は経過したような回復状況にあります」

「………」

「昨日診察したときには患部は乾ききっていて、既に皮下組織の隆起を感じさせる兆候がありました。やけに早いとも思いましたが、野良犬の場合だと、文字どおり野育ちです。抗生物質の投与もあって回復力が凄まじいのかとも思いましたから、まあ術後の経過が良好な分にはいいじゃないかと……」

「それにしても、尋常じゃない、と?」

獣医はうなずいた。

「このまま回復してゆけば、おそらく明日か、明後日には抜糸できる状態になります。通常の倍以上のスピードですよ。失礼ですが、他の動物たちの過剰な反応といい、薄気味悪さささえ、感じますね」

それはおれも同感だった。とにかくこの黒犬には、面妖《めんよう》な部分が多過ぎる。

診察を終えた獣医と共に、リビングに移った。

「や、これはどうも」

彼は嬉しそうに声を上げ、テーブルの上の麦茶をさっそく手にとった。が、半分ほど飲むと、すぐにグラスをもどした。

「……今日、電話してみましたよ」獣医はちらりとおれを見て、言った。「銚子と、千葉県を統括する動物保護センターに。それらしい犬の届出は、どこからもありませんでした」

獣医が言うには、動物保護センターに問い合わせたとき、傷を負った犬だということはもちろん、黒犬の姿かたちも報告しなかったということだ。なんだかんだと理由をつけて、ここ数日で届けの出ている犬の種類をいちいち聞き出し、それで黒犬が該当しないことを確かめたのだという。

これには、獣医なりの理由があった。

最近は日本でも動物虐待の事例がアメリカ並みに増えてきており、飼育している犬や猫をわざわざ傷つけて喜ぶ変態が、けっこうな数存在するという。

傷口から、獣医はその可能性も考えていた。だが、犬の容姿や傷の具合をセンターに伝えると、職員は、それに該当する飼い主がいれば、すぐに連絡してしまうという。その場合、飼い主からの要望があれば、すぐに犬を引き渡さなくてはならない。犬の所有権が、発見した者ではなく、飼い主にあるからだ。

だから獣医は、もし該当する飼い主がいるのなら、まず適当な動物愛護団体に調査協力を依頼して、間違いなく相手に虐待の疑いがないことを確かめてから、引き渡すつもりだったという。

おれは獣医の結果報告に、やはり、と思った。

「そうですか」

おれのつぶやきに合わせるように、獣医もため息をついた。

「それで、このあと、あの犬の処遇をどうするかということを道々考えてきたんですが、大きく分けて二つほど、方法はあると思います。ひとつは、保健所に連れてゆく方法です。せっかくここまで治療しておいて、ガス室送りにするというのも可哀相ですが、どうせそうするのなら、あまり情が移らないうちにおやりになったほうがいいと思います」

こんな場合ながら、おれは危うく失笑しそうになった。情が移るには、あまりにも性向が強過《こわ》ぎるというものだ。

「次に、腹を決めて飼われるか、ということです。ただ、これだけの大型犬を首都圏で、しかも仕事を持った人がお一人で飼われるのは、相当な面倒をしょい込むことになりますが……」

「でしょうね」

おれはうなずいた。

現に、今日も半日空けただけで、おれはそわそわしっ放しだった。

獣医もうなずき返す。

「より正確に言えば、里親を探しつつも飼いつづけるという方法です。こういう骨柄《こつがら》の成犬を喜んで引き取ってくれる人間が、そう多くいるとも思えませんが、私も全面的に協力させていただきます。そうですね……例えば写真を撮って、それを何十枚か焼き増しし、獣医師会などで広報して、ロットワイラーやマスティフ、そんな犬の愛好家に当たりをつけてもらう、というような形ですが」

おれは言った。

「引き取り手が現れないということも、あり得ますよね」

「むしろ、その可能性が、高いと思います」

そう言って、おれの顔をじっと見た。

「……分かりました」そのときのおれは、自分でも信じられないくらい、あっさりと言ってのけた。「その、二つ目の方法でいきましょう」

今日の帰路で、やはりそうするしかないと思っていたのだが、この即答にはむしろ、獣医のほうが驚いたようだった。

「いいんですか?」

「いいも、なにも」と、おれは笑った。「出たとこ勝負で、その時々の気持ちに従っていく——まあ人生、そんなもんでしょう」

獣医も、苦笑した。

「『出たとこ勝負で、気持ちに従う』……なるほど」

おれも仕方なしにもう一度笑った。


しかし、すべてが終わった今にして思えば、あの匂いや、診察したときの獣医の不可思議な説明を、もっと気にしておくべきだったのだ。

おれは肝心なことに気づくのが、いつも遅すぎる——。

【J・参】

……二人の話の内容から察するに、どうやら私は、この家にしばらくいることになったようだ。

がすしつ。ほけんじょ。

その意味はよく分からなかったが、前後の文脈とその声のニュアンスからして、私には思わしくないだろう方向性の話も、獣医はしていた。

それならば、この家をすぐにでも逃げ出さなくては、と考えたが、直後には、あの太刀川が、自分で飼う、という意味の言葉を吐いた。

私は、安堵を覚えた。

太刀川――。

言葉遣いは悪いが、この人間の根元はどうやら、良性のようだ。

私は、幾度も見てきた……。

赤子の犬や猫を、境内の隅にダンボールごと置き去りにする人間たちを。たいがいの場合、彼ら人間は泣きながら走り去っていく。

しかし私は、そんな人間たちの涙に同情などできない。

残された子犬、あるいは子猫こそ、その末路は悲惨極まりなかった。徐々に餓《う》え、鳴き声も弱々しくなり、やがては一日か二日で静かになる。

蠅《はえ》がたかり、カラスがその屍骸を突《つつ》く。

奥に鎮座する神も、その行為を赦《ゆる》している……。

そんなとき、私はよく思ったものだ。

神に祈る人間。神に縋《すが》る人間。神を信じる人間。

だが神を信奉する人間が、必ずしも良性とは限らない。

神に祈りながら、平気で動物を生殺しにする。その同じ手で、自分の幸せだけは神に柏手を打つ。人を裏切り、痛めつけ、その同じ顔で懺悔《ざんげ》を捧げる。

そして私はさらに思う。

人間の良性あるいは悪性は、その属性——社会的身分、教養、職業、貧富——とは一切関わりがない、と。

では何かと問われれば、私にも分からない。

ただ、つい今しがた太刀川が口にした言葉の中に、答えはあるような気がする。

その時々の気持ちに従っていく。

知恵は要らない。ましてや我が立場への計算なども要らない。

ただ真空の中で、自分の感情を見つめる。

……しばらくは、この家に居よう。

4

翌日の夕方には、獣医が診察がてら、狂犬病とフィラリアの予防注射を打ちにやってきた。傷を診《み》た後に、明日には抜糸をして大丈夫そうだ、と言った。

確かにその獣医の言葉どおり、傷口は完全に乾ききっており、しかも、患部の両脇が細いかさぶた状になって、その下の新しい表皮から剥離しかけていた。

「やはり、野育ちの犬だと思いますよ」獣医は言った。「傷に対する免疫力が強いというか……そうでないと、ここまでの回復の早さの説明がつかないですから」

それからおれと共にリビングに移動してくると、テーブルの上に積んであった本に目を止め、おやっという表情をした。

「犬の、本ですね」

そう言って、笑いかけてきた。

おれも曖昧に笑った。仕事を終えた午後に、図書館まで行って借りてきたものだ。大判の犬種図鑑が、二冊。飼育指南の本が、三冊。

トレーニングマニュアルのような本は、借りてこなかった。別にマテやオスワリを教えようとも思わなかったし、だいいち、この黒犬は、おれの見ている前ではけっして食べ物を口にしようとはしなかったから、その必要もない。

そのことを説明すると、獣医はちょっと考え込んで、

「人前でモノを食べる習慣がないとなると、ますます飼い犬ではなかった可能性が高いようですな」と、首をかしげた。「しかし、あのサイズの野犬が今の日本に存在すること自体、ほとんど奇跡に近い感じもしますが……」


獣医が帰った後、おれは再び犬種図鑑を開いた。実を言うと、図書館から帰ってきて獣医が来るまでの間も、ずっとそれらの本に目を通していた。

おれの近所にも、太田夫妻以外に犬を飼っている家を、数軒ほど知っている。

むろん、知っているだけで、べつにその家の住人とは口を利いたことはない。ないのだが、それでもその家々の飼い犬たちがどんな扱いを受けているかは、通りすがりに垣間見える犬小屋と犬の雰囲気だけで、なんとなく摑《つか》めていた。

そのうちの一軒に、おそらく雑種なのだろうが、いつも薄汚れた犬がいる。

朽ちかけた犬小屋の傍で、ぼうっと通りを見つめている。ろくすっぽ散歩にも連れて行ってもらえていない上に、軒下に繫がれた鎖の長さは、一メートルそこそこしかない。通りかかるたびに、ションベンの臭いが漂ってきていた。

べつに善人ぶるつもりもないが、あの犬だって、そんな仕打ちを受けるために生まれて

きたのではないだろう。

　正直おれは、黒犬のことはあまり気に入っていない。だが飼うと決めた以上は、やはりきちんと飼いたかった。

　黒犬の性格を、その外見上の特徴から知ろうと思った。顔つきや骨格からしても、マスティフ系の血が濃厚に入っているのは間違いなかった。犬種図鑑の中の、マスティフの項目を開いた。

　ひとくちにマスティフと言っても、純血種から亜種まで様々な犬種があるようだった。より源流に近いものからいくと、チベタン・マスティフ、マスティフから始まり、各国で繁殖されたものとしては、ナポリタン、フレンチ、スパニッシュ、ブラジリアン、アルゼンチニアン、ピレニアンの各マスティフ、そしてロットワイラーなどがある。

　さらにそのマスティフとの配合で生まれてきた犬種としては、ブルドッグ、カ・デ・ボウ、カナリー・ドッグ、ブル・マスティフ、グレートデン、土佐闘犬、ランドーシア、セント・バーナードなどだった。

　これら犬たちはすべて、もともとが軍用犬、護衛犬、もしくはドッグ・ファイティングに使われていた経歴を持つらしい。

　犬種図鑑はこう語る。

　犬種による程度の差こそあれ、基本的には防衛本能が強く、当然その本能の顕《あらわ》れとしての闘争欲、支配欲が旺盛で、普段は泰然と構えていても、いざとなるとその頑強な筋力と相まって恐るべき攻撃能力を発揮する……。

こけおどしとも取れる解説の字面を追い、ため息をついた。自分が飼おうとしている犬の物騒さを、あらためて思い知らされた気分だ。

黒犬自体の形状、サイズ、被毛の色目は、獣医が先日言ったとおり、ロットワイラーに最も近かった。

気を取り直して、レオンベルガーのページを開いた。

この犬種の解説には、おれにとってはやや希望的な性格的特徴が書いてあった。曰く、温和、情が厚い、主人に忠実、などだ。

これからの扱いを考えれば、願わくば、このレオンベルガーの特質も少しは持っていて欲しい気がする。

次の日も、午前中は仕事をして、午後から外に出た。

ホームセンターに寄り、ドッグフードの追加と、首輪とリード、それに組み立て式のケージと犬用の便器、皿、蚤《のみ》捕《と》りスプレー、ブラシ、マットなどのペット用品を一式買い揃えた。いつまでも獣医からの借り物に頼っているわけにもいかない。

全部で大型のカート二台分になった。すべてトランクに押し込み、ついでに夕飯の買い物も済ませて家に戻り始めた。

家の近くの通りまで来た。大通りからそれて宅地の中の市道へと、スピードダウンした。あと数百メートルでおれの家というところまで来たとき、不意に後ろから警笛が鳴った。クルマのクラクションではない。もっと軽い、ビッ、ビィーッという、おもちゃのような電気音だった。

ルームミラーでその音の正体を知ったとき、おれは顔をしかめた。見覚えのある原付に、お椀型のメットを斜めにかぶった少女が乗っていた。原付はおれのクルマを強引に追い越すと、二十メートルほど先で、おれの進路を塞《ふさ》ぐようにして停まった。

仕方なしにおれはクルマをその後ろで停め、窓から顔だけ出した。

娘は原付のシートから両足を地面についたまま、おれのほうを振り返った。

「食料品がある」おれは言った。「家に帰って早く冷蔵庫に入れたい。邪魔だぞ」

すると、娘はにやりと笑った。

「五分やそこらで、腐るわけないじゃん」娘は言った。「もったいぶっちゃってさ」

おれはもう一度、顔をしかめてみせた。

「この、バカタレが」

娘は平気な顔をして、へへっと笑った。

ピンクの厚底サンダルに、股間《こかん》すれすれでぶった切ったジーンズという出で立ちで原付に跨っている。見るからにノーブラの両肩からは、黒いタンクトップがだらしなく吊り下がっている。九月も末だというのに、どうやら少女の頭の中は、まだまだ夏真っ盛りのようだ。

白いメットの下からは金髪が覗いている。もちろん外国人でもハーフでもない。純ジャパの娘が若気の至りとばかりに脱色しているのだ。その髪先が半ば顔にかかり、つんと尖《とが》った鼻先と幼さの残る顎がこちらを向いている。

十七歳の小娘——名前は知らないし、知ろうとも思わない。

いずれにしても、ここにも自由の使い方を知らないバカがいる。

そして、何をやっている娘かも知っている。

おれの住んでいる町の中心部を、東西に走っている電車がある。町はその線路で、大きく二つのエリアに分断される。

一つが、線路から南側に拓けた、今おれが住んでいる新興住宅街だ。真新しいマツモトキヨシやセブンイレブン、ツタヤなどがある駅前のロータリーからポプラ並木が立ち並び、大通りも路地も、碁盤の目のように整然と区画割りされている。

ポプラ通り、アカシア通り……そんな浮きに浮いた名前の、駅前につづく大通りを、決まって毎朝八時ごろに、うつむき加減の勤め人たちが、列をなして駅に向かってゆく。

彼らの住む家の場所も、けやき台とか、ひばりが丘とか、そんな感じの地名ばかりだ。現におれの住んでいる場所も、ぺたっとした平地のくせして、〝ときわ台〟だった。

対して線路から北側には、昔からの家並みが存在する。まだここら辺り一帯が田んぼだらけだった頃から住んでいる地元民のエリアだ。

住所もそれを匂わせる。ナントカ字《あざ》1990、ナントカ沼大字《おおあざ》546……その旧市街の駅に近い鄙《ひな》びた商店街の外れに、一軒の弁当屋がある。いかにも夫婦経営といった風情のちっぽけな弁当屋で、軒先のオレンジの看板も、すっかり風雨に色褪せている。朝十時ごろから夜九時ごろまで営業している。

いつもは太りぎみのオバサンが店先にいて、油染みのついた割烹着《かっぽうぎ》姿のまま接客をしている。愛想は良くない。時折、薄暗い厨房《ちゅうぼう》の中に、これまたいつもむすっとした、痩《や》せぎすのオヤジの姿が見える。

それでもおれがこの店に月に数回ほど行くのは、その味が美味く、ボリュームもあるからだ。しかも、のり弁は三百円、シャケ弁は四百円、幕の内デラックス弁当は五百五十円というように、値付けもかなり良心的だった。

手抜きをせずに、薄利多売。こういう方針の店は、昔から好きだ。

夜に買いに行くと、たまに展示棚の向こうに、髪を金色に染めた娘がいた。年の頃は十六、七といったところだろう、いかにもつまらなそうな顔をして店番をしていた。いつも夜だけということもあるし、この手の店でバイトを雇うとは考えられなかったから、おそらく夫婦の娘なのだろうと思った。

この幕の内、ちょうだい——そう、おれが言うと、はーい——と、いかにもやる気のなさそうな、脱力系の声を出す。

お金を差し出すと、無言で釣りを渡す。愛想のなさは親譲りだ。とはいえ、見られない娘ではなく、むしろ器量は十人並みだ。全体的にきりっとした顔立ちで、やや白目の勝った眼差しは、まだまだ小娘とはいえ、どことなく男好きがした。ヤンキー系の美人に、よくいるタイプだ。

二ヶ月ほど前のことだ。

七月の風が心地よい、ある日の午後だった。おれは近くの公園まで歩いていった。

線路からこちら側の、新興住宅街の中にある広い公園だ。一面に青々とした芝生が茂り、西のほうが小高く土を盛った人工林になっていた。家から徒歩で十分ほどのところにあり、たまに買い物がてら、気晴らしと運動不足解消を兼ねて歩いてゆく。

若年の主婦が立ち話をしている周りで、チビッコたちが飛び跳ねているという構図は相変わらずだったが、一つだけ、いつもと違ったところがあった。

芝生の南側で、青・黄・赤のビーチパラソルを立て、その日陰にビニールシートを引き、セパレートタイプの水着姿で寝転がっている女がいた。腹ばいに寝そべり、頭部にはあまりにも場違いなテンガロンハットをかぶり、最近流行《はや》りの大きいサングラスをかけていた。その場所だけ、まるで周りの風景から切り取られたかのように、明らかに浮いて見えた。いったいどういう阿呆《あほう》かと思い、おれは歩きながらもちらちらとその様子を眺めていた。と、その女の顔がこちらを向いた。見覚えのあるような、ないような顎の輪郭……その口元が捻れたようになって笑みが浮かび、テンガロンハットを取って、それをおれに向かってひらひらと振った。金色の髪が頭部から落ちてきた。

おれは呆気に取られ、あらためてその女を見た。よく見ると、あの弁当屋の小娘ではないか。

天気も良く、仕事の縛りもないせいなのか、それとも別に心積もりがあるのか、娘は不気味なほどの愛想のよさでおれに手招きを続ける。

誘われるまま、おれは公園の中に入った。

「弁当買いに来るときと同じで、いつも、ぼさっと歩いてんだね」

シートの前で立ち止まったおれを見上げ、娘はいきなり言った。

「いつものつまんなそうな顔して」

ぞんざいな口利きには負けずに辛辣《しんらつ》に返すのが、おれのやり方だ。

「仕事でつまんなそうな顔している奴より、マシだろ」おれは言った。「それがたとえ、親の手伝いの仕事でも」

娘は笑った。おれの受け答えがお気に召したようだった。ヤンキー予備軍にしては、意外に歯並びが良かった。

「で、おれに何の用だ？」

「別に――」と、ため息をついて、娘は半身を起こした。「用なんか、ないよ。知ってる顔だから、挨拶しただけ」

「そんなものか」

「そんな、もんだよ」

娘はシートからちょっと横に尻をずらすと、

「ここ、座りなよ」

そう言って、シートの表面を軽く叩いた。

しかし、こんな小娘ごときにそう言われて素直に座ってしまうおれは、いったい、なんなのだろう。

娘は傍らのバッグの中から、煙草を取り出した。

フロンティア・メンソール――ニコチンもタールもハッカも、スッカスカのやつだ。小娘は無言のまましばらくその一本を弄《もてあそ》んでいたが、やがて火をつけると、ふーっとばかりに煙を吹き出した。まるでこの世の中には自分一人しか存在しないような、そんな素振りだった。

なんとなく、おれはむかついてきた。

自分から呼んでおいて話題も提供せず、もったいをつけるというのも、昔からヤンキー特有の流儀だ。そしておれは、それが嫌いだ。

おれは言った。

「おまえ、いったい何歳だ？」

「十七」

「十七、ね」

わざと含むような答え方をしてやると、すかさず娘は反応した。

「未成年で、煙草なんか吸ってるんじゃないって？」

「誰もそうは言っていない」

「じゃあ、どういうこと？」

「二十歳過ぎようがなんだろうが、脛《すね》かじりの分際で、いきがって吸うんじゃないってことだ」

「なら、どういうふうに吸えばいいわけ？」

「公園の隅っこででも、すまなそうな顔して吸え」

娘は笑い出した。

「オヤジだなぁ」と、声を上げた。「言うことが、いちいち」

たぶん、その時のおれは、苦虫を噛み潰したような顔をしていたと思う。

ひとしきり腹を抱えて笑うと、娘はふいに素《す》に戻った。咥《くわ》え煙草のまま手首の輪ゴムで後ろ髪を結わえたあと、こちらを向いた。

「あたしさぁ、別にタダで親から小遣いもらってるわけじゃないよ」

「弁当屋の、手伝いか？」

娘はうなずいた。

「うちの親、ケチだから、そんなにはくれないけどね」そう言って、公園の縁に停めてある原付を指さした。「あれだって、ファミレスとコンビニのバイトで買ったんだよ」

少しはこの娘を見直す気になった。

「なるほど」

うなずくと、娘はおれの顔を見た。

「じゃあ、今度はあたしから質問」

「なんだよ」

「前からちょっと気になってたんだけどさ、あんた、仕事って、なにやってんの？」

「どうして？」

「だってさ、来るときはいつも私服だし、時間も曜日もまちまち。勤め人じゃなさそうだし、でもいつも綺麗な車で来るから、プー太郎にも見えないし……今日だって、昼間からヒマそうにぶらぶら歩いているし」

本人は意識してなかったにしろ、これでおれを手招きした理由がなんとなく分かった。

「いつも無愛想な顔して、腹の中ではそんなこと考えていたのか」

「愛想なしは、お互い様じゃん」

おれは笑った。笑って、簡単に自分の仕事を説明した。

「ふーん」

一通り話し終わると、娘は唸るようにつぶやいた。そして、意味もなく芝生の草を毟《むし》り始めた。

「あんたってさ、見かけによらずアタマいいんだね」

ふと、平日であることに気づいた。

「おまえ、学校は?」

「サボった」

「あのな」と、おれはため息をついた。「ロクに努力もしてねぇ奴が、気安く他人にアタマいいなんて言うな」

「なんで?」

「相手に失礼だ。それ以上に、自分にだ。ちゃんと学校に行って、やることやってから言え」

娘は口先を尖らせた。

むすっとして芝を毟りつづけていたが、やがて何かにふと思い至ったような顔をして、少し笑った。

「なるほど」そう言って、泥のついた指先をはらった。「そんな考え方も、あるんだ」

「何をわけの分からんこと、言ってやがる」ウンザリして、つい口が滑った。「しまいにゃ乳揉《ちちも》むぞ、こら」

「やらしー」再び娘はゲラゲラと笑い出した。「エロジジイだ」

今度はオヤジからエロジジイへと格下げになった。

ともかくも、そんな公園での会話から、妙になつかれてしまった。弁当を買いに行くと、頼みもしないのに白飯を大盛りにするようになった。

原付に跨ったまま道を塞いでいる娘を前に、どうしたもんかとおれは思案していた。

「ねぇ」と、娘がクルマのボンネットを指さした。「どうせヒマなんでしょ？　これで、どっか行こうよ」

「駄目だ」時計を見た。午後三時半。「これからやることがある。おっつけ、人も来る」

それから今日が平日なのを思い出した。

「学校行け」

娘は鼻先で笑った。

「今ごろ行ったって、とっくに授業は終わってるよ」

どこまでも堕落の坂を転げ落ちている娘だ。おれは舌打ちして、言った。

「なら、勝手にしろ」

結局、娘はおれの家までついてきた。

トランクから荷物を下ろしているおれの様子を、手伝う素振りも見せず、ぼうっと眺めていた。

何度かクルマと玄関の間を往復し、あとはケージの束を運び入れるだけになったとき、おれは一息ついた。

「しかし、おまえもヒマなやつだな」煙草に火をつけ、おれは言った。「他に、やることはないのか」

娘はかすかに頬を膨らませた。

「つまんねーんだもん」

「なにが？」

「サボり連中と遊んだって」娘は言った。「スマホのアプリがどうしたとか、カラオケ屋のタダ券がどうしたとか、あいつとこいつがしちゃったとか、そんな話ばっかだし」

そして最後に、

「不毛だよ。そんなの」

と、珍しくこの娘には似合わぬ言葉を口にした。

少し考えて、おれは言った。

「だからって、倍も歳の違うおれなんぞと話したって、面白いことはねぇぞ」

だが、娘はそんなおれの言葉が聞こえなかったかのようにしばらく黙り込み、

「あのさ、犬でも飼ってるの？」

と、話題を変えてきた。

荷下ろしの品を見て、それとなく気づいていたのだろう。おれは仕方なしにうなずいた。

「まあ、飼うことになったというのが、正確だけどな」

「どんな、犬？」

「なんでだ？」

「ちょっと見てみたい気がする」

「見たって、面白くもなんともないぞ。あんな犬」

すると、娘はちょっとむっとしたような顔をして、

「それは、あたしが決めることだよ」と、生意気にも意見をしてきた。「見せてくれるぐ

らい、いいじゃん」

三白眼《さんぱくがん》の白目が、やや大きくなっていた。

おれはため息をついた。

「……じゃあ、こうしよう」おれは言った。「今から、犬用の柵を作らなくちゃいけない。手伝ってくれるなら、あとで部屋から連れ出して見せる。これで、どうだ？」

娘はうなずいた。

玄関までついてきた娘を、戸口の前で押し止《とど》めた。

「ここで、ちょっと待ってくれ」

「なんで？」娘は驚いたように言った。「入れて、くれないの？」

心外そうな表情を浮かべ、それから少し悲しそうな顔つきに変わった。これだから子どもは嫌いだ。いつも勝手に自分の感情を押し付ける。

「よく考えろ」おれは釘《くぎ》を刺した。「なんかおまえ、きな臭いぞ」

するとふたたび、娘の顔はころりと様変わりした。

「は、はーん」と、声を上げ、にやりと笑った。「いちおう、意識はしてるんだ」

「当たり前だ」

言い捨て、家の中に入って食料品を手早く冷蔵庫の中にぶち込んだ。家の中に入れなかったのは、もう一つの理由があった。麻子の顔がちらりと脳裏をよぎったからだ。いくら子どもとはいえ、もしこのことを彼女が知ったら、決していい気はしないだろう。

キッチンの下の棚から針金とペンチを取り出し、玄関にとって返した。

「庭先に、回ろう」

ケージの板を抱え、家の側面を回りこんで南側に出た。

板を一枚ずつ娘の両手に持たせ、その接点を針金で幾重にも巻いて、留め始めた。

「庭、きれいだね」ケージを支えている以外、手持ち無沙汰な娘は、きょろきょろと辺りを見回した。「ちゃんと、芝生や木なんかも手入れしてるんだ」

「借り物だからな」巻きつけた針金の先を、ペンチで落とした。「いずれは家ごと持ち主に返さなくちゃいけない」

娘はしゃがんでいるおれを見下ろした。

「A型でしょ？」訳知り顔で、そう断言した。「几帳面《きちょうめん》で細かいA型だね」

思わず笑い出しそうになった。くだらぬ意味付け。A型の日本人は五千万近くもいる。そいつらがみんなそんな性格だったら、社会はギクシャクしっ放しだろう。

「だから、どうした？」

「あたしは、B型」と、自分を指さした。

「だろうな」と、投げやりに答えた。

娘は口を尖らせた。

「なに、それ。B型じゃ悪いっての？」

おれはにやにやして首を振った。

「そのたぐいの話じゃ、少なくともA型男性との相性は、最悪だとさ」

そんな愚にもつかぬ話をしながら、作業を続けた。

二十分後に、柵が完成した。

「でもさ、なんで家の中で飼ってんの？」この娘は、片時も黙っていることを知らない。

「よくキャンキャン鳴くような、小さい犬？」

「違う」正直に答えた。「おまえが見たら、仰天するぐらいのいかつい大型犬だ」

「うそ、うそ」娘は気楽に構えている。「見せたくないから、そんなこと言ってビビらせようぐらい、思ってんじゃん？」

「そうか？」

おれは柵を折りたたみ、軒下に立てかけた。ふと芽生えた意地悪い気持ちに含み笑いをしながら、娘を振り返った。――なにしろ黒犬はあの巨躯《きょく》だ。至近距離で拝《おが》んだら、きっと死ぬほど驚くに違いない。

「だったら、そう思ってな」笑っておれは言った。「今、部屋から連れ出してやるから」

外から見た和室の中は、レースのカーテンを引いている上に、西側の窓は障子になっており、いつも薄暗い。明るい陽射しの下では相対的に暗く見え、内部の様子がよく分からない。

外からは和室に入れない。黒犬を住まわせてからは、いつもサッシの錠を下ろすとき、念入りに確認するようになった。

家の側面を回り込み、玄関から一足飛びに和室に入った。石のような乾いた匂い——。

黒犬はそこにいた。柵の中央にでんと構えて、入ってきたおれを見ていた。

やはり嫌な気分だった。こいつに見つめられるたびに、何故か心の中を見透かされているような、そんな思いに囚《とら》われる。

おれにも子供の頃に経験があるが、ふつう犬というのは、人間がじっと見つめているとそのうち必ず目を逸らすものだ。が、ことこいつに関しては、そんなことは絶対になかった。暗い琥珀色の瞳に見つめられていると、こっちが逆に視線を逸らしたくなってくる。

「悪いけど、知り合いに顔を拝ませてやってくれ」何故こんなお願い口調にならなければならないんだと思いつつも、理解を求めるように語りかけた。「すぐ、終わる」

黒犬は相変わらず無反応だ。おれが傍に行って首輪とリードをつけ始めても、とくに抗う素振りも見せない。見事なまでの、周囲への関心のなさ。

傷口を見ると、縫い目の隙間から覗いていた新しい角質層がさらに隆起していて、古い表皮の両端を繋ぎとめている糸を、ほとんど引き千切らんばかりの力強さだった。

その回復ぶりからして、軒下へと降りるときの渡し板はもう不要なように思えた。

レースのカーテンを開け、サッシの錠を外して、カラカラと窓を開けた。窓の向こうに立っていた娘の顔が何気なくこちらを向き、とたんにギョッとした顔になった。サンダルを履き、軽くリードを引いて、犬走り（家屋の軒下にあるコンクリート基底部）に降りるよう黒犬をうながした。

娘は無言のまま、じりじりと後ずさりする。

と、黒犬はひょいと、畳から一足跳びに犬走りを跳び越え、芝の上へと跳躍した。文字どおり、ひょいと、だ。

ほとんど重力を感じさせない、猫科の動物のような柔らかい身のこなしで、音も立てずに芝の上にその四肢を着地させた。

おれは一瞬、娘を驚かすことも忘れ、思わずその動きに見とれた。まさか病み上がりで、そんな動きが出来るとは思っていなかった。それほど鮮やかな跳躍だった。

黒犬は立ったまま、じろりと娘のほうを一瞥した。

「……なに、この犬？」立ち尽くしたまま、ようやく娘は口を開いた。「これなの？」

「そうだ」

すると、ちらりと助けを求めるような視線でおれを見た。

「なんだか、恐いよ」

「リードを握っているから、心配ない」

いた。

「でもさ、まさか、こんな感じだとは思わなかったもん」

娘は依然として不気味なものでも見るように、少し離れた場所から黒犬のほうを窺って
いた。

近所の犬が気になりかけてもいたし、おれは犬を家の中に戻した。

サッシに錠を下ろしたあと柵の中に入れ、首輪を外した。黒犬は再びシートの上に肢体を横たえた。大型のマスティフ系の犬はそんなに活動的ではないと、昨日の本にも書いてあった。だが、抜糸すれば、それなりの散歩の時間も必要にはなってくるだろう。近所の飼い犬に吠えられる犬――それを考えると少し頭が痛かった。

玄関から回って庭に出た。

ほっとしたような表情を浮かべて、娘は笑みを漏らした。

「そんなに、怖かったか?」

「ていうより、苦手だな。あんな犬は」

「なぜ?」

「愛想もなさそうだし、何しでかすか分かんなそうな気がする」

苦笑した。人間、誰しも感じることは同じなのだ。

「あんな犬、よく飼う気になったね」

「いろいろと事情があってな」

「どんな？」

おれは銚子での出来事を簡単に説明した。

聞き終えた娘が再び口を開こうとしたとき、どこからか電子音のメロディが聞こえた。

娘はジーンズのポケットからスマホを取り出した。

「はい、もしもし――」

そのまま数分ほど、キャハハと笑ったり、ふんふんと聞き入ったりしていた。

やがて電話を切って、こちらを向いた。

「友達からの誘い」娘は言った。「今からカラオケボックスに行く」

あれ、とおれは思った。

「さっき、そんなのつまんねぇとか言ってなかったか？」

だが、娘はしれっとしたものだ。

「だって、またタダ券が何枚かあるっていうし、もったいないじゃん」

「やれやれ」おれはため息をついた。「さもしい根性だ」

「さもしい？」

おれはさらにため息をついた。

これには、マトモに答える気にもなれなかった。

「あのな、世の中で、タダほど高いものはないんだぞ。大人になれば、ようく分かる」

事実そうだ。

フェイクの愛と違って、本当の愛情は、金では買えない。基本タダだ。しかも一生ものだ。だからこそ覚悟が必要だ。もししくじったとき、かえって心的にも経済的にもひどいダメージを負う。

逆の意味でも、そうだ。

タダで見られるテレビ。ラジオ。ネット。しかしそんなものを漫然と眺めている時間が、自分の一生でどれだけの浪費になっているのかにも気づかない。

雑学と知識は違う。ましてや面白いことと楽しいことも、ぜんぜん違う。

しかし、娘はまた違うことを感じたらしく、むふっと笑った。

「そんなこと言って、ホントは一人が淋しいんでしょ？」

これには本当にウンザリした。

「おまえ一回、マジに泣かすか？」

そうは言いつつも、いちおう、家の道路側まで見送った。

白いお椀型メットを被って、少女は言った。

「今度さ、どっかドライブ行こうよ」

「理由は？」

「今日、手伝ってあげた」

おれは鼻を鳴らした。

「犬を見せることで、礼はチャラだ」

「そんなの、駄目だよ」と、不満そうな顔をした。「あんなの見たって、楽しくもなんともなかったもん。お礼になってないよ」

ふと、前々から思っていた疑問が心をよぎった。自惚《うぬぼ》れではない。

だから直截《ちょくせつ》に聞いてみた。

「なぜ、おれになつく?」

娘はそれには答えず、うつむいたままセルを回した。意味もなく、ビィイ、ビィーと軽くアクセルを何度か空ぶかしした。

それから何故か眩《まぶ》しそうに、おれを見上げた。

「わかんないよ」娘は答えた。「でも、話してると、なんか広い感じがする」

「なに?」

「なんか、自分が自分を、もっと違う世界から見てるような、そんな感じ……」なおも考えながら、懸命に言葉を探している。「もっと広い場所から、ああ、こんなもんかって。そうすると、いつものつまんねー感じが、しないんだよね」

そう言って、えへへ、と照れ笑いを浮かべた。

「あたし馬鹿だから、うまく言えないけどさ」

おれはなんと答えていいか分からず、黙っていた。娘の頰が、夕暮れに赤く染まり始めている。この娘《コ》の息をする世界。この娘《コ》の生きてゆく未来。

おれはため息をついた。

「前向きにやってりゃ、いつかは抜け出せる」

そんな無責任な、手垢のついた答えしか用意できなかった。

だが、そんなおれの言葉にも娘はこくりとうなずいた。

「じゃあね」

「学校行けよ」

娘は笑った。

「いつも、それればっかし」

そう言い残し、手を振って帰っていった。


おれは家の中に戻り、和室に入った。

柵を入れ替えるためだった。

畳に足を踏み入れたとたん、黒犬がこちらを向いた。なんとなく、もの問いたげな視線に感じた。

「なんだよ？」ついおれは言った。「なにか、用かよ？」

すると黒犬は、何を思ったか、ついと横を向いた。可愛げのない奴。

舌打ちをし、獣医から貸してもらっていた柵を片付け始めた。ケージを取り払っている間に黒犬が室内をうろつく可能性も考えられたが、そうなったときはそうなったときだと思った。

手早くケージを折りたたみ、壁に寄せた。サッシを開け、新しく作った柵を部屋の中に運び入れ、再び開き始めた。黒犬はじっとしていた。いつも思うのだが、こいつはおれに急かされない限りは、およそ自分から動き回るということがない。

徹底した無感動と無関心。食っているところを見たことはないが、おそらく飯だって黙々と胃袋に詰め込んでいるだけなのだろう。

人間にもこんな奴はいる。

いったい何が楽しくて生きているのか、さっぱり分からない。


五時に、獣医がやってきた。玄関口でいつもの挨拶を交わすと、和室に足を踏み入れた。そのとたん、おやっという顔をした。

「買い揃えたんですね、いろいろと」

そう言って、おれに微笑みかけた。

壁に寄せて、獣医から借りていたケージや、皿、便器、首輪などを、ひとまとめにしておいたのだ。

「まあ、ずっと借りっ放しっていうのも、なんだったもんで」

再び獣医は目元で笑った。

「遠慮されずとも、よかったのに」

その後、すぐに診察にうつった。

ひととおり傷口を観察した獣医は、抜糸、もう大丈夫ですね、と言った。

「もっとも、こんなに治りが早いのには、まだ信じられない気分ですが」

鞄の中から鋏とピンセットを取り出し、それを消毒液で丁寧に拭いたあと、寝転んでいる黒犬の前にしゃがみ込んだ。

鋏とピンセットを器用に使い、肩口に近いほうから慎重に糸を抜いていった。

おれはその獣医の様子を、傍らからじっと見ていた。黒犬はピクリとも動かない。

盲腸の経験があった。抜糸の時は見た目と違い、少しチクリとくるぐらいで、意外と痛くないものだ。これまた昨日の本からの知識だが、犬は表皮の痛覚が乏しいと書いてあった。なおさらだろうと思った。

五分後に、抜糸が終わった。器具を片付けながら獣医は言った。

「明日、福祉会館で獣医師会があります」いつの間にか、その手にはデジカメが握られていた。「この犬の里親願いを広報しますが、写真、いいですかね?」

むろん、おれはうなずいた。

獣医は少し離れた立ち位置に移動し、寝そべったまま彼のほうを向いている黒犬に、カメラを向けた。

フラッシュが室内を一閃し、獣医はデジカメを胸元に引き寄せ、裏の液晶画面を覗き込んだ。被写体の写りの確認――。

「うん……」

不満そうにそうつぶやき、もう一度カメラを構え直した。

再びフラッシュが光った。つづいて画面を覗き込み、さらに首を捻る。

そんなことを数度、繰り返した。その間も、黒犬はじっと獣医を見つめているだけだった。

「どうしたんです、いったい？」

さすがにおれも問いかけた。

「写りがね――」と、弱ったような顔をした。「どうもあまり、良くないんですよ」

獣医の傍まで歩を進め、デジカメの液晶画面を覗き込んだ。

そのおれの様子に、獣医は手元の操作で、次々と黒犬の写った画面を切り替えていく。

「――なるほどね」

そこに写っている何枚かの黒犬の写真を見て、思わず笑い出した。

獣医が渋面を作るのも無理はなかった。フラッシュの反射なのだろう、黒毛の覆う顔面の中で、その双眼が爛《ただ》れたように赤い光を放ち、だらりと垂らした舌先の両側には、真っ白い牙が鋭利に立ち上がっている。両眉にくっきりと浮き立ったタン色の斑紋と併《あわ》せ見ると、まるで血に飢えた地獄の番犬といった様相で、妖気さえ感じられた。

笑いながらおれは言った。

「これじゃ、駄目ですね」

「でしょ？」

と、獣医も相槌《あいづち》を打った。

明日の昼間、もう一度陽光の下で撮ろうという獣医の申し出を、おれは断った。明日は麻子の店の定休日だった。約束どおり、朝から向かいたかった。

「残念ですな」獣医は言った。「今度の定例会は一ヶ月後になりますが、それでもいいですか？」

「いいですよ」気楽におれは言った。「またの機会に、しましょう」

抜糸が終わった以上、しばらく獣医が家に来ることもなくなる。最後に今までの往診の精算を済ませた。

「じゃあ、どうもいろいろと」と、おれは頭を下げた。

「それは、こっちのセリフです」獣医は少したためらいを見せたのち、「……もし機会があったら、今度、飲みにでも行きましょう」

そう言って控えめな笑みを浮かべた。

経験上、こういう場合の今度は、なかなかこないものだ。住んでいる業界が違うと、なおさらだ。時間が経つにつれて互いの接点が薄れ、誘いにくくなるからだ。

おそらく獣医も分かった上で、そんな言いまわしで好意を表したかったのだろう。

おれも笑った。

こんなとき、男は大なり小なり、みんな淋しい生き物だと感じる。

オバチャンたちのように、近所だからといって気楽に立ち話する知り合いもできにくい。

こいつは勤め人か？　自営業か？　はたまたプー太郎か？——仕事の利害関係で成り立っているのが男社会の基本だから、相手と自分との関係を、ついそんな社会的な位置付けの中で見たがる。習い性として、どうしても値踏みの視線になってしまう。

つまり、お互いが相手に対して構えてしまう。

始末に困る生き物だ、と我ながら思う。

【J・肆《よん》】

便意。

そして放尿と排便。

私には、この体験も初めてだった。

しかし、敢《あ》えて話すほどのことでもない。

己《おのれ》の排泄行為を語ることほど、愚劣を通り越して無意味なことはあるまい。

それよりも、興味深いことがある。

こうして息をし、動くことができるようになっても、私の傍観者的な立場は相変わらずだ。

私はこの数日で、太刀川に好意を示している人間の雌を、二人見た。

一人目は、どうやら太刀川の妻《め》に近い存在のようだ。あるいは将来、太刀川の妻になるのかもしれない。

少なくとも太刀川がそう希望していることは、その言動から容易に察せられた。

相手もまんざらではないらしい。

というのも、太刀川が親密そうな言葉を口にするたびに、途端に女の性器から、雌特有の濃厚な匂いがしてきた。明らかに発情していた。
しかし、二人は交尾をしなかった。
女の匂いで分かる。
体臭や、吐息や、性器の匂い。
交尾をして子作りをするには、そろそろ限界の年齢に達しつつある。
交尾をしなかったわけには、それもあるのかもしれない。

二人目は、まだ若い。
屋外にいるときから、濃厚な性器の匂いが漂ってきていた。会話も聞こえた。娘は常に、
そして明らかに太刀川に対して発情していた。
しかしこの娘ともまた、太刀川は交尾をしなかった。
口汚くは言いながらも、好意のようなものは感じているが、一人目の女ほどには好きで
はない。
タダほど高いものはない。
昔からよく聞いた言葉だ。
思うに太刀川は、タダで交尾するほど、その娘に魅力を感じていない。最終的にはその
代償が、とても高くつくからだろう。

だが、私などは、互いの好意だけで充分に交尾に値するのではないかと思う。他の動物は、みんなそうだ。昔の人間も、みんなそうだった。

現代でも、たまに社殿の裏で、交尾をしている男女の気配を感じた。ごく気軽に交尾をしていた。

それでもいいのではないかと感じる。すべての生物の常態でもある。

けれども太刀川は、一見陽気そうに振舞う仮面の下で、常に自分に我慢を強いている。淋しさにも。そして性欲にも。

そしておそらくは、その規律で自分の何かを守ろうとしている。何かを恐れている。見ていて、とても興味深い。

ある種、現代人の一典型だ。

現代人は、常に自分の行為の代償を考え、恐れる。何かとは、その代償のことではないかと、今の時点では推測している。

そういう意味で、この男は安心でもある。

野放図《のほうず》なように思え、実に用心深い。そして用心深い人間は、めったやたらな行動を起こさないものだ。おそらくは、私との関係もしばらくこのままだろう。

やはり、この家にしばらくは厄介になろう。

第二章　命名

1

ふと気づくと、顔を洗う水道水がひんやりとしていた。

もうすぐ十月だった。

おれは朝六時に起きるとシャワーを浴びながら歯を磨き、その後、そそくさと出かける支度をした。

朝早く、と彼女は言っていた。だから、ラッシュアワーが始まる前に市街地を抜けるつもりだった。少し眠い。それでも準備をそそくさと続ける自分に、一人で苦笑した。惚れた者の弱みだ。

とはいえ、いつものようにおれ一人の準備だけで済ませるというわけにもいかない。

まる一日分のドッグフードと食器、それに柵を折りたたみ、便器をビニール袋に入れ、いったん家の外に出て、クルマの助手席の足元に積み込んだ。後部座席にも、一面に使い古しのシーツを敷いた。

それから黒犬を呼びに戻った。首輪を付けてリードを引き、和室から外に出た。庭に回り、「ウンコだよ、ウンコ」と声をかけた。

が、いつもと時間帯が違うせいか、出したのはションベンだけだった。

ふたたび道路に面する玄関側に戻った。黒犬がここに来たときは担架で運ばれており、周囲の様子は見られなかったはずだ。さすがにもの珍しいのか、左右をちょっと見回していた。

クルマの後部ドアを開け、おれを見上げた黒犬に、顎をしゃくってみせた。

「はいりな」

黒犬は一瞬おれを見つめたあと、のそりと後部座席に乗り込んだ。

つい笑う。

いつかの担架から身を乗り出したときといい、相変わらず察しだけはいい奴。

おれは昔から、察しのいい奴は好きだ。

玄関のドアを閉め、クルマに乗り込んで出発する。

彼女の住む街までは、約三十キロ。うっすらと朝霧の残る住宅地を通り抜け、バイパスに乗る。

遠くに見える景色にも淡い秋気が漂い始めていた。

午前六時半。まだ道は空いている。信号に捕まらなければ、時速七十キロほどで余裕の巡航だった。

どういうわけかおれは、窓を開けっ放しにして走るのが滅法《めっぽう》好きだ。排気ガスや埃が車内に飛び込んできて不衛生極まりないことは分かっているのだが、よほど寒くならない限りは、それでもやめられない。遠出にははしゃぐ子どもと同じようなものだ。

ルームミラーで後部座席を窺った。ミラーの隅に、黒犬の胴体だけが映っていた。不思議に思って左のドアミラーを見ると、後部の窓から黒犬が鼻先を突き出していた。流れゆく外の景色を眺めている。

そういえば、この犬が吠えるのを一度も聞いたことがない……。

少し驚かせてやろうと思い、パワーウィンドウのスイッチを押した。

ゆっくりと後部ドアの窓がせり上がり始めると、ひょいと黒犬は鼻先を引っ込めた。驚いて唸り声ぐらいはあげるかと思ったが、そんなことはなかった。ルームミラー越しにおれに無表情な一瞥を投げたかと思うと、次の瞬間には、逆側のドアに向かった。

なんとなくむっときた。

あべこべに肩すかしを食わされたような気分——どこまでも可愛げのない奴。

黙々と運転を続けた。

おれの住んでいる市を抜け、彼女の住むK市に入った。

K市の中心は、私鉄とJRがいくつも乗り入れる首都圏北部のターミナル駅だった。駅前のロータリーから連なる商店街を東に五百メートルほど進むと、大通りに突き当たり、そこから住宅街に様変わりする。その住宅街の中に、彼女の店はあった。

まだ閑散としている商店街を通り抜け、住宅街に入る。大通りから一本内側に入り、街路樹の下をスロウダウンしながら進んでいく。

午前七時十五分。

店の前に彼女はいた。インディゴのジーンズに臙脂《えんじ》のVネックという出で立ちで、塵取《ちりと》りと箒《ほうき》を持ち、店舗前の延段《のべだん》の石畳を掃いていた。

おれは彼女の家を訪れるとき、いつも店舗前のやや奥まった延段にクルマを横付けする。そのためなのか、おれの到着する頃に、石畳を掃除している姿をよく見かける。見かけないときは、すでに駐車場所はきれいに掃き清められた後だったりする。

クラクションを鳴らすのは気が引けたので、軽くパッシングした。彼女は額にかかった髪を、手のひらを返すようにして袖口で掻き上げ、白い歯並びを見せた。

男でもそうだが、過不足なく自分の人生を歩んでいる女は、見ていて気持ちのいいものだ。

いつものようにクルマを横付けすると、

「おなか、空いてる？」

と、窓越しに問い掛けてきた。ちょっと考えて答えた。

「まだ、いいや」

「じゃあ、十時ごろに昼を兼ねたご飯でいい？」

おれはうなずき、クルマを降りた。

ボンネットの前を回り込み、彼女の脇に立った。昨日の電話で、黒犬の受け入れ場所は作っておくと彼女は言っていた。

「犬は、どこに置いておこうか」

「店の中のスペースを半分空けておいたけど、そこではどう？」


店舗前面《ファサード》の一面ガラスには『本日定休日』の看板が下がり、アルミ製の格子《こうし》シャッターが下りている。ケージとその他ペット用品を両手に抱えて、エッジストーンの外壁を張り巡らした店舗の脇から玄関に入った。入ってすぐ左脇のドアを開け、店内に進んだ。おれが設計した建物だ——勝手は充分に分かっていた。

華美に流れず、やや硬質で清潔感のある店内に仕上げて欲しいというのが、麻子からの要望だった。

ブライト・トーンのパールビトロを貼った両側の壁に、特注の吊り棚とディスプレイステージを配した二十坪ほどのフロア。天井からの照明は、梁《はり》際に等間隔に埋め込んだごく淡いブルーのダウンライトで、統一感を演出。床は、エントランス周りが自然石貼、本体床部が自然石および木製フローリングボード仕上げ……紺屋《こうや》の白袴《しろばかま》とはよく言ったもので、おれは自分の住む家なんぞにはとんと興味はないが、客から請け負った建物だと、ついいつまで経っても仕事の目で見てしまう。

そのエントランスから約半分のスペースが空けられていた。

「ここで、いいわけ？」おれは麻子を振り返った。「獣の臭いが、籠《こも》るかも知れないけど」

「でも、このまえ要くんの家では、そんな臭いは特にしなかったよ」と、彼女は小首をかしげた。「だから、てっきり無臭に近い犬かと思ってたんだけど」

「………」

彼女の言うとおりだった。思い出してみれば、石の焼けたような妙な香りがするだけで、黒犬にはおよそ獣臭といえるものがなかった。あれだけの大型犬で不思議なことだとは思っていたが、嫌な臭いでないことをこれ幸いと、いつもそれ以上深くは考えてこなかった。

おれが黙っていると、彼女はさらに言葉を重ねた。

「だいじょうぶよ、心配しなくて。いつも開店前にはフロアを掃いて、窓を開けて換気するから」

「手間、かけますね」

彼女もふざけて返してきた。

「いえいえ、どういたしまして」

入口に近いスペースで、ケージを開いて柵を作った。その中に食器を入れ、二つの皿にミルクとドッグフードを注ぎ込み、念のため、便器を置いて準備完了。

「いちおう、便器もお世話になります」

彼女は苦笑した。

ふと、抜糸を済ませた今となっては、これぐらいの高さの柵は楽々飛び越せるだろうと思い、その可能性を口にした。

彼女は少し考えて、口を開いた。

「それは、どうかしら」と、楽観的な意見を口にした。「そんなに回復が早かったのなら、今までだって跳び越えようと思ったらかんたんに出来たはずよ。でも、柵を飛び越えたことはないんでしょ。もともとそんなに活動的ではないんじゃないの」

犬の扱いに困っているおれを気遣ってくれた面もあったのだろうが、結局は彼女の言葉に甘えることにした。預金通帳が頭の中を走った。万が一この店内に傷をつけるようなことがあれば、全額を賠償しなくては。

黒犬を呼びに戻った。玄関から出てクルマを見たとき、一瞬ひやりとした。迂闊にも、四枚の窓ガラスがすべて開けっ放しだったからだ。

慌てて駆け寄って後部座席を覗き込むと、しかし、黒犬はちゃんとそこにいた。いつもの鈍そうな顔つきをぶら下げて、ごろりと寝そべっていた。

ほっとすると同時に、彼女の言うとおりかもしれないと思った。外の世界をうろつくのは、普通犬にとってはご飯以上の楽しみのはずだ。しかし、こいつのものぐさな様子では、たしかに柵を越える労すら惜しみそうな気配だった。

後部ドアを開け、首輪を付けながら黒犬に言い諭した。

「いいな、麻子の家にいる間は、絶対にヘンなことやらかすんじゃないぞ」その目を覗き込んだまま、店内のほうを指差した。「もし何かを壊したりしたら、そんときゃあ膾《なます》に切り刻むぞ」

黒犬はぶすっとしたままだ。つい軽く舌打ちをした。こいつは相変わらず、およそ恐れ入るということを知らない。

黒犬を連れて、店舗の中に戻った。フロアで待っていた麻子の前に黒犬が出たとき、彼女はかすかに後ろに下がった。無理もない。おれだって、この犬の雰囲気にはようやくここ数日で慣れてきたのだから。

ケージの一部を開け、そこに黒犬を入れて柵を閉めた。

黒犬は食事を入れた皿とは反対側——窓際の柵の縁まで進んでゆき、そこにゆったりと腰を降ろした。

「珍しいわね」少し離れた場所から黒犬の様子を眺めていた麻子が、つぶやくように言った。「食べ物に、見向きもしなかったわ」

「変わってるんだよ、こいつ」おれは言った。「人前では絶対に飯を食おうとしないし」

「そう――」

それから軽く腕組みするようにして、左肘の先に右手をあてがった。

「名前は、どうするの」

「え？」

「当分飼うつもりなんでしょ？　呼ぶときに、名前がないと困るんじゃない」

言われてみれば、そのとおりだった。

「今、気がついた」

彼女は微笑んだ。

「じゃあ二階に行ってから、一緒に考えましょ」

誘われるままに二階についていった。

この建物は、一階に店舗のスペースと、さらにその奥に倉庫兼事務室がある。二階のメインは十五畳のリビングダイニング、寝室、書斎、それと麻子個人の衣装室などの、居住スペース。

一階と二階で、仕事とプライベートを完全に振り分ける設計にしてある。むろん、麻子の希望でおれがそういうふうに図面を引いたのだ。どの部屋もなるべく大きく窓を取り、採光には充分に気を配った造りにしてある。

洗面所で手を洗ったあと、リビングのソファに座った。絨毯《じゅうたん》の上に遅めの朝日が差し込んできている。

書斎から、彼女が分厚い本を持ってきた。DVDやテレビの映画専門チャンネルなど、現在の日本で見ることのできる外国映画ほぼ全てが載っているシネマ・ガイドブック――たしか大手の情報誌が毎年出している本だった。

以前、何故そんな本を持っているのかと聞くと、こう笑って答えた。

ゆっくりと休める日まで、あまり人に会いたくないのだ、と。

彼女の日常は、営業日の朝十時から夜七時までは接客、週イチの定休日も仕入れや搬出などの関係で、しばしば業者との打ち合わせが入る。だから、今までの休日は、誰に気を遣うこともなく、借りてきた何本かの映画を終日観ていたのだという。

暗い趣味でしょ、とやや恥ずかしそうに打ち明けた。

もっとも、付き合いだしてからはその休日も、もっぱらおれのために潰れてはいるのだが……。

彼女はそのガイドブックの一番後ろのページを開き、おれに見せた。

そのページには、外国人の名前がずらりと並んでいた。俳優や監督別で観たい映画を決めるときの、インデックスのようだった。

「洋犬みたいだから、やっぱり名前も横文字がいいんじゃないかと思って」

そう言って、見開きのページをおれに渡した。

「ア」の欄。アーサー、アレックス、イーサン、ウィリアム、エリック、オリバー……。

「カ」の欄。カール、カルロス、キース、クリス、ケビン、コリー……。

五十音順の最初にある主だった人名をつらつらと眺めてみたが、どうも犬の名前としてはそぐわない。カッコ良すぎるのだ。

もっと普通っぽい、少しは泥の匂いがする名前が良かった。

「それに、人前でこんな名前で呼ぶことになると、おれが赤面しそうだ」

彼女は笑った。

「もう少し、辛抱して探してみたら」

そう言って、再びじっとおれを見た。

静かな部屋の中で、再びインデックスに目を通し始めた。

二階の電話は、一階とは別回線になっている。そして、おれが知る限りでは、この部屋の電話が鳴ることは、めったにない。

商売が繁盛しているわりには、彼女の日常は地味そのものだった。

店を閉めて八時ごろ、近くのスーパーに行って買い物をし、九時過ぎから一人でご飯を作って食べる。十二時に床に就き、翌朝七時に起きて朝ご飯を作り、一日おきに洗濯をするか二階の部屋の掃除をして、それから開店の準備に移る。

仕事の絡み以外では、特に日頃から付き合っている友達もいないようだった。

そのことを口にして問うと、女が四十近くにもなればそんなものよ、と軽く言ってのけた。

昔仲のよかった女友達も、今はほとんどが家庭に入り、子どもを持ち、その生活を中心に生きているのだから、と。

まあ、そんなものなのかもしれない、とおれも思う。

三十代男性のおれだって、自営業者になってこのかた、昔の友人に会うのは、せいぜい月に一、二回がいいところだ。

何故か自営になると、本当に親しかった友人以外の勤め人たちとは、次第に疎遠になる。

しばらくして、彼女はこうもつぶやいた。

でも、こんな暮らしをつづけていると、意外とお金はたまるものよ、と。

事実、彼女は貸店舗時代の十年で、四千万ほどの蓄えをつくっていたようだ。それを元手に土地を買い、その土地を担保にして、青色申告会がらみで地元の信用金庫（銀行はどこも貸してくれなかったそうだ）から融資を受け、この自宅兼店舗を棟上《むねあげ》したのだ。

さすがに女一人で世間を渡ってきただけあって、単に地味な暮らしをつづけていたわけではなかった。

束の間そんなことを思い出しながら、「サ」の欄のシまできたとき、ふと目が止まった。ジョン・ウェイン、ジョン・カーペンター、ジョン・シュレシンジャー、ジョン……。

うん。ジョン。

犬の名前としてはありきたりだが、その平凡さが気に入った。

「これでいこう」

おれは顔を上げて、その名前を彼女に指さした。

「これなの？」彼女はその箇所を覗き込み、それからおれを見上げた。「少し、普通過ぎない」

「それで、いいんだよ」おれは繰り返した。「ただでさえ変わり者の犬だから、名前ぐらいは平凡で」

彼女も納得した様子だった。

「まあ……でも要くんがそう言うんなら、それで決まりね」彼女は言った。「即決だね」

そして壁の時計を見た。おれも彼女の視線を追った。

午前八時だった。

「少し早いけど、ご飯の準備、しちゃう？」

おれはうなずいた。

彼女はキッチンに行き、シンクで両手を洗った。それから冷蔵庫の野菜室を開けた。一瞬、ジーンズのヒップがはちきれんばかりに張り、上半身を起こすと、ふたたび元に戻った。

なんとなく、そそられた。

おれは彼女の後ろに歩み寄り、その腰を軽く両手で押さえた。しばらくして両手を離すと、思ったとおり、彼女は半身を捻ってこちらを向いた。

「あのさ、その前に一回、やろうよ」

顔を覗き込んだまま、率直に言った。

右手に包丁、左手に椎茸《しいたけ》を持ったままの彼女の視線は、とたんに落ち着きを無くした。

「でもさ、ご飯、作らなきゃ」

とりあえず言ってみた、という感じだった。その証拠に、酢を飲んだような表情を浮かべている。なにか迷っているときに、彼女はよくこんな表情をする。心の振れを抑えるため、心持ち下顎が引き締まるからだ。情欲と羞恥《しゅうち》の綱引き――。

その様子が、さらにおれの劣情を刺激する。

「飯は後、あと、あと」

唄うようにおれは言い、腰に手を回して彼女のジーンズの中に手を滑り込ませた。パンティの下に入った指先が下腹部を伝って、陰部に触れた。瞬間、彼女はわずかに腰を引いた。が、陰核《クリトリス》は小豆《あずき》のように立ち、小陰唇も濡れて、熱を持っている。

バレたか、というように、彼女は照れくさそうな笑みを浮かべた。

彼女のうなじから、シャンプーの匂いがかすかに漂っていることに気づいた。

「今朝、シャワー浴びた？」

「ふつう、そういうこと、聞く？」

「なるほどね」おれは鼻の頭を搔いた。「でも実を言うと、おれもなんだ。ウンコしたあとに、ケツの穴までキッチリ洗いながら、シャワーを浴びた」

「いやらしい」彼女は声を上げげた。「しかも下品」

そう言うわりに、まんざらでもなさそうだった。この感じだと、ますます体も濡れそぼってきていることだろう。

寝室に行った。

おれは、自分の性行為を人に語る趣味はない。

言いたいやつが話しているのを聞くのは別に構わないが、おれは言わない。聞かれれば、適当に誤魔化す。それが大好きな相手との行為となると、なおさら口にしない。

ただ、これだけは言えると思う。

相手の人間性をちゃんと気に入っていて初めて、本当に楽しく、そして気持ちいいセックスが出来る。

少なくともおれはそうだ。セックスとは、労《いたわ》りと理解だ。ペニスの大きさでも、ヴァギナの締まり具合でもない……と思う。


しばらくして時計を見ると、十時半だった。前後してシャワーを浴び、おれが再び服を着て、彼女が髪を乾かし終えると、十一時をとうに過ぎていた。

彼女を手伝って、食事の準備をした。

味噌汁と、ご飯と、鰺《あじ》の干物と、昨夜彼女が作り置きしていた、白菜と胡瓜《きゅうり》の一夜漬けと、ヒジキの煮物。

朝食兼昼食《ブランチ》のはずだった食事が、純和風の昼飯になった。

飯を食いながら、午後は何をするかを打ち合わせた。

犬を連れて公園に散歩に行こう、と彼女が言い出し、おれもそれに同意した。

でもさ、と、ついでに提案した。

「どうせ行くんなら、なるだけでかい公園のほうがいいと思う」

「なぜ？」

「近くに動物を連れている人がいると、たぶん騒動が持ち上がる」おれは顔をしかめた。

「そんな連中と、距離を保てる場所のほうがいい。面倒は家の近所だけでたくさんだ」

「なるほどね」

彼女は明るく笑った。まだいくぶん余韻が残っているのか、いつもよりはしゃぎがちだった。

食事を済ませたあと、地図を取り出して大きな公園を探した。

「あった」

彼女は弾んだ声を出した。その指先に、かなり大きな公園が載っていた。東京と埼玉の県境を流れる荒川《あらかわ》の縁に、秋ヶ瀬《あきがせ》公園というでかいグリーンの敷地があった。

「行ったこと、ある?」

「いや、ない」

ここからだと、直線距離にして約六キロ。だが、道に沿って迂回《うかい》することや道路の混雑を考えれば、早く着いたとしても片道三十分コースだった。

「まあ……でも、ここにしようか」

「うん」

彼女は食器を片付けると、シンクの中で洗い始めた。途中まで拭き仕事を手伝っていると、後はすぐに終わるから、要くんは先に犬をクルマに乗せておいて、と言われた。

一階に降りて、玄関脇の店舗のドアを開けた。来たときと特に変わりない店内の様子に、やはりほっとした。黒犬はケージから出ていない。

ケージの中のトレイは、例によっておれがいない間に空っぽになっていた。おれが近づいていくと、黒犬は顔を上げた。

と、不意にその鼻腔がひくひくと震えると、下顎が開き、真っ白な牙がこぼれた。すっと双眼が奥まったような気がした。

え……。

笑った顔？——まさか。

おれは知っているぞ、という顔つきに感じる。

「なんだよ？」なんとなく気圧《けお》されるものを感じ、思わず毒づいた。「好きな女とセックスしちゃ悪いのかよ」

すると、黒犬はふたたび下顎をだらりと開けた。涎《よだれ》が一滴、フロアの上に滴《したた》り落ちた

……とことん不気味なやつ。

「——」

気を取り直して、脇に置いていたリードを手に取り、黒犬に付け始めた。

「いちおう、おまえの名前をつけたぞ」ぱちん、とホルダーを首輪に付け、その顔を指さした。「おまえは今日から、ジョンだ」

いつの間にか黒犬は素の顔に戻っていた。例の能面のような表情で、じっとおれを見つ

めている。

「ジョンだ、ジョン」

さらに黒犬を指さし、何度か念押しした。

「分かったな、ジョン」

相も変わらずの無反応――だんだん虚しくなってきて、やめた。必死になってインデックスを睨んでいた自分が、馬鹿のように思える。

「……まあ、いいや」

そうつぶやいてケージを開け、店舗の出口を回り込み、屋外へと連れ出した。暑からず、寒からず、大気もほどよく乾燥していて、伸びをしたいぐらいの陽気だ。

外に出たとたん、黒犬はなんとなくそわそわし始めた。道路の左右を見て、石畳の匂いを嗅ぎ、ちらっとおれを見上げた。

ふと思い出し、腕時計を覗き込んだ。午後一時。いつもなら、庭に出して大便をさせている時間帯だ。

「悪いけど、ウンコはもう少し先だ」と、大きく首を振ってみせ、それから慌てて付け足した。「ジョン、分かったな。ジョン」

なにごとも辛抱強く、繰り返しだ。

たとえ最初のうちは自分の名前だと認知することはなくても、せめてジョンと呼んだだけで条件反射的にこちらを向かせるようにしておかなくては、散歩もままならないような気がしていた。

クルマの後部ドアを開けると、自分から乗り込んでいった。今朝もこれだけはすんなりと出来た。思うに、黒犬を初めて拾ったときも、この後部座席に乗せ込んだ。最初の印象は残るものだ。ひょっとしたら、あのとき以来、バックシートが自分の指定席だと勝手に思い込んでいるのかも知れなかった。

ここでもいちおう、名前を呼びかけておいた。

「上出来だ。ジョン」

うそ臭い言動。

自分でもウンザリする。

運転席に乗り込み、エンジンをかけた。アイドリングが千二百回転に落ち着き始めたところで、彼女が玄関から出てきた。

右手にクレージュのキャンバス地の小さな手提げを、左腕にビニールシートを挟んでいる。

「おまたせ」

そう言って乗り込んできた。

その手提げの中身は、文庫が一冊と、五百ミリリットルのペットボトルが一本、飴の袋、他には、携帯にウェットティッシュにハンカチといった具合だ。それと日焼け止め。うまく言えないが、こういうこまやかなところはやはり女だなと感じる。片隅に、何故か小さなゴムボールが入っていた。ディスプレイに飾ってあった、玉虫色に輝く塗料を吹き付けたゴムボールだ。

リヴァースで切り返して、店舗前の駐車スペースを出た。街路から大通りに出て、東へと向かった。

途中でルームミラーを覗き込むと、朝と同じく、黒犬は後部の窓から鼻先だけ突き出していた。前方に視線を戻したとき、彼女がちらりとおれのほうを見た。

「名前、呼んでみた?」

うん、と、おれはうなずいた。

「でも、どうもな……」と、思わずため息をついた。「なんか、しっくりこなくて」

それからふと気づき、あらためて麻子を見た。

彼女のすぐ背後で、黒犬は今もじっとしているのだ。

「麻子、恐くないのか」

「なにが?」

「うしろの、犬だよ」

特には、と彼女は答えた。たしかにその平気そうな表情を見てとるに、まんざらおれに気を遣って嘘をついているようにも思えなかった。

考えてみれば、クルマに乗り込んできたときにも、彼女はおよそ逡巡《しゅんじゅん》の気配を見せなかった。不思議なものだ。男のおれだってこの犬の佇まいには、時おり怖気《おぞけ》を感じるというのに。

そのことを口に出すと、ちょっと考えて彼女は答えた。

「最初に見たときには、たしかに少し恐かったけど」と、小首をかしげた。「でも、しばらく一緒にいてみると、姿ほどには獰猛じゃなさそうだし……なにか変なことをしない限りは安心のような、そんな気がするのよ」

ふーん、と、おれはつぶやいた。

すると、彼女はくすり、と笑った。

「要くん、つい、張り合っちゃうもんね」

そう、ぽろりと言った。

「え?」

「たとえ犬でも、雄だから」

これには、参った。

たしかにおれには、そういうところがある。おれは男で、犬も雄……特に相手のことを気に入っていない限りは、お互いの位置付けを、まずは力関係で推し量ろうとする。隙を見せまいとする。それだけで、おのずと構えてしまう。

黒犬がなかなかおれに打ち解けない理由も、そこらあたりにあるのかもしれなかった。おれがおれがと武張《ぶば》ったところでゴマメの歯軋《はぎし》り、しょせんはこんなものだ。つまりは、人間が狭量なのだ。

思わず、口に出した。

「おれって、カッコわりぃな」

「ごめん、ごめん」笑いながらも、慌てて彼女は言う。「そんな意味じゃないよ。気にしないで」

「でも、カッコ悪いよ」

繰り返すと、ふと、おれの左腕に触れてきた。

「そんなふうに取らないの」彼女は言った。「今の、かんにん。要くん」

サイドの窓にも陽光が射し、ゆったりと流れる初秋の景色に合わせて、乾いた風がゆるゆると吹き込んできている。

おれが呼び捨てにするのに対して、麻子はいつも、要くん、だ。

この切なさ、分かるだろうか。

秋ヶ瀬公園は、想像していた以上に大きかった。河川沿いを走る道路から眺めると、そのだだっ広い芝の平地は、河川に対して垂直に延びる植林によって、いくつかのゾーンに仕切られていた。

平日ということもあり、どのゾーンにも人影はまばらだった。その中でもまったく人気《ひとけ》のないブロックの駐車スペースでクルマを降り、黒犬にリードをつけた。

少し、緊張する。

普段は穏やかな犬でも、リードをつけて広い空間を歩き出した途端、飼い主の制止も聞かず前に向かって突進することがままあるそうだ。おれの体重は六十五キロ。黒犬より多少は重いとはいえ、五十キロを超す四つ脚に本気になって引っ張られれば、二つ脚の踏ん張りなど脆《もろ》いものだろう。

このまえ読んだ犬の本にも、凄い話が載っていた。今から百年ほど前の、ゴールドラッシュに沸くカナダ太平洋沿岸の町でのことだ。五百キロの荷を積んだ橇《そり》を、しかもブレードが地面に凍りついた状態から、たった一匹で動かした橇犬がいたそうだ。

それに比べればおれの重さなんざ、吹けば飛ぶようなものだ……。

だが、いざ歩き出してみると、そんな心配は杞憂に終わった。黒犬はすんなりとおれの脇に付いて、歩を進め始めたからだ。

内心ほっとしつつ、彼女と一緒に、一番大きい樹木の下まで歩いていった。

木陰に、彼女がシートを広げ始めた。その背中に、ちょっと用足しをさせてくると言い残し、黒犬を連れて樹木の間へと分け入った。

適当な下草の場所で、足を止めた。

気配を察したのか、黒犬はおれを見上げた。

おれはうなずいて、いつものセリフを口にした。

「ウンコだ、ウンコ」それから慌てて付け加えた。「ジョン」

自分で付けておきながら、つい名前を呼ぶのを忘れてしまう。

黒犬――ジョンは、たちまち強烈な太さの大便を捻り出した。

しかし……相変わらず、不思議と悪臭は強くない。

子どものころに飼っていた犬も、こんなものだったっけ、と思い返す。だが、よく思い出せない。

地面にごろんと転がった大便をスコップですくい、慎重にビニール袋に入れて口を結んだ。いちいち面倒だが、人間の大便のように強烈に臭わないのが、せめてもの救いだ。

黒犬を促して、林の中を出る。麻子はシートの上に後ろ手をつき、半身をやや斜めに起こした状態で辺りの景色を眺めていた。

「用足し、終わった？」

「ああ」

答えながら、シートに腰を下ろした。黒犬はだらりと舌をたらしたまま、傍らにじっと立っている。その犬の様子を見ながら、彼女は口を開いた。

「意外とおとなしいし、聞き分けもいいんじゃない？」

おれはため息を洩らした。

「つーか、無愛想だし、それしか取りえがない」

そうは言いつつも、肩口に手を伸ばし、試しにその黒い短毛を少し撫でてみた。力で押さえつけるような接し方を、彼女からたしなめられたばかりだったから。

すると、彼女が言った。

「少し、私にも相手をさせて」

おれはリードを持ったまま、彼女と位置を入れ替わった。

麻子は特に恐れる様子もなく黒犬の顔に手を伸ばし、その額から後頭部に触れた。最初はそっと、それから徐々に力を込めて撫で始めた。

時おり思うのだが、黒犬がいつとんでもないことをしでかすかとリードを握り締めているおれとは対照的に、こういう存外に大胆なところが、彼女にはある。

と、黒犬の瞳孔が少し細まったような気がした。

さすがに尾っぽを振りまくるような愛嬌は見せないものの、彼女もその微妙な変化を認めたらしく、おれを振り向いた。

「散歩、させてみましょうよ」

そう言って立ち上がった。おれも立ち上がり、黒犬を連れて芝の上を歩き始めた。植林された外周に合わせて、公園の中を行きつ戻りつ、ぶらぶらと散策した。

おれは好きなサッカーの話や、仕事の話、彼女は読んだ本の話や、観た映画の話などをする。やがては会話の中から、共通の話題になる人物が浮かび上がってくる。それは役者でも、サッカー選手でも、近所の太田夫妻でも、誰でもいいのだが、その人間に対してのお互いの見方を出し合う。

彼女と話していておれが一番楽しいのは、実を言うとこういうときだ。

彼女はいつも、おれが思ってもみない角度から、その人間を炙《あぶ》り出すような切り取り方を披露してくれる。そのたびに、そんな考え方や見方もあったのかと、おれは感心する。あたかも空を飛んでいって、違う世界から同じ地上の現実を眺めているような、そんな錯覚に陥《おちい》る。

性格はその人のパフォーマンスに影響する、というのが彼女の基本にある考え方のようだ。

たとえ能力は同じでも、もって生まれた気質が、生きる中で培《つちか》ってきた性格や考え方が、徐々にその人のパフォーマンスに影響を及ぼし、やがては決定的な生き方の差となって現実に顕《あらわ》れてくる。

対して、おれの張る論陣は単純なものだ。生き方に対する嗜好《しこう》の強弱が、その人のパフォーマンスに影響を与える、というぃかにも垢抜けない、汗っかきの考え方だ。で、たいがいは、おれのほうが負けてしまう。

でも負けたにしても、こういう会話はやはり楽しい。

自分のアタマの中に、無限の世界が拓けていくような気がする。

二十代の頃は、こういう楽しみ方が分からず、好きになる女の基準は、いつもそそられるかそそられないかということだけだった。盛りのついた雄犬と同様、とにかくいい女を見つけたら、それだけでやりたくて仕方がない。せっせと通いつめて口説き落とし、ベッドインしたあとに、こんなはずではなかったのだが、と内心でぼやくことしきり……ひどいものだ。相手に対しても。自分でも呆れる。

ふと、何故かあの弁当屋の娘のことを思い出した。


小一時間ほどぶらぶらとして、元の木陰に戻ってきた。

シートの上に座ると、彼女は額にうっすらと浮き出た汗をハンカチで押さえ、おれはペットボトルのお茶を飲み始めた。

視線を感じて、横を見た。黒犬が四つ脚で立ったまま、じっとおれを見ている。いちおう、聞いてみた。

「おまえも、飲むか?」

黒犬はじっとおれを見つめているだけだ。相変わらずその表情からは、何を考えているのか読み取れない。

少しためらったが、彼女のほうを向いた。

「少し、あげてもいいかな?」そう聞いてみた。「無駄になるかもしれないけど」

彼女はうなずいた。

おれは手のひらに少量、ペットボトルの中身を出して、犬の前に差し出した。

黒犬は依然として少し離れたところから、しばらくおれの手のひらの中身を眺めていたが、やがて数歩近づいてくると、鼻先を突っ込み、お茶を舐め始めた。

舌先のざらつきが、手のひらの表面から伝わってくる。

お茶はすぐになくなり、黒犬は顔を上げておれを見た。もう一度お茶を注いで、差し出した。再び舐め始めた。

二度目もなくなった。おれがペットボトルを傾けようとすると、黒犬はやや後ずさりした。尻を地面に落とし、座り込んだ。

もう充分だ、という意思表示のように思えた。

「ニュアンスの、伝わる犬ね」

黒犬の行動を、彼女はそう形容した。

それから思い出したように手提げの中をごそごそやっていたが、やがて先ほどのゴムボールを取り出した。

「リードを、貸してもらってもいい？」

おれは念のため、言った。

「急に引っぱるかも知れないから、用心しろよ」

彼女は苦笑して、返してきた。

「だいじょうぶよ」

リードを取って立ち上がり、黒犬の傍に歩み寄ると、その前にころころとボールを転がした。

陽光を受けて玉虫色に輝くボールは、芝の上を一メートルほど転がっていった。

黒犬は明らかにその軌道を目で追っていたが、やがてボールが芝の上で動かなくなると、もの問いたげな様子で麻子を見上げた。

彼女はその傍にしゃがみ込むと、同じ目線になって黒犬に笑いかけた。

「取って、ジョン」

頬にかかる髪を掬《すく》い上げながら、目の前にあるボールを指さした。

黒犬は束の間迷ったような素振りを見せたが、それでも次の瞬間にはのそのそと歩を進め、ゴムボールを口に咥えると、そのまま彼女の元に取って返した。

彼女が手のひらを差し出すと、咥えていたボールをそっと落とした。

「偉いわ、ジョン」

 明るく褒めて頭を撫で、ポケットから飴玉を取り出した。封を切り、黒犬に与えた。

 黒犬はその飴玉を口に含むと一瞬妙な顔をしたが、途端にガリガリと嚙み砕き始めた。

「おいしい?」

 麻子はそう問いかけた。黒犬は無言のまま、喉元を上下させて呑み込んだ。どうやらそれが答えのようだった。

 もう一度麻子はボールを転がした。今度は、二メートルほど先まで転がっていった。黒犬はボールを咥えて彼女の元に戻ってきた。こんどもまた、のそのそ、のそのそ、と。

 彼女はその頭を撫でながら、再度飴玉を与えた。

「上手いな」

 思わずおれが言うと、彼女にしては珍しく得意げな笑顔を見せた。

「昔、実家に雑種がいたのよ」彼女は言った。「ご飯を与えるのは、私の役目だった」

 しばらくすると彼女は黒犬の相手をやめ、シートに腹ばいになって文庫本を開いた。彼女は本に集中しだすと、あまり口をきかなくなる。

 脇の芝の上でも、いつの間にか黒犬が腹ばいになっていた。念のため、そのリードのわっかを左足首に通し、おれもシートの上に仰向けに寝転がった。

 両腕を頭の後ろで組んで、高くなった秋の空をぼんやりと見上げた。

西から東へ、ゆっくりと薄い雲が流れてゆく。毎日こんなふうに時間が流れてゆけば最高なのになあ、などと緩みきった思考が、消えては現れ、現れては消える。

しだいにうとうとしてきた。昨日の夜遅くまで、今日やれない分の仕事をしていたからだ。結局、そのままぐっすりと眠り込んでしまったようで、気がついたときには彼女に揺り起こされている自分がいた。

「そろそろ、起きよう」

そう言って、もう一度腕に触れてきた。身を起こし、時計を見た。午後四時だった。

「日が、翳《かげ》ってきたし」

その言葉に、顔を上げた。

公園の西のほうに、整然と植林された林が並んでいる。その梢《こずえ》に鈍みを帯びた太陽がかかり、黄金色に波打ち始めた芝の上に、長い影を映し出していた。

シートを丸め、黒犬を連れてクルマに乗り込み、途中スーパーに寄って買い物を済ませて、彼女の家についた。

料理の下ごしらえを一緒に済ますと、風呂に入り、出てから夕食の仕上げに移り、ワインを舐めながら舌鼓を打った。

そして帰る前に、もう一度ベッドイン。

繰り返すが、おれは、自分の性行為を人に語る趣味はない。

【J・壱】

どうやら、私は名前を付けられたようだ。

平凡な名前がいい、というような会話が、二階から漏れ聞こえた。

見た目どおりの、犬の名前だ。

ジョン。

しかし、と私は感じる。

ここは日本という島国だ。昔から唐——中国文化の影響を多大に受けてきた。

常用言語の基本は、当然のごとく漢字とひらがなになる。

それゆえに、太郎や次郎、白《シロ》あるいは黒《クロ》などという名前なら分かるが、どうしてあえて外国人の呼び名をわざわざ私に付けるのか、そしてその名が何故平凡なのか、私には理由がさっぱり分からなかった。

それでも太刀川は、私への命名に満足したような声を上げていた。

妙な男だ。

まあ、それはいい……。

命名が終わっても、二人はまだ何かぼそぼそと話していた。

やがて、女性の性器から漏れ出した濃厚なフェロモンの匂いが、私のいるこの階下まで匂ってきた。女のほうは、かなり欲情していた。

たしか女の名前は、麻子だ。

この前も束の間見たが、悪い人間の雌ではない、と感じた。

もう一人の若い人間の雌のほうが、単に太刀川に強烈に欲情しているだけなら、この女のほうには、その欲情を、相手に対する気持ちで包み込むような余裕があった。

しかし、である。

そのあとに二階で始まった交尾らしき物音の時間の長さには、正直、呆れた。

控えめに見ても、一刻《いっとき》――二時間は、延々と交尾を続けていたように感じる。

私は、あくまでも傍観者的な立場に過ぎないとしても、意識が目覚めてからこの約四世紀、実に様々な生物の生殖の営みを、この目で見て、耳で感じてきた。

例えば犬猫の交尾は、いざその行為に移れば、一瞬で終わる。

人間は、比較的長い。

しかしそれにしても、私が今まで境内で見聞してきた人間の生殖行為は、早ければ束の間、おそらくは数分から五分ほど。長くても約十五分ほどだった。

あるいは人目を忍んでの逢瀬《おうせ》であったから、早急に済ませていたのかもしれない。

だが、それにしても太刀川たちの行為の長さは、異常の部類に入るのではないか……。

けれど、確信があるわけではない。

私は今まで、屋内における人間たちの生殖行為を見たことはない。人間というものは、屋内ではこうなのか。

いや……やはり、異常に長いはずだ。

何故なら、男根の挿入から射精に至るまでの時間的な機能に、屋外屋内という場所の違いは関係ないと推測する。

やはり、屋内でも早ければ数分で射精することが出来る。ある種、雄としての本能でもある。他の雄との競争……受精という観点で見れば、少しでも早く精子を着床させるに越したことはない。

となれば、答えはひとつだ。

つまり、射精までの時間を、あえて長くしている。射精時の快楽と生殖を目的としているのではなく、その射精に至るまでの行為も、快楽に仕立て上げている。

そう考えるしかない。

いやはや。

私はふたたび呆れた。

人間というものは、おそろしく強欲な生き物だ。

やがて、昼食を食べ終わった太刀川が二階から降りてきた。

いつもに似ず、その弛緩し切った表情。よほど気持ちよかったのだろう。

私はふいにおかしくなった。

すると、この勘のいい男はたちまち顔をしかめた。

なんだよ。好きな女とセックスしちゃ悪いのかよ、と早速毒づいてきた。

やや狼狽《ろうばい》する。

私に人間並みの知能があることは、まだまだ悟らせないほうがいいように感じる。

だからそのあと太刀川が、私のことをジョン、ジョン、と呼び続けても、あえて知らぬふりを続けた。


秋ヶ瀬公園という場所は、素晴らしく広いところだった。

近くに犬もいなかったため、私は変に神経質になることもなく、久しぶりに空間の拡がりを満喫した。

私は、太刀川の女、麻子には、比較的好感を抱いている。

太刀川より、精神的にはるかに安定した人間だ。そして太刀川のように、私に対して低俗な言葉を吐くこともない。

さらに言えば、私の撫で方も太刀川よりはるかに上手だ。

ただ唯一……。

ボールをいちいち取って来させられるのには、閉口した。

麻子には好意を持っているので、仕方なく言うことは聞いていたが、金輪際《こんりんざい》、こんな低能扱いはやめて欲しいものだ。

2

黒犬がおれの家にやってきてから、二週間が過ぎようとしていた。

この間におれの上を過ぎていった日々は、黒犬という存在を除けば、いつもどおりごくごく平凡かつ地味なものだ。

店の定休日に再び麻子と会い、晩飯を買いに弁当屋に寄って店番の娘と憎まれ口を叩き合い、スポーツクラブに二日おきに三回、行った。

朝起きて、犬に飯を与えたあと仕事をし、昼飯を食い、午後の早いうちに黒犬――ジョンを散歩に連れ出す。近所の犬に吠えかかられる前に急ぎ足で近所を抜け、例の用水路沿いに拡がる湿原に出ると、そのペースを落とした。時おり黒犬の立ち止まるのにまかせ、約四キロの外周を一時間半ほどかけて、ゆっくりと回る。

散歩の時間を午後の早い時間にしたのには、理由がある。夕刻は、同じように犬を連れた人間とよくすれ違う。ひと騒動持ち上がるのが、厄介だった。

さて、この間に、ジョンとおれとの関係にも、ちょっとした変化があった。

その日も、いつものように湿原沿いの遊歩道を歩いていた。

黒犬は、砂利道の上で時おり立ち止まる。

とはいっても、普通の犬のように地面の匂いを嗅いだり、草むらにマーキングするためではなかった。特にマーキングをやっている姿は、股間には立派な一物《いちもつ》がぶら下がっているにもかかわらず、一度も見かけたことがなかった。

もともと、犬——特に雄犬は、縄張り意識の強い生き物だ。のべつまくなしに、そこいらの立木や電柱や、壁などに片脚を上げ、ピッと小水を飛ばすものだ。それも高々と後肢を上げ、なるべく地面から高い位置にマーキングを施そうとする。あとでやってきた犬に、自分がなるべく巨大な犬であることを印象づけるためだ。

おれを舐めんなよ、というわけだ。

だが、ジョンの場合、そんなテリトリー意識や虚勢とはおよそ無縁のようだ。正直言って、まるで無関心のように見えた。

ふと立ち止まり、ただじっと葦の大群の向こうに拡がる景色を眺めている。なにかを探しているように、時おり北西から渡ってくる秋風の中で、目と耳を澄ませている——そんな佇まいだった。

この日も、黒犬はしばらくぼんやりと突っ立っていた。

が、突然鼻腔をひくひくさせたかと思うと、不意に行く手に向かって歩き出した。ぴんと張り詰めたリードの力強さに、危うくバランスを崩しそうになる。

黒犬はいつもどこか無気力そうで、おれの脇を付かず離れず歩を進めることを常としている。そんなふうに強くリードを引き始めたのは、初めてのことだった。

不審に思いつつも、引き摺られるようにしてついて行った。

やがて、そのわけが分かった。五百メートルほど進んだ藪《やぶ》の中で、か細い鳴き声が聞こえてきた。路肩に歩みより、草むらを上から覗き込むと、一匹の子猫がうずくまっていた。

生後数週間というところだろう。まだ警戒心が育っていないのか、おれと黒犬を目の当たりにしても、首の据わらない頭部を上げてさかんに鳴き声を上げている。その声はしわがれ、赤ん坊にしてはずいぶんと身が細い。

腹がへったよ、腹がへったよ、と、白い子猫は訴えつづける。

誰かが、こいつをここに置き去りにしたのだ。

そう思うと、無性に腹が立った。

言っておくが、おれはもともと猫は嫌いだ。あの何を考えているか分からない、すかした表情が苦手だからだ。食べ物を与えても、特に恩義を感じる素振りもない。機嫌が悪いと、こっちの都合も考えずに爪を立てる。人間にも、そんな貸し借りの感覚のない恥知らずな気分屋がいる。ついそれを連想して、どうも好きになれなかった。

だが、まだ牙も生え揃わぬ赤ん坊となると、話は別だ。

自ら殺すのは忍びないからと、四つ脚でふんばることも出来ない子猫を置き去りにする。そんな尻《けつ》のまくり方には、正直言って反吐《へど》が出る。同じ捨てるにしても、捨て方がある。

いっそのこと、自らの手で殺すか、ある程度の大きさにまで育て、それからどこか遠くの野に放つというのが、せめてもの方法だろう。

とはいえ、おれも鳴きつづける子猫を前にどうしていいか分からず、ただぼうっと突っ立っているだけだった。

と、脇の黒犬が動いた。草むらに近寄ると、ぬっと鼻先を子猫の前に突き出した。

「よせ、ジョン」慌てておれはリードを引いた。「食いもんじゃ、ないぞ」

だが、黒犬の次の動作は一瞬だった。あっと思ったときには、下顎に子猫を咥えこんでいた。一気に腹の底が冷え、顔から血の気が引くのが分かった。

が、子猫は生きていた。首筋を軽く摘《つま》まれるようにして、黒犬の下顎にぶら下がっている。

黒犬は子猫を咥えたまま、おれをじろりと見上げた。琥珀色の、咎《とが》めだてするような視線――。

その意味するところは、明らかだった。

他人のやりざまを手も出さずに批判することは、誰にでも出来る。

つまり、そういうことだ。

しばし迷った挙句、

「分かった、分かった」舌打ちして、おれは言った。「助けりゃいいんだろ？　助けりゃ」

口ではそう毒づいたものの、内心、黒犬の見せた意外な優しさに少し感心していた。黒犬の口先から子猫を取り上げ、胸と尻の下を両手で支えて家に持ち帰った。住宅地を抜け、家の玄関の鍵を開けたときには、さすがに両手の肘が少しだるかった。子猫を三十分以上、同じ姿勢で持っていたせいだ。

ミルクの入った皿の前に子猫を下ろすと、がっつくようにしてミルクを舐め始めた。二の腕の腱《けん》を揉みながら、その様子を眺めていた。気づくと、黒犬もおれの横で腰を降ろし、じっと子猫に見入っていた。

当分の間、同じケージの中で黒犬と子猫を飼おうと決めた。どうせ黒犬には和室をまるまる一つ与えている。子猫が一匹増えたぐらい、どうということもあるまい。

買い物に行き、晩飯を食い、それから黒犬と猫に食事を与え、夜も更けてから二階の仕事部屋に籠った。

夜の仕事用に編集した、ミディアム・テンポのサンバをかける。

ベッチ・カルヴァーリョやアルシオーネの唄声が部屋中に満ち溢れ、仕事にのめり込んだ。

小一時間ほども経つと、積算をするのに疲れ、窓を少し開けて煙草に火をつけた。見下ろした庭木の間から、隣家の裏手が見えた。

やがて吸い差しが半ばまできたとき、勝手口の灯りが消えた。と、ほぼ同時に台所と思しき小窓の灯りも消えた。顔もよく知らないお隣さんの、就寝時間……。

黒犬を飼い始めてからというもの、おれは夜に長く家を空けることが、ぱったりとなくなっていた。

以前は、これといった用事もないのに、駅前にある馴染みの居酒屋や、深夜のバイパスのドライブや、そんな場所にちょくちょく出向いては、時間を費やしていた。

同居人のいない一軒家というものは、夜になると不気味なほどにしんと静まり返るものだ。すると、どうしたものか、少し苛立ってくる自分を感じる。

たぶんおれはそんなとき、人恋しさを感じていたのだろう。だから無意識に、人の気配のする空間に身を置きたがっていた。

一人暮らしの女——特にキャバクラやソープランドなどの風俗系の女は、よく犬を飼う。面倒見も驚くほどいい。なぜ知っているかって？……実は二十代半ばの頃、ソープ嬢と一時期付き合っていたからだ。六本木《ろっぽんぎ》のクラブで踊り狂っている女がいた。エロい女だった。知り合って二、三回デートを重ねるうちに、実はソープ嬢だと白状した。一回八万円の、吉原《よしわら》の高級ソープ嬢……アパレル業界からの転職だった。

男なんて、あてに出来ない。だから将来自分のお店を持つために、体を切り売りしているのだと言っていた。

たまに、紙おむつを穿《は》いていた。サービス料に二万の追加で、アナルセックスも受けていたらしい。さすがにそんな注文が日に数回も入ると、肛門の締まりがおかしくなってくるのだと笑っていた。

彼女は、マルチーズを飼っていた。

職場の同性は、すべて売上のグラフに貼りだされる競争相手だという。暗い部屋に戻って電灯をつけたとき、そこに飼い主の帰りを待ちわびた同居人がいる。男と違って、絶対に裏切らない。気を許せる唯一の相手だ。誰かに必要とされることで、束の間の心の支えを買う。体を売って失った何かを、たとえ代用品《フェイク》でもいいから、躍起になって取り戻そうとする。

あるいは今の社会に生きる人間は、程度の差こそあれ、みんなそんなものなのかも知れない。手段として、あるいは結果としての、金を稼ぐ仕事。それはどちらでもいいのだが、その過程の中で失っていく何かを、さらに金なり手間隙《てまひま》なりをかけて、自分の中に補塡していく。ないしは、そのズレを補正していく。

ともかくも、まあ、おれ自身は犬相手にそこまで依存しようとは思わない。が、たとえ無愛想な同居人でも一つ屋根の下で暮らすようになれば、たしかに気が紛れる部分はある。今にして思えば、当時の彼女の溺愛《できあい》ぶりもまんざら理解できなくはない……。

一服のあと、さらに仕事をつづけ、十二時前に切り上げた。

歯を磨きに下に降りたとき、ふと気になって和室を覗き込んだ。

電灯を消した薄暗い室内に、どっしりとした黒い巨体が浮かび上がっていた。その黒い後肢の付け根に、白いかたまりが滲んで見える。身を丸くして、黒犬の下腹部に寄り添っている。無意識に庇護者を求めているような格好と位置取り。ジョンも、特にそれを嫌がってはいないようだ。薄闇の中で身を寄せ合って、静かに横になっていた。

黒犬に対し、少しずつ情が移り始めている自分を感じた。


散歩では、こんなこともあった。

ある日、散歩に連れ出す時間が大幅に遅れた。仕事の打ち合わせが午後遅くまでかかり、家に帰ったのが夕方近くになったからだ。

どうしようかとも迷ったが、結局は黒犬にリードをつけた。

しかし、案の定というか、その時間帯の散歩は散々なものだった。

いつもの湿原沿いの遊歩道を、おれが黒犬を連れて歩く。すると、向こうからも同じような犬連れの人間がやってくる。

黒犬の気配を察した飼い犬の反応は、いずれも似たりよったりだった。まず数十メートルほど手前で急に立ち止まり、じっとこちらの様子を窺う。不審に思った飼い主がリードを引いても、頑としてそこを動こうとしない。

その間にも、おれと黒犬はどんどん近づいてゆく。

十メートルほど手前まで来ると、相手の犬は気が狂ったように吠え始め、五メートルほどになると、その声音に怯えの色が混じる。そして、すれ違う瞬間には、堪らずに飼い主の背後に隠れる。戸惑いと疑念の入り混じった飼い主の視線をまともに受けながら、身を硬くし無言でその横を通り過ぎる。

通り過ぎたあとで、思わずため息を漏らし、脇の黒犬を見遣る。相方は昔から慣れっこなのか、特に変わった様子もなく淡々と歩を進めている。

しかし、おれにしてみれば他の犬とすれ違うたびに気苦労が絶えなかった。

それ以上に、何故こいつは自分と同じ犬族から、こんなにも警戒と敵意を剝き出しにされなければならないのか。

理由は依然として分からない。

はっきりしていることは、こいつが同族から敬遠されているということだ。怖れられ、怯えられ、蛇蠍《だかつ》のように忌み嫌われている。その安息の地は、少なくともおれの見るところ、犬同士の間にはない。

どこにも居場所のない、存在……。

そう感じると、胸の中にふと苦いものが走った。

おれもある時期、そうだったからだ。

いや。今もそうなのかも知れない。

小学生になった頃だ。

目の前に拡がっていた海の、干拓事業の計画が持ち上がっていた。正確に言うと、計画自体は終戦直後の食糧難の時代からあった。干潮の時は干潟が数キロ先まで続いて見える、遠浅《とおあさ》の海だった。その海を潰して農業用地に転用しようという話だ。

返す刀で、国は減反政策も推し進めていた。市場に米が溢れ返り、稲作を止めると補助金を出していたのだ。ちなみにこの矛盾だらけの食糧管理法は九〇年代の半ばまで続いた。

漁師は真っ先に反対した。農家もそれに続いた。漁師は職を失うということで、農家はこれ以上無駄な農地なんぞ要らん、ということでだ。だいいち塩分たっぷりの干拓地が出来たところで、当分の間は使い物にならない。さらに農家は、埋め立てで気候が変化することを恐れていた。畑に面している内海《うちうみ》の全てが巨大な盆地となってしまうのだ。つまり、夏はより暑く、冬は一層冷え込みがきつくなる。果樹や野菜の作付けに微妙に影響してくる。

しかし、国策の公共事業には、いつだって霞が関の意向とそれに伴う中央、地方、代議士の利権がつきものだ。特に土木系の事業はそうだ。だから、いったん始まった公共事業は、たとえそれが時代に合わなくなっていることだと分かっていても、誰にも止めることができない。

国と県は、札束で住民の横っ面をはたいた。おれの親をはじめとする地域の大人たちは、足元を見られ、完全に舐められきっていた。

事実そのとおりになった。おれが小学生の頃、いつしか反対運動は、補償金の額を吊り上げるための格好の交渉の場になっていた。

プライドもクソもない。自分の今さえ良けりゃいい。

ド田舎の通例で、長男だ、やがては跡取りだ、長女だ、行く末は婿取りだと喚き散らし、子どもを先祖代々生きてきた土地に縛り付けようとする一方、その子どもに地元で生きていけるよう与えるべき仕事は、自分たちが売り渡している。たかだか五、六千万の補償金に目が眩《くら》み、子どもの将来まで売り飛ばしている。

分からなかった、あの時はそこまで考えてはいられなかったでは、済ませられませんぜ。ちょっと想像してみれば、そんな理屈、子どもにも分かることだ。

おれの親父を取り巻く状況も、変わった。

死んだ爺さんも漁師で、親父も根っからの漁師だった。造りの大きな体をしていた。漁師としての腕も抜群で、事実、水揚げもよかった。漁協でも一目置かれていた。

あからさまに口に出すことはなかったが、おれに対しては常に溢れんばかりの愛情を抱いていたらしく、幼い頃のおれはいつも親父の胡座《あぐら》の上で晩飯を食っていたような記憶がある。どこかに行くときも、いつもおんぶしてもらっていた記憶がある。

自分が漁で不在の日中、幼いおれの遊び相手としてわざわざボクサーの子犬を買い与えるような、そんな狂態も見せた。これだけは、今も思い出すと笑ってしまう。
夜明け前に海から響いてくる、ポンポン船のディーゼル音。
窓から差し込んでくる薄闇と、白々と輝く蛍光灯の下で、お袋が早出の弁当を作ってい
る。親父はそのお袋からまだ温かいジャーを受け取ると、少し笑い、分厚いヤッケを着込
んで、鴨居《かもい》をひょいと首を曲げてくぐり、玄関にのっそりと降りて行く。
いつもの朝の、いつもの風景。あの頃は、親父とお袋の間には、そんな日常が永久に続
くものだと思っていた。
親父は最後の最後まで、干拓事業に反対していたグループの一人だった。金を積まれた
かつての漁師仲間は、親父のことを次第に悪し様《あざま》に言うようになった。軋轢が深まり、集
落の寄り合いで殴り合いの喧嘩が起こることもしばしばだった。
そんな過渡期にある地域の常として、中学校も荒れ放題だった。
というより、小学校高学年の頃から徐々に生徒間の雰囲気は荒れ始めていた。今で言う、
学級崩壊というやつだろう。
十歳ちょっとの子どもでも、それが集団になるとけっこう怖いものだ。そして、そんな
クソガキにでも、閉ざされた社会の中での自分たちの灰色の未来が、ぼんやりと見えてい
る。
一年生教師や、ちょっと臆病な素振りが見える教師だと、一部の生徒は授業中でもやり

たい放題だった。女だとイジメ、男だと喧嘩のオンパレード。

そのなかで、おれは自分が標的にされないように、常に身構えていた。閉鎖的な世界では、ちょっとでも舐められるとそれが命取りにつながる。やられたら、即やり返す。同情も憐れみもない。すさみきったガキどもの、原始的なルール。

本当に心を許せる友達など、一人もいなかった。

エスカレーター式に同地区の中学に上がると、いっそう拍車がかかった。ヤンキー比率もあっという間に高くなった。周りはみな、髪を染め、剃り込みを入れ、オナニーをおぼえ、煙草を吸うようになる。

授業中に紙ヒコーキが飛び、購買部で買ったパンを食い、雑談をする。女の教師がしくしく泣き出したりすると、一斉にそれを囃《はや》し立てる。気の弱い教師には、わざと難癖をつけ、くってかかる。

放課後は気に食わない先公のクルマに忍び寄り、バンパーをバットで殴り、タイヤの空気を抜き、マフラーに雑巾を詰め込む。もっともおれも、あんな腑抜け同然の先公たちなどやられて当然だと、心のどこかで思っていた。どんな問題が起ころうとも、あえて見ざる、聞かざる、関わらざるの、クソまみれの体質。そんな事なかれ主義が、おれたちガキどもを次第につけ上がらせていった。

上の学年からの部室への呼び出し、トイレ内でのリンチ——便器の中に顔を突っ込まれ、鼻骨を折った奴もいた。度重なるカツ上げ、保健室から養護教諭を追い出してのセックス。

たかだか十四、五の飯粒《めしつぶ》のくせに、やっていることはまるで極道なみだった。


中学二年生のときだ。

クラスの中で一度だけ、特定のグループからいじめられている奴を庇《かば》ったことがあった。おれもそいつのことは嫌いだったが、つい仏心を起こしたのだ。すると連中は、庇ったおれに難癖をつけてきた。しばらくはなんとか自分を抑え、無視して過ごした。

いつの間にか、おれが庇った奴もその攻撃の仲間に交じった。周囲へのご機嫌取り。自分の保身しかアタマにない蛆虫《うじむし》だった。

おれは瞬間的にかっとなり、そいつを半殺しの目に遭わせた。

とことんまでやった。他の連中への見せしめの意味もあった。ここで舐められたら、あとあと徹底的につけいられることは分かっていた。

殴り、蹴り、泣き出しうずくまっても手を休めなかった。

完全に腰砕けになったところで、駄目押しを加えた。嫌がるそいつを教室の窓まで引き摺ってゆき、その三階の窓から校庭めがけて首根っこを押さえたまま、力ずくで上半身を捻り出した。

「死ね」おれは言った。「ワイんごたるカスは、こんまま死ね」

むろん、本気で突き落とす気はなかった。窓の外にそいつの体をせり落としながらも、もう一方の手で片方の足首はしっかりと押さえていた。ただし、そいつにはそう感じられなかっただろう。足首ごと窓の外に放り出されると思ったのか、腰元まで体を押し出したとき、恐怖心に、たまらず三階の窓から大量のゲロをぶちまけた。

同じ黄色。

校庭の大銀杏《いちょう》が、はらはらと枯葉をトラックの上に散らしていた。

そいつの胸元を引き寄せ、念押しをした。

「ナメた真似、すんなよ」そう言ってビンタを張り、おれを攻撃してきたやつらを振り返った。「ワイらも二度とオイにちょっかい出すな。こん次ゃ、脅しだけじゃ勘弁せんぞ」

いくつもの怯えた目が、おれを見ていた。

「分かったとか、コラ!」

おれは再び吼え散らし、机を将棋倒しに蹴倒した。やつらは一斉にうなずいた。

連中と同様、おれも恐れていた。だから、やられる前にやった。

その後は、他の奴がどんなにやられていても、知らぬ存ぜぬを決め込んだ。

関わり合いになりたくなかった。自分を守るのに精一杯だった。

おれも、動物と同じだった。いや、動物以下だ。

結局、地域の干拓事業の反対派は一掃された。

どうあがいてみたところで、目に見えぬ巨大な力に押し潰されるのが関の山だった。親父もついに首を縦にふった。補償金をもらい、船を売り払った。とはいえ、どう考えても一生安楽に暮らせる金額ではなかった。当分の生活費はあるとはいえ、さらにその先のことを考えると、無職の状態を続けるわけにもいかなかった。

一年後に着工になる干拓用地に、土木作業員として雇われることとなった。こんな田舎では、他に生きてゆく糧《かて》はなかった。

自分たちが生活してきた漁場を、自らの手で埋め立ててゆく作業だ。しかも、孫請け程度の業者に、顎で使われる作業員として。

親父にとって、それがどれほどの屈辱だったかを思うと、今でもおれは泣きたくなる。

大量に降って湧いた補償金に、にわか成金が竹の子のように出現した。

男たちは大挙して陸に上がり、家を新築し、新しいクルマを買い、子どもたちにも分不相応な小遣いを与え、自らも我が世の春よとばかりに、慣れない遊興に手を染め始めた。

田舎でひたすら地味に暮らしてきた男たちに、免疫力などない。チンケなキャバレー街ができ、そこのホステスと、有り金をごっそりと持ち出して駆け落ちした四十男もいた。取り残された嫁さんと子どもこそ、いい面の皮だった。

競馬、競輪、パチンコ……海が閉鎖され、昼間からぶらぶらとしている大人たちを見かけるようになった。かと思うと、新しい商売に手を出すために、さらなる追加補償を分捕ろうと躍起になる連中もいた。

あの家は、六千万貰ったそうな、うちは五千万、ほう、なら損や。もうちょっと上手く立ち回ればよかった。あっこは、どうかね？

すべてが色欲まみれの、カネ、カネ、金。ゲス根性丸出しだった。

そんな恥知らずな大人たちのうごめきにも、ウンザリしていた。

早くこんな土地を出て行こうと決心したのは、この頃だった。

おれは、ひどい奴だ。

失意の親父を置いて、環境の変化に戸惑いつづけるお袋を置いて。

だから、関東の大学に進んだときも仕送りは断った。二度と戻らないつもりなのに、受け取ることなどとうてい出来なかった。だが、たかだか青二才のおれから援助を断られたときの、ふた親の気持ちはどうだっただろう……。

おれは、ひどい奴だ。

そして、今もこの傷口からは、血がどくどくと流れ出している。


中学三年になった。

その年の夏に、飼い犬のボクサーが死んだ。

ひどく蒸し暑い日の夕刻。

飯の時間になっても犬小屋から出てこないので、慌てて覗き込んでみると、すでに事切れていた。十二歳だった。


中学を卒業すると、全学年百名のうち、二割がそのまま就職組へ、大多数が農業高校と商業高校、工業高校へ進んだ。

おれはと言えば、その地域の中心部にある普通科の高校に進んだ、ごく少数派だった。

農業、漁業、工業で成り立っているおれの育った県南のエリアには、もともとの需要があまりないせいか、普通高校が一つしかなかった。

いわゆる田舎の進学校というやつだ。生まれた土地で就職する気はさらさらなかった。

この土地から抜け出す唯一の手段《パスポート》は、さらにその上の学校まで進んで、どこかもっと大きい街で就職することだと思っていた。大きな世界に行けば、また違う生き方が見つかるかもしれないと、当時のおれはぼんやりと考えていた。

だが、おれ自身がやっていることは、中学時代と大差なかった。受験勉強もせず、クラブにも入らず、学園祭や体育祭もサボりがちで、じゃあ何をやっているのかといえば、同じクラスの出来そこないたちと、街のアーケードをぶらついたりしているだけだった。

全校一丸となってただ闇雲《やみくも》に進学を目指すその学校の雰囲気に、どうしても馴染めなかった。黒板を見つめる大多数の瞳は、その遥か先の人生については、なんにも考えていないように思えた。何になりたいのか。何をしたいのか。


高校三年の夏だった。

おれの通っていた市の中心部は、いわゆる県南の交通の要所にあった。JRと二つの私鉄が乗り入れており、主要国道も二つ、三つクロスしている地域だった。特に産業があるわけでもなく、県庁所在地でもないのに、一丁前に賑《にぎ》わっていた。ただし、あくまでも流通の中継地としてだ。

おれは同じクラスの連中といつもどおりそのアーケード街を抜け、ぶらぶらとバス停へ向かっていた。時計店、靴屋、本屋。

その先のジーンズショップの軒先に、ピンクの古いマークIIが停まっていた。スプリングを二巻き半カットした、シャコタンのマークII。ルーフを無理やりぶった切り、即席のオープンカーにしている。車内の茶のモケットシートが丸見えになっている。辺りの迷惑も憚《はばか》らず、フルボリュームのカーステレオが小泉今日子《こいずみきょうこ》の『学園天国』を撒き散らしていた。ボンネットとサイドドアには、『39』という意味不明の大きな白いペイント。

典型的なヤンキー仕様のクルマだった。それも、かなりアタマの悪そうな。

と、そのクルマにもたれかかっていたヤンキーの一人が、こちらを向いた。原色のアロハを着た茶髪のリーゼントが、おれのほうを見た。大柄なその男の顔つきには、見覚えがあった。

「アツ坊」

思わずおれは問い掛けていた。

「アツ坊やろ？」

事実、アツ坊だった。もともとガラは大きかったが、今や百八十センチ超はあろうかというアツ坊は、初め戸惑ったようにおれを見つめた。

「……カナメか」

そして、昔の洟垂《はなた》れ坊主は、不意に懐かしそうに笑った。懐かしかったのは、おれも同じだ。時間の流れが、一気に十年前に逆戻りした。

小学校の高学年、中学校と何故か一度も同じクラスになることがなく、おまけにアツ坊の両親が埋め立て推進派にまわったこともあって次第に疎遠になったが、いつも心の片隅でこの幼馴染みのことだけは気にかけていた。

運動は出来たが、勉強のほうはからきしだった。アツ坊は中学を卒業すると、農業高校に進んだ。その高校も一年で中退したことを、風の噂《うわさ》では聞いていた。

アツ坊は、少し躊躇《ためら》いながらも恥ずかしそうにおれに歩み寄ろうとした。

その途端だった。アツ坊の横でずっと斜《しゃ》に構えていた金髪のヤンキーが、おれの前にしゃしゃり出てきた。

「おぅ、コラ」そのゲス野郎は言った。「ワイ、S校のボンボンがよ、おいの連れば、気安う呼び捨てになんぞすんな」

アツ坊に近寄りかけていたおれは歩みを止めた。止めたときには、もうブチ切れていた。何年か振りの懐かしさに水を差された怒りに、自分の指先がピクピクと痙攣《けいれん》しているのが分かった。しかも、こんなナンパしか頭にないような低能野郎に。

「なんな、わりゃあ?」気がついたときには、そいつに向かって毒づいていた。「関係なか奴は黙っとれ。あ? 誰《だい》もハナクソ風情に話し掛けとりゃせんぞ」

おれはすっきりとした一方で、案の定、ヤンキーはいきり立った。

「誰《だい》がハナクソか、こら」ひょろりとしたヤンキーは、ヤニだらけの黄色い歯を剝き出しにした。「くらすっぞ、コラ」

おれはそいつの貧相な胸板を見遣り、鼻でせせら笑った。

「上等や。このヘナチョコが。やれるもんならやってみぃ」殴る前の準備体操——鞄を地面に置き、両拳の指の関節をパキパキと鳴らし始めた。「ギタギタにして本明川《ほんみようがわ》に叩き込んだるけんな。後で吼え面かかんごとせェよ」

このマッチ棒を、ぐうの音《ね》も出ないくらいの半殺しにしてやるつもりだった。

慌てたアツ坊が間に割って入ってきた。

「よさんか、よさんか」そう言いながら、必死になって連れのマッチ棒を止めた。「カナメはワイが思うとるような奴じゃなか。だけん、よさんか」

その連れを押さえつけたまま、アツ坊はちらりとおれを見た。

「すまんけど、カナメもここは堪《こら》えてくれんかね」アツ坊は小さく懇願した。「後で、コイによう言うて聞かせるけん。ホント、ごめんけど……」

おれたちの町にある一級河川『本明川』は、今でも干拓で干上がった大地に農業用水としての水を注ぎ込み続けている。そしてその余剰水は堰き止められた広大な用水地で腐《くさ》り、その先の外海へと大量の汚水となって流れ込み続けている。

アツ坊は、同じ目をしていた。十年前、何になりたいかと聞いたとき、洟をすすり上げながら見せたのと同じ眼差し。

おいは、百姓や——。

一つの世界に留まることを決意したとき、背負うものは、自分ひとりではない。

その世界に雁字搦《がんじがら》めにされている醜さと、その世界に引き摺られてゆく愚かさのすべてを、他人ごと背負うのだ。

以来、おれはアツ坊に会っていない。

遊歩道はいつの間にか帰路に差し掛かっていた。おれと黒犬はうつむいたまま、ぽくぽくと足を並べて進んだ。

こんな郷里での話を、おれは誰にもしたことがない。麻子にもしたことがない。それはそうだ……道端で拉《ひし》げた空き缶みたいに、どこにでも誰にでも、似たり寄ったりの話は転がっている。

やはり、特に話すほどの過去でもない。

だが、それでもおれは、時おり思い出す。

集団の中に身を置くと、未だに息苦しくなる自分を感じる。すべてのものをぶち壊して、そこに何があるというわけでもないのに、まだ見ぬ世界への窓を全開にしてみたくなる。親をほっぽり出してきた後ろめたさに、常にさいなまれている。

じくじくと、血が滲んでいる。

その明白な事実に関しては、私も充分に受け止めているつもりだ。

すべての存在は救えない。

だが、だからと言って、目の前の不幸を知らぬふりをして通り過ぎて良いということにはならないだろう。あの境内に、子犬や子猫を生殺しにするように捨てていった人間たちのように。自己憐憫《れんびん》の涙を、償いとすり替える人間たちのように。

【J・弐】

太刀川は一瞬、私の行動を誤解したようだ。

だが、私に子猫を食べるつもりがないということが分かると、明らかにほっとした表情を浮かべた。

そして私が太刀川を見上げると、顔をしかめながらも、はっきりとこう言った。

分かった、分かった。

助けりゃいいんだろ。助けりゃ。

その言葉通り、太刀川は私から子猫を取り上げると、家までの帰路はずっと両腕の中に抱いていた。

そして家に着くと、子猫に牛乳を与え始めた。

私は、その太刀川の一連の言動に満足を覚えた。やはり、この人間の質は良性らしい。

今後、この子猫がどうなるかは分からない。

しかしながら私が想像するに、太刀川も、おそらくは私と同じことを考えている。

少なくとも、この猫がある程度大人になるまでは育ててくれるはずだ。外に放っても、ちゃんと自分の足で歩み、餌を捕ることが出来るようになるまでは。

何故なら、私もそうして救われたからだ。

第三章　疑念

1

　きっかけは、向こうからやってきた。

　十月も下旬になったある日の午後、おれは馴染みの床屋に行った。そこの亭主と軽口を叩きながら、頭を刈ってもらっていた。

　やがて会話が途切れ、散髪屋のオヤジはカットの仕上げに専念し始めた。その間、ただじっと座っていなくてはならないおれは、目の前に置かれていた雑誌を、なんの気なしに取り上げた。

　あまりきわどいエログロの記事の載っていない、ごくありふれた週刊誌だった。

　政治の裏舞台や、経済の話題、芸能人やスポーツ界の珍事、そんなページをパラパラとやり過ごしていると、巷《ちまた》の事件や風俗を扱った記事になった。面白そうな小話はないかと、さらにページを捲っていた。

と、ある見開きの見出しが、目に止まった。

なにげなく読み始めた途端、おれの目はそれ以降につづく文面に釘づけになった。いっぺんに退屈が吹き飛び、夢中になって読み始めた。

読み進むにつれ、徐々に心臓の鼓動が激しくなり、こめかみがどくどくと脈打ち始める。

中ほどまでその記事を読み進んだとき、いきなり冷水を全身にぶっかけられたような、そんな怖気《おぞけ》に襲われた。自分でも意識しない間に、ページを開いていた指先に力がこもっていた。

「――さん」

ふと、肩に感触を感じ、はっと我に返って振り向くと、そこに困惑した表情のオヤジの顔があった。

「どうしたのよ、太刀川さん？」

口籠るように、オヤジは言った。

「終わったんだけど、なんべん呼んでも返事してくれないから……」

おれは慌てて笑みを作った。

「いや、なに、あれですよ……」

そうごまかし、わざと週刊誌を投げ出した。

オヤジは仕上げ後の髪型を、おれの後頭部に手鏡を当て、前面の鏡に入念に映し出してくれた。が、おれとしてはもう、それどころではなかった。上の空でうなずき、どうもどうも、ありがとう、を早口で連発した。

レジで向かい合って精算を済ませているとき、オヤジはおれの顔を覗き込んだ。

「どうしたの、ホントに？」心配そうに、もう一度聞いてきた。「顔色、マジに悪いよ」

とっさにおれは、頬に手を当てた。外見《そとみ》にも、そうとう動揺が出ているようだった。

「きっと、疲れが出たんですよ」おれは嘘をつき、ごまかしつづけた。「昨日も遅くまで仕事してたから、ついさっきも、くらぁーっ、と来ちゃって」

相手は、やっと納得がいったという笑顔を見せた。

「お互い自営業。いざとなると、明日をも知れぬ身だからね」そう言って、つり銭を渡してきた。「でも、頑張り過ぎて体壊すと、元も子もないよ」

本当はさっきの雑誌を持ち帰りたかったが、そんなことを申し入れれば、ようやく納得した相手にますます不審感を持たれるだろうと思い、断念した。

店を出て、クルマに乗り込み、図書館に直行した。

雑誌は二週前のものだった。となると、本屋やコンビニではもう売っていない。図書館でバックナンバーを調べるしかなかった。

道を急いで、五分で図書館に着いた。

雑誌コーナーに足早に進み、横一列のラックの中から目当ての週刊誌を探す。あった——ラックの中ほどに、今週号のその雑誌が立てかけてあった。

その前にしゃがみ込み、ラック下の収納棚の中から先々週の号を引っ張り出した。床屋にあったのと同じ表紙——間違いない。

空いたテーブルでもう一度記事の内容を確認しようかとも思ったが、やはりやめておいた。その記事を再読したとたん、周囲に人がいることも忘れて、思わぬことを口走りそうな自分が恐かった。完全に浮き足立っている自分を、自覚していた。

フロアの反対側にあるコピーコーナーに行き、ポケットから小銭を取り出し、そのページの見開きを一枚、コピーした。

そそくさと図書館を出て、クルマを停めてある駐車場に戻った。

ドアを開けて乗り込み、完全に一人になった。

煙草に火をつけて一度煙を吐き出し、ようやく人心地ついた後で、あらためて記事を読み直した。

その見開きのページの、白ヌキ太文字のキャッチは、こうだった。

『深夜の惨劇　黒い幽霊犬』

ゴシック斜体のリードコピーでは、こうつづく。

『少年たちを襲った悪夢、襲撃者は犬か？　それとも……』

そして、四段組の本文が始まっていた。

——世の中には身の毛もよだつような、かつ、摩訶《まか》不思議な出来事が、時として起こるものだ。先月九月二十一日の深夜。正確に言うと、二十二日午前一時半前後の話である。銚子市の駅前通りから程近い、バー・Sで、三人の少年（いずれも十八歳）が、酒を飲んでいた。地元の金髪少年Aと、その不良仲間B、Cである。事件当時、その場に居合わせたのは、マスターと、その少年たちの計四人。少年Aがトイレに行こうと店の奥に向かって歩き始めたとき、その惨劇は起こった。

入口のスチール製のドアが、外側からカリカリと引っ掻かれているような軽い音をたてたかと思うと、突然そのノブがまわり、巨大な黒い塊が猛然と飛び込んできた。

……そのときの状況を、現段階で唯一の証言者でもあるマスターは、こう語る。

「いや、も、とにかくね、ぶったまげたなんて生やさしいもんじゃなかったですよ。急にドアが開いたかと思うと、何かでっかい黒いやつが飛び込んできて、あっと思った瞬間には、ドア近くの止まり木に座っていた一人の喉笛に喰らいついていました。今思い出してもぞっとするほどの早業でしたよ。そいつ（少年B）の首から鮮血がどっと噴き出し、白いカウンターの上にまで飛び散った時点で、ようやく襲ったのが犬だと気づいたぐらいでしたから。その黒い犬はもう一度喉元に喰いつくと首筋の肉片ごと一部抉《えぐ》り取り——ここまで、入ってきてからほんの数秒のことだったと思いますが——直後には、その肉の欠片を下顎にぶら下げたまま、隣でポカンと口を開けていたもう一人（少年C）に襲いかかりました。

これも、正確に喉笛をいっぽつですよ。間違いなく明確な殺意を持っていました。二度、三度と首筋の肉片を抉り取り、二人目も、たちまち喉元を真っ赤に染めて、床にぶっ倒れました。

その間、黒い犬はおよそ一切の唸り声を上げなかったように記憶しています。聞こえるのは、声帯を破られた少年たちの喉元から聞こえる、ヒューヒューというおかしな呼吸音、それと、床で激痛にのた打ち回る二人の手足が、椅子や壁にぶつかる物音だけでした。今でもあのときの情景を思い出すと、ぞっとします。自分はなにか悪い夢でも見ていたんじゃないかって。

そこに、リーダー格の金髪（少年A）が慌てて引き返してきたのです。いつの間に取り出したのか、手にバタフライナイフを振り上げ、何か叫びながら黒犬に襲いかかってゆきました。その最初の一撃を、黒い犬は目にも止まらぬ速さで掻い潜り、金髪の胸倉に飛び掛かってゆきました。黒い犬はバランスを崩した少年とともに床に倒れこみ、私は思わずカウンターから身を乗り出して、その光景に見入りました。黒犬が、少年の首筋にかじり付いていました。少年は意味不明のことを喚き散らしながら、喉を嚙み千切られないよう両足をどたばたさせて身をもがき、必死に犬の頭部を両手で後方に押しやろうとしていました。

が、すぐに犬の牙が皮膚の奥に深く食い込み、動脈を切断したんでしょう、黒犬の口元から、不意にピューっと一筋の鮮血が迸《ほとばし》り――ちょうど水鉄砲から中身が発射されたような感じで――脇の壁まで弧を描いて噴き上げて、壁紙を真っ赤に染めました。直後、ぎゃっと少年が叫び声を上げ、犬は、おそらくより深く患部に喰らい付き直したのだと思いますが、その首筋にいよいよ頭部を沈めました。

と、その頭部を摑んでいた少年の右手が上がり、ナイフの尖端を犬の黒い肩口に、どん、とばかりに突き立てたのです。一瞬黒犬はびくりと全身を震わせたように見えましたが、それでも声一つ立てず、なおも喉元を引き裂こうとしぶとく喰らいついていました。少年はなおも抵抗をつづけ、ナイフを持った腕を、犬の肩口から脇腹にかけて切り下げました。どっとその肩口から大量の血が噴き出しましたが、それでも黒犬は悲鳴一つ上げませんでした。正直、その凄まじいまでの執念には鳥肌が立ちましたよ。

不意にビチッという腱の切れるような音がして、ようやくその犬は身を引きました。あとには、裂かれた喉元からぶくぶくと泡混じりの鮮血を噴き出している少年が転がっていました。黒犬はあらためて血に濡れた顔面をこちらに向け、かっと牙を剝きました。

私は無我夢中でカウンターの中にしゃがみ込みました。今度は間違いなく自分の番だ、そう思ってましたから……。でも、じっとしている私には、しばらく経ってもなんの異変も起こりませんでした。恐る恐る身を起こしてフロアを見回すと、黒犬の姿は既になく、店内はしんと静まり返っていました。少年たち三人が気を失ったまま、喉からぶくぶくと血を噴き出しつづけていました。それでようやく我に返り、慌てて警察と救急車を呼んだ次第でした」

十五分後、救急隊員と警察が駆けつけたときには、三人のうち、最初に襲われた少年B、Cは、既に虫の息だったという。大量出血の上、肺の中にまで血が入り込んでしまい、重度の呼吸困難に陥っていた。ただちに同市内の救急病院に運ばれたが、必死の処置も虚しく、午前三時過ぎに死亡。リーダー格の少年Aだけは、なんとか一命を取り留めた。あっけなく急所を襲われた他の二人に対して、必死に抵抗をつづけたのが幸いしたのか、比較的傷が浅く、また出血も少なかったのだ。とはいえ、Aもまた声帯の奥深くまでズタズタに切り裂かれ、集中治療室から同病院の個室に移された現在も、意識不明の状態がつづいているとのことだ。

さて、ここで我々にも読者にも、一つの疑問が残る。何故カウンターにいた彼ら少年三人だけが襲われたのかということだ。問題の大型犬の所在は、依然として知れない。少年Aに事情聴取も出来ない。彼らの家族はもちろん、現場に居合わせたバーのマスターも、まったく心当たりはないという。

また、その後の現場検証でも、不可解な事実が判明してきた。

問題の犬の血を摂取して分析器にかけてみたところ、その染色体の成り立ちが、イヌ科のそれとはまったく違うものであることが判明。さらに、死亡した少年B、Cの傷口からごく微量に採取された唾液に関しても同様で、ここから抽出されたムチンやでんぷん分解酵素のプチアリンもまた、その成分がイヌのものとはほど遠い分子構造であるという。

では、唯一の証言者であるマスターの目撃したという黒い生き物は、いったいなんだったのであろうか……。イヌの形に似た、何か他の生物なのか？　だが、マスターは決して見間違いではないはずだと、本誌の取材にもはっきり断言してくれている。

動機も不明、襲撃者の正体も不明、そして、その行方も不明――。

現在も地元の警察署では特捜班を組み、その分野の識者を集めて、さらなる解析を急いでいる。

秋の夜長に、謎《なぞ》は深まりゆくばかりである――。


……本文は、ここで終わっていた。

おれはため息をつき、窓の外に吸いさしを伸ばし、ぽとりと灰を路上に落とした。

その短くなった煙草をふたたび咥え、煙を吹き出すと同時に、また、ため息をついた。

少年三人を襲った、黒い大型犬――。

発見した黒犬の肩口に走った創傷は、左側にあった。日本人は右利きが多い。少年が黒犬に覆い被さられたままナイフを使ったのなら、当然そちら側の肩口に傷跡はつく。

さらに、バーで事件が起こったのは、九月二十二日の午前一時半……。

おれが仕事にウンザリして房総に出かけたのは、たしか二十一日の深夜だった。更待《ふけまち》の月が、東の空に浮かんでいた。

銚子に着いた頃には既に、日付は変わっていた。それからあの黒犬を発見し、動物病院に担ぎ込もうとして、時計を見たことを覚えている。

二時半だった。それは、間違いなかった。腕時計を覗き込むと同時に、こんな真夜中に開いている病院などあるものかと、捨て鉢に思った記憶がある。

あの地元のヤンキー少年二人に、病院への道案内を頼んだときのことだ。

少年の一人が言っていた。

(なんでか分かんないけど、さっき、市内の中心で警察《サツ》が検問を張ってたんスよ)

(見つかりたくないんで、途中から裏道に逃げていいスか？　ちょっとクルマではきつい場所もあると思うけど……)

たしか、そんなことを説明していた。

さらには、病院に到着して、あのくたびれた看護師相手に押し問答を繰り返した挙句のことだ。

形成外科医の詰めている救急病院がないかと問いかけたとき、彼女が首を振って返したセリフ——。

「それは、調べなくても分かりますよ」と、あのときは即座に答えてきた。

(犬吠埼の総合病院です)

(ついさっき、市内で怪我人が三人出ました。かなりの外傷を受けているという連絡で、犬吠埼の救急車だけでは間に合わなくて、うちからも搬送車を出してくれるように要請されましたから)

怪我人が、三人。おれの記憶違いでなければ、たしかに彼女はそう言った。

(だから、その病院に行っても、おそらく犬の治療どころではないでしょうね。今ごろ、集中治療室はパニックでしょう……)

そこまで記憶をつむぎ出したとき、正直、吐きそうな気分になった。見事なまでに、つじつまが合っている。

子猫を拾うようにおれに目で指図した黒犬——。薄闇の中でその白い生き物を庇うようにじっとしていた。他の犬に吠え立てられ、おれと一緒にうつむいたまま、ぽくぽくと地面を歩いていた。

信じたくなかった。偶然の一致と思いたかった。

あることに気づき、バックシートから地図を取り出し、銚子市のページを開けた。

銚子駅から犬吠埼の『地球の丸く見える丘展望館』の麓までの距離を、目分量で測った。直線距離で、およそ七キロだった。とはいえ、傷を負った犬が駅前から人目を避け、畑や道を突っ切ってあの畑の中の一本道に出るまで、実距離で八キロ弱はあっただろう。駅前のバーで一時半、おれのクルマの前に飛び出てきたのが、二時半前……つまり、時速八キロほどで移動してきたことになる。そこに、疑問を感じた。あれだけの傷を負っていた犬が、はたしてそんな速度で一時間弱も移動できるものだろうか？　人間ならジョギングの速さ、犬でも小走りに進まないと出せない速度だ。

それともう一つ。

記事には、血液検査の結果、襲った動物は、イヌではないと書いてあった。だが、おれの家にいるあいつはいくぶん風変わりな点もあるとはいえ、どこからどう見てもイヌそのものだ。

……これから、どうしよう？

我知らず、ステアリングをじっと握り締めていた。気がつくと、革のステアリングがじっとりと湿っていた。手のひらに汗が滲んでいる。

どうしよう？

こんな腰のすわらぬ状態で家に帰り、黒犬の顔を見るのは嫌だった。見れば、ついおれは口走る。

おまえ、殺《や》ったのか？　と。

たとえその言葉の意味は通じなくても、おれの抱いた恐怖と嫌悪は、確実に相手に伝わる。

なら、どうする？

なかなか考えがまとまらず、苛々として二本目の煙草に火をつけた。

ふっと、麻子の顔が浮かんだ。相談するか？――いや、それはまずい。確実にやったという決定的な物的証拠があるならともかく、今の時点ではどれほどその可能性が濃厚でも、所詮は状況証拠に過ぎない。矛盾する事実も二つほどある。そんな宙ぶらりんな状況で麻子に相談を持ちかけても、今度彼女が黒犬に会うときにいたずらに恐怖心をあおるだけだ……。

そんなことをつらつらと考えているうちに、ある事実に思い当たり、ふと苦笑した。

おれは、この期《ご》に及んでも無意識のうちに黒犬を飼いつづけることを前提に、モノを考えている。我ながら、呆れるほどの極楽トンボだった。

まずは確実な証拠を調べることだと割り切った。

そのためにも、現地に調べに行くことだ。うっすらとだが、その方法論も芽生えていた。シロならシロ、クロならクロの物的証拠をはっきりと掴み、その上であらためて麻子に相談するなりして、今後の対処を考えればいい。

そう、決めた。

あとは腹をくくるだけだった。つまり、最終的な結果が出るまでは、黒犬に対する扱いやおれの素振りの一切を、今までと同様にするということだ。できるだけ平静を保って、黒犬の前ではいつもどおりの態度を装う。

できるかな？　と、一方でつぶやく自分もいた。だが、決めた以上はそうするしかない。おれは数回深呼吸をして、ルームミラーの中に映った自分の顔を覗き込んだ。多少こわばっていた。歯を剝き出し、わざと笑い顔を作ってみる。まだぎこちない。自分の両頰を叩き、気合いを入れる。

ミラーの中に、少なくともぱっと見にはごく自然に笑っている自分がいた。

よし、ノー・プロブレム――自分にそう言い聞かせた。心にしっかりとガードをかけて、本心を表に出さないことだ。黒犬の目を覗き込んでも、数日間は演技をやり通すことができるだろう。

日が傾き始めていた。

エンジンに火を入れ、クルマを駐車場から出して、家に向かった。

だが、おそらくおれは予感していた。相反する状況はあるものの、間違いなくあの黒犬の仕業だろうと。

分かっていた上で、決定的な真実を目の当たりにするまで自分をごまかし、結論を先延ばしにしようとしていたのだ。知らないうちに、あの無愛想な同居人に愛着のようなものを感じている自分に、気づいていた。


家に帰ると、すぐに和室を覗き込んだ。

黒犬はのんびりとした様子で、白猫と一緒にケージの中に寝転んでいた。おれの気配を感じ頭部を上げてチラリとこちらを見たが、すぐにその首を沈め、そっぽを向いた。いつもならその素っ気ない態度に不満を覚えるところだが、このときばかりは黒犬の無関心さがありがたかった。

そのまま仕事部屋に行き、カレンダーを見ながら仕事の進み状況を確認する。先日依頼を受けた仕事は、まだ納期までに期間があった。

ネットを立ち上げ、『黒い幽霊犬』、スペース、『銚子市』、スペース、『バー・S』と打ち込む。検索結果の中から、2ちゃんねるの項目を当たった。膨大な文字の羅列を我慢強く追っていくと、『Sって、スプレンディッドのことだべー(;^)』の書き込みを見つけた。今度は、銚子市内のバー『スプレンディッド』を検索する。一発で出てきた。住所、営業時間、電話番号を素早くメモする。

一瞬ためらったが、今度はその番号に電話をかけた。腕時計を見た。午後四時三十分。コール音が五回鳴り、留守番メッセージに切り替わる。電子音で録音された開店時間案内

――午後六時から深夜三時までの営業時間、定休日は水曜――ネットの情報どおりだ。そこまで再確認して電話を切った。それだけ分かればよかった。

事件のことを聞き出すにしても、万が一のことを思うと、身分を偽ったほうがいいような気がしていた。警察に頼るのは躊躇われた。だから、まずはこのバーが、最初の切り崩し先となる。探偵の真似事だ。

明日、開店時間間際に立ち寄り、事件の情報を分かる範囲で聞き出す。被害者はどこらあたりに住んでいる人間か、名前は何か、など。もし分かれば、その後の行動はおのずと決まってくるし、分からなければ、そんな大きな町とも思えなかったから、市内で同年代の少年たちに多数当たっていれば、そのうち彼らの情報に行き当たるだろう。

が、どちらにしても、一日で終わる仕事とは思えなかった。

もう一度、仕事の納期を書き込んだカレンダーを見上げた。その後で仕事に精を出せば、一日半ほどは家を空けられそうだった。

写真。名刺。宿の予約……。

まずは、明日の宿の予約から始めることにした。再びネットで銚子市内の主だった宿をはじき出した。さらに絞り込み検索をかける。ペット同伴の宿。銚子周辺に、二軒あった。

さっそくその二軒に電話をかけ、素泊《ルームチャージ》まりのきく宿のほうを選んだ。予め考えておいた偽名を使い、予約した。

テレビなどでこのテの宿を見たことがあったが、そのほとんどが通常のペンションを、ペット同伴用として改築したもののようだった。やや意地の悪い見方をすれば、近年のペットブームを当てこんだ、新手の商法と言えなくもない。それはともかくとして、ペンション形式なら、食事を摂る場所は他の客や動物と同じ場所になる。起こりうる騒動を考えると、それは避けたかった。だから、素泊まり可の宿に決めた。

次に、名刺作りに取り掛かった。対面での聞き込みのとき、名無しの権兵衛というわけにはいくまい。

おれは、いつも自分用の名刺は、市販のインクジェットプリンター専用の白い名刺カードを買ってきて、これにワードで作った画面を入れ込み、プリンターで打ち出していた。

その要領でよかった。

名刺ファイルを開け、適当な在京の会社の名刺を取り出し、少し考えた。ワードの画面を立ち上げ、自分の名刺用に設定しておいた内容を、その名刺の住所を参考に、でたらめなものに書き換えた。

社団法人　日本動物愛護相談センター　書籍運営部

田所　正志

〒151－0051　東京都渋谷区千駄ヶ谷×－×－×　康永ビル4F

電話03−5411−××××　FAX03−5411−××××

むろん、法人名も名刺の名前も、実際はどこにも存在しない架空のものだ。住所は、番地とビルの名前を適当に書き換え、電話番号とFAX番号は、下四桁を、本来とは違う数字の羅列に入れ替えた。

犯罪――？　ふと、その言葉が心をよぎった。

あまり刑法には詳しくないが、でたらめな名刺を作って、それを相手に信じ込ませ、結果としてこちらの益になる情報を引き出せば、おそらくは身分詐称や詐欺など、そんな類の罪になるのだろう……。人を殺した犬がどういう扱いになるか分からなかったが、もし仮にそうだったとしたら、殺人犯隠匿の罪もあるかも知れなかった。

画面の下書きを見つめたまま、少しドキドキした。

おれの郷里には『よごれ』という言葉がある。

ヤクザものを呼ぶときの蔑称で、よごれ、とはその人間が前科一犯とか、二犯とかいうように、前歴がさらでないことを意味する。いかにも似つかわしい呼び方だと、その意味を知ったときは笑ったものだ。

が、現実として自分がそうなる可能性を目の前にすると、ひやりと腹の底が冷えるのを感じる。スピード違反では何度も警察の世話になっているが、そんな道交法違反とはわけが違う。れっきとした犯罪だ。

だが、次におれがやったことはといえば、印刷用の名刺カードの中から、表面にコートのかかっていない、ざらついた種類を選び出すことだった。プリンターにセットして、ダミーの名刺を打ち出す。

手渡しのとき、せめて親指の指紋がべったりと残らないようにと考えたのだ。シロか、クロかがはっきりするまでだ、と、繰り返し自分に言い聞かせた。

黒犬が関与していなかったことが分かれば、それはそれでよし。関与していたなら、麻子に警察に引き渡すかどうかを相談する。だから、それまでの猶予だ、と。

おれは、なんとなく予想できていたのだ。

人を殺した事実が分かり、おれがそのことを警察にチクれば、黒犬は間違いなくガス室送りになる……。

一度助けた犬をそんな目に遭わせるのは、やはり気が進まなかった。だから、その瞬間を無意識に先延ばしにしようとしていた。

人間とは、自分の見たい現実しか見ない生き物だ。見たくない現実には、目を瞑《つぶ》る。見なかったことにする。分からないふりをする。

心の、弱さだ。

むろん、おれを含めての話だ。

【J・壱】

太刀川が帰ってきたとき、私はいつものように和室に寝そべっていた。私の腹の脇では、子猫が眠っていた。

太刀川は、いつもどおり玄関を入って来るとすぐに、私のいる和室を覗き込んだ。

直後に、私はやや違和感を覚えた。

顔の表情が多少こわばっていることもそうだったのだが、それ以上に、太刀川の腋《わき》からは、いつもと違う匂いがしていた。

汗腺《かんせん》から皮膚上の汗孔《かんこう》に沁《し》みだしてきた、いわゆる冷や汗の匂いだ。人間が緊張しているときや不快な目に遭ったときに、特に腋の下から分泌される。

何か、あったのだろうか。

だが、太刀川は、何も言わずに部屋の扉を閉めた。すぐに二階へと上がっていく足音がする。

その後に、いつもどおりカチャカチャという、何かを叩いている音が天井を通してかすかに響いてくる。

おそらくはその音が、太刀川の仕事をする音なのだろうと思ってはいたが、しかし今日は、その音の打ち方も、そして音の連続する間隔も、昨夜までとは微妙に違う。

太刀川の緊張と不安が、その指先の叩く音からじわりと伝わってくる。

やはり、何かあった……。

だが、私にはそれを知る術《すべ》はない。

そして、太刀川がそれを口に出さない限りは、知ろうとも思わない。

私と太刀川は、今は同じ空間、同じ時間を共有していても、所詮は違う世界の存在だからだ。

水域の違う魚は、しばらくは一緒に居られたとしても、永遠に同じ場所に留まることは出来ない。

やがてはどちらかが圧に耐えられなくなり、息が出来なくなる——。

2

その翌日。午前中は雑念を追い払い、いつにも増して仕事に集中した。

夕方から明日いっぱいは、家を空けるつもりだ。そのためにもやれるだけのことはやっておかなくてはならない。

仕事のお供に、アルシオーネの《シランダの輪》や、ベッチ・カルヴァーリョの《去りし愛へのサンバ》が、大音量でスピーカーから流れ出てくる。そのテンポに急き立てられるように、図面を引き込んでいった。

十二時になると仕事を切り上げ、机の引出しから仕事用のデジカメを取り出し、階下に降りた。

和室を覗き込み、黒犬がトレイの中のドッグフードをきれいに平らげ、子猫がその傍で静かに眠り込んでいるのを確認すると、自分の食事に移った。ニチレイの冷凍エビピラフで、手早く済ませた。

その後、デジカメ片手に黒犬を庭に連れ出し、排便を促した。

中腰になって、大を捻り出そうとじっと構えたその上半身を、デジカメで数ショット押さえる。ピッ、パシャッ、と、連続する電子音――無防備な体勢のままの黒犬は、その音を不快に感じたのか、かすかに唸り声を上げた。

犬を和室に戻し、二階に行く。

デジカメの中からメモリースティックを取り出し、その画像をパソコンに取り込んだ。黒犬の面構えが最も穏やかそうに写っている一枚を選び、プリンターに写真専用のコート紙を入れ、印刷した。

次に、二匹を家に残してクルマで出かけた。

ホームセンターに行き、猫を中に入れて持ち運びする携帯用の籠を買う。

四時前に家に戻ると、ふたたび出かける準備を始めた。

ミルクを詰めたペットボトルとドッグフードをクルマに積み込み、玄関脇の水道口でトレイを丹念に洗って拭き取り、これまたバックシートに持ち込む。

クルマのエンジンをかけ、黒犬と猫を連れに戻った。

和室に入ると、黒犬の傍で寝ていた子猫をそっと掬い上げ、籠の中に入れた。とたんに心細くなったのか、子猫は小さな声をあげた。籠の網に顔をこすりつけるようにして、か細く鳴き始めた。

黒犬にリードを付け、子猫入りの籠を持って家の外に出た。クルマに乗り込み、新井宿から高速に乗った。

秋の夕暮れは、思いのほか早い。

首都高を南下して葛西ＪＣＴを過ぎたころにはすでに辺りは薄紫に煙っており、ポジションランプを点灯させた。

同じようにスモールを点けて流れゆく反対車線のクルマの向こうに、ディズニーランドの瞬きが見えた。


銚子市内に入ったときには、六時を少し回っていた。

バー『スプレンディッド』はすぐに見つかった。

駅前から港へと続く大通りから、一本裏手に入った、飲み屋が軒を連ねる路地に面していた。路上に出されている立て看板で、それと分かった。

おれはその色褪せかけた看板の手前で、クルマを停めた。

店舗前面《ファサード》には、窓は一枚もついていなかった。素っ気無い一枚ドアのほかは、雨染みのついたコンクリートの外壁が全面を覆っている。通りからは店内の様子は覗けない。その時点で、すでに三流の飲み屋だと分かる。

なんとなく嫌な気分になった。考えてみれば、未成年が深夜にゴロを巻いているような店なのだ。だいいち、こんな貧相なエクステリアに、豪華《スプレンディッド》などというご大層な店名を選んだ店主の神経を疑う。おれがつけるなら、せいぜい『呑《どん》』や『カモメ』など、港町の飲み屋によくあるそれなりの名前にする。

万が一の近所の目を考え、黒犬をトランクに押し込んでしまおうかとも思ったが、それはやめた。クルマの後部ガラスには、UVカットのためのスモークがリアウィンドウまで貼り巡らされている。昼間ならいざ知らず、そのガラスを通して中の黒い生き物を見極めるのは、およそ不可能のように思えた。

ジャケットの内ポケットに、ダミーの名刺と黒犬の写真、それに表に謝礼と書いた二万円入りの封筒が入っているのを確認し、クルマを降りた。

店の前に立ったとき、昨日からうっすらと感じていた疑問のひとつが解けた。

つまり、少年たちを襲った生き物は、どうやって入口のドアを開けたのかということだ。ドアノブは、マンションなどによく付いているレバータイプで、真横から下に捻ればロックが解除される形式のものだった。確か記事にはこう書かれていた——入口のスチール製のドアが、外側からカリカリと引っ掻かれているような軽い音をたてたかと思うと、突然そのノブがまわり——と。

伸び上がればドアノブに前脚が届くほどの四つ脚の動物なら、開けるのに造作はないだろう。むろん、そいつにその意思と知恵があればの話だが……。

ドアノブを押し、店内に入っていった。

照明を落とした薄暗い店内は十坪ほどだろう、客はまだ一人も入っていない。少しかび臭い匂いがした。ＢＧＭもかかっていない。束の間、狭い穴倉の中に押し込まれたような錯覚を感じる。

縦長に細い店内は、左手に止まり木が七、八脚置かれた奥のトイレまでの通路、右手がカウンターバー。バー壁面の酒棚を背景にして、四十がらみの痩せぎすの男が立っていた。べったりとした整髪料の匂いがこちらまで漂ってきそうな頭をしていた。こちらを振り向いたとき、その男の顔がライトの下にもろに晒された。不必要なまでに彫りが深く肉感的で、かえってそのせいで、浅薄で垢抜けない印象を受けた。

しかしおれは、店に入った瞬間から演技モードになっていた。笑みを作り、軽く会釈をして、男に近づいていった。

こんばんは、と言いながら名刺を取り出し、自己紹介をする。

「私、日本動物愛護相談センター、書籍運営部の田所正志と申します」

はあ、と男は間の抜けた声を出し、おれの差し出した名刺を受け取った。しばらくその名刺に視線を落としていたが、やがて顔を上げた。

「で、このセンターの社員さんが？」

そう問い掛けてきた目の焦点が、おれの目線の位置と微妙にずれる。信用できない人間に特有の、目の動き――。考えてみれば、この中年男は三人の少年が襲われている間、手をこまねいたままカウンターの中にいたのだ。

「はい、たまたま先日の事件を週刊誌で知りまして、失礼ながらこうして突然お邪魔させていただいた次第なのですが――」

そう前置きをした上で、あらかじめ考えてきたデタラメを並べ始めた。その話とは、こうだ。日本動物愛護相談センターでは、現在、月イチ発行の広報誌を立ち上げようとしている。購読者は、全国の獣医や動物保護センターの職員などになる。その初回の特集で、主に犬がらみの事件を扱うことになった。ついては、先日の事件の話をもう少し詳しくお伺いしたい、と。そして話の最後に、謝礼の封筒を差し出した。

とたんに、いかにも興味がなさそうに聞いていたマスターの態度が変わった。

「これは、どうも、ご丁寧に」

愛想笑いを浮かべると、すかさず両手を伸ばし、封筒を受け取った。直後、我ながら軽《けい》忽《こつ》だと思ったのか、急に多弁になった。

「いや、どうも今回の件では、ウチも散々な目に遭ってましてね。事件の後は、ゲンが悪いってことでほかの客も寄り付かなくなって、あと、未成年に酒を飲ませたことも警察にバレちゃって、来週早々には裁判所から営業停止命令が来ることになってますし……まあ、なにかと入り用なもので」

だが、おれが見たところ、その背後の酒棚の隅には、うっすらと埃が積もっている。こんな店はロクなものではない。店が流行っていないのは、昨日今日に始まったことではなさそうだった。

「お察しします」

皮肉に聞こえないよう、注意深く相槌を打った。

その後に続いたマスターの話は、記事で読んだものと見事なまでに同じの、焼き直しだった。この男のアタマの中には、先ほどの雑誌を読んできたというおれの話が、まるでインプットされなかったとみえる。その上――こちらから持ちかけた話とはいえ――いったん喋りだすと機関銃のようにとめどもなく話しつづけ、息継ぎも、適当な間もあったものではない。

おそらく普段から一度喋りだすと、自分を止められなくなるタイプなのだろう。

おれは経験上、親しくない間柄で、喋り過ぎる男は要注意だということを知っている。喋り過ぎる原因は、そいつにアタマがないか、自信がないかの、大体どちらかだ。もっとも、このタイプは後者なのだろうが。

内心ウンザリしながらも、時おりそれをメモに取る振りをした。何度目かにメモ帳から目を上げると、カウンターの上にあった封筒が、いつの間にか消えていた。

相手の話があらかた終わったところで、内ポケットから写真を取り出した。

「ところで、そのときに現れた黒い生き物ですが、それはこんな感じの外見ではありませんでしたか？」

そう言って、黒犬の写真をマスターに差し出した。

なにげなく手にとったマスターが、瞬間、ギョッとした顔つきになった。

「そうっ。これはそっくり。まさしくこんなかんじの面構えだったですよ」

興奮した口調で喚き、それから怪訝そうにおれの顔を見た。

「いったいこの写真、どうしたんです？」

疑われるのは、マズい——獣医や専門誌から得た犬の知識を総動員して、今度はおれのほうがここぞとばかりにまくし立てた。

「実を言うと、この犬はロットワイラーと申しまして、マスティフ種の犬です。原産国はドイツで、キャトル・ドッグ——つまり牛追い犬だった履歴を持ちます。ドーベルマンなども、この犬種から派生して作られたそうです。もともとは、ローマ帝国で戦闘用に使われていたマスティフが、ドイツのロットワイルという地方に住み着いたのが、その始まりだと言われています。それだけに、力も強く、頑健で、躾《しつけ》を怠ると始末におえないほどの凶暴性を発揮することもあります。体色は、黒に茶褐色の斑紋。それであの記事を読んだときに、黒い大きな犬のようなことが書いてありましたので、ひょっとしたらこの犬種の可能性があるのではないかと思い、こうして写真を持参した次第です」

マスターはぽかんと口を開けて聞いていたが、やがて感心したように、首を振った。

「仕事柄、さすがに知識をお持ちで」

写真を返してもらい、おれはさらに口を開いた。

「それで、この襲われた少年たちなのですが、そのうちの生き残った一人にも、ぜひとも取材したいと思っています。ご主人は、その少年の住所などはご存知ないですか？」

再び不審そうな表情を、マスターは浮かべた。

「警察では、教えてくれなかったんですか？」

「ええ」と、とっさに嘘をついた。「我々のような出版関係の人間には口が堅くて、困っているのです」

いちおう、相手は納得した様子だった。だが肝心の決心はつかないと見え、再びその視線がカウンターの上をさまよい、ふと、自らのズボンのポケットあたりで落ち着いた。

「……ちょっと、トイレに行かせてもらいますね」

そう言い残し、カウンター脇から出て、奥のトイレに駆け込んだ。

その行動に、おれはあえて素知らぬ振りを決め込んだ。相手が何をしに行ったかは明らかだった。むろん、大でも小でもない。話の途中でズボンのポケットにねじ込んだ、封筒の中の諭吉《ゆきち》を数えに行ったのだ。その額によって、態度を決めるつもりなのだ。

おれはその卑《いや》しさに辟易すると同時に、諭吉二枚ではなく、やはり三枚入れておくべきだったかと、一瞬危ぶんだ。そして、そんなことを考えた自分に嫌気がさす。

卑しさは、すぐに伝染するものだ。

わざとらしく水を流す音が聞こえ、マスターがトイレから出てきた。

再びカウンターの中に戻り、おれを見て、唇をちろりと舐めた。

「そうですね……。もし相手に聞かれたときに、私が言ったと教えないのなら、多少のことには答えられると思いますよ」

大の二枚で、なんとか効果があったようだ。すかさずおれは言った。

「それは、信用していただいて大丈夫です」

マスターは口を開いた。

「市内の東外れに、五軒町《ごけんちょう》という場所があります。『銚子お魚センター』という埋立地にできた卸売市場の、手前の集落です。そこに生き残った少年の家があるらしいです。以前、あの三人の会話に出てきましたから。ええと、確か……ユージとかコージとか、そんな感じの名前だったと思います。苗字は、知らないですがね」

そこまで分かれば、長居は無用だった。

とはいえ、あまり素っ気なく引き上げるのもどうかと思い、結局ビールを一杯だけ頼んだ。それを飲み終えるまでの五分間だけ、マスターの中身のない愚痴に付き合い、店を出た。

時計を見た。七時五分。

田舎では、日が暮れると人は出歩かない。一家揃って食卓に向かい、テレビを見ながら箸《はし》を動かし始めるからだ。これからその少年の家を探すためには、おそらくその集落の一軒一軒の家に立ち寄って聞き込みをしなければならない。それは、困難のように思えた。

予定どおり捜索は明日に回し、今日は宿に向かうことに決めた。

クルマに乗り込み、バックシートを見る。そのシートの上に臥《ふ》せっていた黒犬は、おれのほうにちらりと視線を走らせたが、またいつものようにすぐに首を下ろし、自分の世界に入っていった。おれは思わず首を振り、そしてため息をついた。

気を取り直し、エンジンをかける。

まずは、晩飯だった。とはいえ、動物連れでレストランに入るわけにもいかなかった。結局、市内のコンビニで弁当を買い、適当な空き地があるだろうと思って銚子漁港を目指した。

駅前の大通りに出て、港方面まで南下し、行き止まりのクランクを東に折れ、しばらく走って銚子漁港に着いた。

吹き抜けになったコンクリート造りの卸売市場は、天井の梁から無数にぶら下がった蛍光灯の下、ガランとした打ちっぱなしの空間が広がっているだけだった。

道路の両側には、魚介類の空箱を山積みにした個人商店が軒を連ねている。シャッターは、すべて閉まっている。

おれは、なんの気なしにクルマのサイドウィンドウを降ろした。

とたんに、潮風と魚の生臭さが、左の窓から流れ込んできた。子どものころの記憶に染み込んだ、生活の匂い。その懐かしさに思わず気持ちがゆるくなりかけた気分を、慌てて引き締めた。

郷里の海は埋立地になり、人の和は崩れ、自分ひとりの力ではどうあがいても生活は成り立たず、国や県からこぼれ落ちてくる仕事と金を、ただじっと待っている。どこかに旨い儲《もう》け話が転がっているのではないかと始終キョロキョロしているうちに、荒《すさ》んでいく日常と、さらにその先にある、指の間からこぼれ落ちてゆく未来。

そんなどぐされの世界には金輪際戻るまいと、腹を括《くく》ったはずだった。

なのに、その匂いをかぐだけで、つい懐かしさに腰砕けになりそうになる。

今もあの土地にうずくまっている、親父とお袋の顔——その記憶が、おれを痛めつける。

夜風の中で、カーステレオのスピーカーからサンバの女王《ベッチ・カルヴァーリョ》が唄っていた。

……人生を早く知ることは損
まだ進路も決まらないうちに
出発しなければならなくなる

よく聞いておきなさい
用心して人生の旅に出かけなさい
たくさんの曲がり角で何が起こるか判らない
与えられる時間は僅かで束の間に過ぎてゆく

こころに留めておきなさい
世の中は粉をひく風車のようなものだと
あなたの夢も希望も
粉々にすりつぶしてゆくもの……

それがいったい、どうしたというのだ？　そんなことは、誰にでも分かっていることだ。だが、分かっている事実でも、胸を締め付けられることに変わりはない……。

海側につづくガードレールの適当な切れ目から、漁港の敷地内に入った。

烏賊《いか》釣り漁船の縁先にぶら下がった無数の白色灯が、湾内の波に合わせて揺れている。濡れた埠頭《ふとう》の、置きっ放しになったフォークリフト。

漁船からの水揚げの際にこぼれ落ちた魚を目当てに集まってきたのだろう、波止場に無数のウミネコが飛来し、さかんに鳴き声を響かせている。

黒犬はいつもどおり、おれの見ている前ではものを食べないだろうと思った。

リードを付けた黒犬と猫をクルマの外に連れ出し、リアゲートまで回り込み、アンダーウィングの隅にあるフックに、リードの持ち手を引っ掛けた。それから再び後部座席に首を突っ込み、トレイを二つ出して脇に挟み、紙パックに入ったミルクとドッグフードの袋を両手に抱え、リアゲートに戻る。黒犬と子猫の前にトレイを置き、それぞれにミルクとドッグフードを注いだ。

その匂いにつられたのか、子猫はよろけながらもトレイに近づくと、すぐにミルクの中に顔をうずめた。黒犬は地面に腰を降ろしたまま、じっとその様子を見ている。

その静かな佇まいを見るに、本当にこいつが人を嚙み殺したのだろうか、と疑問に思う。

クルマに戻り、運転席でコンビニの弁当を食い始めた。

CDの曲目が変わり、ジャヴァンのスローバラッドになった。

埠頭の烏賊釣り漁船の照明が、斜めから車内に差し込み、ダッシュボードの上を鈍く照らし出している。

ふと、その流れている曲にしんみりと聞き入りながら箸を動かしている自分に気づいた。思わず失笑する。先ほど昔を思い出したことが、まだ尾を引いているのかもしれない。

食い終わった弁当を手早く片付け、リアゲートに回った。黒犬の傍に子猫が寝転がり、二つのトレイはきれいに空になっていた。ティッシュでトレイを拭い、二匹ともども後部座席に入れた。

漁港から南下して、長崎町《ながさきまち》の手前にある今夜の宿に向かった。

着いてみると、思っていたとおり、通常のペンションをペット同伴用として改築したものだった。経営者の中年夫婦は、いかにも脱サラ組といった感じの、ごく温厚そうな顔つきをしていた。対応も、丁寧だった。

二人の案内により、玄関脇の水場で黒犬の脚を洗い始めた。

おれの傍らでは、おそらく元々が犬好きなのだろう、夫婦がじっと突っ立ったまま、興味津々という顔つきで黒犬の仔細を観察していた。無理もない。この際立った外見を見れば単なる雑種犬でないことは分かるが、では、なんという犬種かと問われれば、獣医でさえ確信を抱けずにいるのだ。

そのもの問いたげな視線を感じないわけでもなかったが、銚子を訪れた事情が事情だ。いわば、お忍び旅行のようなものだ。あまりこの場で印象づけるのもどうかと思う。だからおれはあえて二人の視線に気づかぬ振りを通し、黙々と作業を続けた。

こんな場合、最初に口を開くのはたいがい女のほうと相場は決まっている。案の定、好奇心を抑えきれなくなったのは、小太りの夫人のほうだった。

「……あのぅ、すいません。この大きなワンちゃんは、一体どういう種類なのですか？」

飼い主として見られている以上、はっきりと答えなければいけない。とはいえ、なまじ犬の知識がありそうな相手だけに、迂闊なことは言えなかった。小さく咳払いをする間に考えをまとめ、口を開いた。

「ロットワイラーとレオンベルガーの、掛け合わせですよ。五年ほど前に、ドイツにいる知人から、譲り受けたものです」

ほう、という感心した表情が、両者に浮かんだ。

次に、亭主のほうが遠慮がちに口を開いた。

「しかし、こうもうまく交配の結果が出てくるとは、すばらしいですね」

これには、もっともらしくうなずいておいた。

「子犬で譲り受けたときには、まだはっきりした特徴は出ていなかったのですが、まあ、かなり幸運な部類に入るようです」

その後も二人はしきりと、すばらしい、見事な犬だ、を連発した。

まんざら営業用のヨイショでもなかったようで、洗い場から受付に向かう間も、じっと黒犬の姿に見入っているのには閉口した。万が一の場合、あまり鮮明に記憶されていると、いろいろと不都合が生じてくる可能性が大だ。

受付を済ませると、もしよかったら共有スペースの食事部屋で、黒犬を今日の宿泊客に紹介されませんか、という夫人からの申し出があった。このワンちゃんも、自分の仲間がたくさん居るのを見ればきっと嬉しがるのではないですか、と。

とんでもないことだ。そんなことをすれば、どんな騒ぎになるか分かったものではない。おれは必死に言い訳した。劣性遺伝の影響からか、他の犬を見るとやや興奮する傾向がある、飼い主にも迷惑をかける可能性があるなど云々……ともかくも、直に部屋に通してもらった。

「残念ですね」

部屋の前まできたとき、夫人はちらりとおれを振り返った。部屋の鍵をさし出し、それから心底気の毒そうな口調で付け足した。

「だから、他の犬に気を遣われて、素泊まりを希望されたのですね？」

人のいいこの夫人は、おれの言葉をまるで疑っていない様子だった。同情された上でここまで念押しされると、この上ない居心地の悪さを感じる。並みの神経なら誰だってそうなるだろう。おれはへこへこと頭を下げ、その鍵を受け取った。

夫人が階段を降りていったのを確認し、部屋のドアを閉めた。安堵感とともに肩こりがどっと襲ってきて、思わずベッドの上に倒れこんだ。

なにしろ銚子に着いてからというもの、人との会話では嘘をつき通しだった。明日もこの調子で嘘をつきつづけねばならないのかと思うと、正直ゲンナリだ。

ふと、床に寝そべっている黒犬と目が合った。

と、つい口走った。

「おまえのせいだぞ」

この――、
黒犬はおれを無視し、部屋の隅にある犬用のベッドにさっさと進んでゆき、その上に寝そべって目をつぶった。黒犬との距離が離れた籠の中の子猫が、鳴き声を立てた。仕方なしにベッドから起き上がり、子猫の籠を黒犬の脇まで持っていった。

簡易洗面所で、歯を磨き、顔を洗い、それからスウェットに着替えてベッドにもぐりこんだ。スタンドライトだけにして、ボストンバッグの中から文庫本を取り出した。先日、麻子から借り受けた本だ。

リチャード・バックという人の書いた、『イリュージョン』。

おれには小説を読む習慣はあまりないが、それでも時おり日常に退屈すると、なにか面白い小説はないかと麻子にせがむ。すると麻子は本棚の中から、おれの好きそうな内容の本を貸してくれる。で、読み終わって会う次の機会には二人してにわか評論家になり、その本に対してあれこれと感想を言い合うことになる。

面白かった。行間から不思議なニュアンスが漂っていた。その世界に一気にのめり込んだ。それでも定期的にふっと気を抜くと、おそらく階下の食堂からだろう、泊まり客の笑い声が、床を通してかすかに聞こえてくるのが分かった。

読み終わると、何故かため息が漏れた。
時計を見た。十一時半だった。
電気を消し、掛け布団を引っ張りあげて眠りについた。

【J・弐】

昨日に引き続き、今日も太刀川はせかせかと動いている。そして相変わらず軽く緊張している。汗腺の匂いからも、それは察することが出来る。

何故かは分からない。

夕方に、太刀川は私と猫をクルマに乗せた。

この前のように多くの荷物も一緒だったので、どこかに泊まりに行くことは推測できた。

しかし女の家ではない。そんな楽しげな表情を太刀川はしていない。運転中も心持ち、緊張した顔をしている。

クルマが走り出す。

しばらく時間が経った。唐突に『料金は、九〇〇円、です』という女の声が車内に響いた。聞き覚えのある金属の擦れ合うような声質。

……しかし車内には女はいない。

その直後に、クルマは速度を増した。

思い出す。

太刀川に拾われた夜にも、この女の声を聞いた記憶がある。薄ぼんやりとした意識の中で、深夜から朝にかけて三、四回は聞いた。

おそらくはクルマの中の機械が喋っている。

さらにしばらく経ち、女の声が二度目に違う料金を告げたとき、私は不安になっていた。

クルマの速度は落ちない。

排気ガスに紛れて潮の匂いがする。懐かしい匂い。そして、クルマは明らかに東に向かっている。


……嫌な予感がする。

最後に女の声が聞こえた直後、クルマの速度は落ちた。

潮の匂いがさらに強くなる。遠くからかすかな波の音も聞こえる。

だが、私にとってそれは恋しいものではない。


やがてクルマは市街地に入り、停まった。

その場所……しかし私は、相変わらずじっとしていた。

太刀川がちらりと私を振り返り、クルマを降りた。扉が閉まる。

直後、バシャ、という音が四つの窓から聞こえた。

施錠の音だ。自動的に扉が施錠されるのだ。太刀川はクルマを降りると、いつも小さな黒い物体を押して、施錠する。
しかしその音は、今まで太刀川が私を降ろした後にしか聞いたことがなかった。
……となると、私と猫はクルマの中に閉じ込められたことになる。
ないしは、しばらくは家と同じように留守番ということなのか。
好奇心を抑え切れず、私は首を上げて窓の外を見た。
ちょうど窓ひとつない店の扉の中に、太刀川が入ったところだった。
時間が流れる。
私は耳を澄ます。
店内からの会話が聞こえる。
男の声同士の話は、太刀川の自己紹介のようなものから始まった。
日本動物愛護相談センター、書籍運営部の田所正志。
太刀川は嘘をついた。
その後の会話も、私は一言一句、聞き漏らさなかった。
………。
しばらくして、太刀川が店から出てきた。
私はふたたび首を伏せ、シートにうずくまった姿勢をとった。
クルマに乗り込んできた太刀川からは、酒の匂いがしていた。

ちらりと私のほうを振り返るとため息をつき、ふたたびクルマを走らせ始めた。

私にはもう、これ以上話すことがない——。

第四章　沈黙

1

翌日——泊まり客の大半が出発してしまった九時過ぎに、おれは二匹を連れて宿を出た。向かう先は、昨日のマスターから教えてもらった五軒町だった。

人から聞いたことがある。この銚子市は関東の沃野《よくや》から太平洋にめがけて突き出した突端にあるせいで、夏は涼しく、真冬でも零度になることはまれなのだそうだ。

途切れがちに右手に拡がる松林を抜け、海沿いの道に出た。

透明な十月の陽光が天空に広がったとたん、反対車線を流れるクルマ越しに、磯の匂いと潮風が車内に吹き込んできた。

道はすいていた。

さらに突端へとせり出してゆく岬に向かい、クルマを転がしてゆく。犬吠埼灯台手前を通り過ぎ、君ヶ浜《きみがはま》を抜けて、住宅地に入っていった。

五軒町のあるエリアはすぐに見つかった。

幹線道路から右手に折れ、住宅地の間の小路を東へ進んでいると、次第に家並みが最近のものから、昔からの古いものに変わり始めた。

古い、といっても、それらの建物にいかにも昔風の趣《おもむき》があるとか、そういうことではない。色褪せた板張りの壁や、狂いの生じかけていそうな軒下の梁、ひび割れた基礎のコンクリート——そんなくたびれた家が、ずらりと市道沿いに並んだ、それぞれがせいぜい二十坪ほどの建坪の中に、ひしめいているだけのことだ。

用済みになったと思しき倉庫の前を通り過ぎたとき、三十年も前の、赤錆《あかさび》の浮いたボンカレーのプレート看板が目に付いた。どうやらすっかり時代に取り残され、新陳代謝を忘れた町のようだった。郷里のおれの町に、どことなく似ていた。

やがて道はゆるい下り坂になり、モノトーンの瓦屋根の固まった先に、ふたたび藍色の海が見えた。

スロウダウンし、電柱の住所を確認した。五軒町34、とあった。

金髪少年の家を探す前に、やっておかなくてはならないことがあった。そのままクルマを停め、後部ドアを開いて黒犬を外へ連れ出した。リアに回り、トランクルームを開けて、黒犬を見た。黒犬も突っ立ったまま、おれを見上げていた。

顎をしゃくり、さらにトランクルームの縁を叩いて、その中に入るよう促した。

黒犬は瞬間、後肢に力を溜めたかと思うと、直後には、ひょいとトランクルームの中に飛び込んでいた。相変わらず重力というものを感じさせない、しなやかな肉体の動きだ。そしてこれまたいつもの、不気味なほどの察しの良さだった。

トランクを静かに閉め、運転席に乗り込んで、ゆっくりとクルマをスタートさせた。坂道を下ってゆき、小ぶりな漁港に面した海岸通りで、再びクルマを停めた。

おれも似たような土地柄で育ったから分かるが、小さな漁師町というのはその土地の構造上、港に一番近い家並みから順に、常に新しい噂話が集まる。

船から上がった仕事帰りの漁師たちが、あるいは旦那を軽トラックで迎えに行ったオバちゃんたちが、近所の軒先や商店の前で立ち話をする。水揚げの話や、天候の話題、それに近所の噂話――自然、そんな会話に対するアンテナは、海岸に近い家のほうが感度も優れてくるものだ。

海岸のT字路に個人商店があった。正面の扉を開けっ放しにし、軒下にくすんだトリコロールカラーの雨よけのかかった、昔ながらの風情の万屋《よろずや》だった。『たばこ』と、白地に臙脂《えんじ》色の看板が出ていた。

今どき珍しい板張りの店内に入ると、これも個人商店の定法《じょうほう》どおり、日用品と菓子類が雑然と平棚に山盛りにされていた。

入口脇のレジには、店番が座っていた。パーマがとれかかり、浅黒く潮焼けした顔の、でっぷりと太った五十過ぎのオバちゃんだ。その脇には、使い古した青いビニール製の蠅叩き。危うくおれは笑い出しそうになった。こんな女性もまた、鄙《ひな》びた漁師町の定番だ。

コンチハ、とおれは気安く言い、オバちゃんの脇の棚にあるセブンスターを五個、注文した。

はい、はーいとオバちゃんは答え、セブンスターをレジ脇に置き、のんびりとした手つきでキャッシャーを叩いた。

小銭はあったが、わざと一万円札を出して時間を稼いだ。

オバちゃんはそのぷっくりした指先を舌で湿らせ、釣りの千円札を数え始めた。

「いい、陽気だね」

おれは、くだけて話しかけた。

「ホントに」と、ごく自然に相槌を打ち、それからおれという存在に改めて気づいたかのように、うっすらと笑った。笑うと金歯が覗いた。「ここにこうして座ってると、だんだん眠くなってくるよ」

「うらやましい」

おれも笑った。

「そうかい？」

オバちゃんは千円札を七枚、ひとまずおれに渡した。それからキャッシャーの中の小銭を数え始めた。

「珍しいね」オバちゃんは下を向いたまま、そう言った。「お兄さん、ここの人間じゃないよね？　こんなとこまで来るなんて、さ」

「お魚センターを探してたら、ちょっと迷っちまってね」

それから急に思い出したように、

「そういえば中心部のほうで、少し前に物騒な事件があったんだってね？」そう、尋ねてみた。「ほら、少年三人が、黒い犬か何かに襲われたってやつ」

ああ、あれね、とオバちゃんはさして同情した様子も見せず、残りの釣り銭をおれに手渡した。

「あの、罰当たりどものことだろ」

そう、蓮っ葉な言い方で付け足した。

「罰、当たり？」

鸚鵡《おうむ》返しに問い掛けると、彼女はものうげにうなずいた。

「ここらあたりの人間は、みんな噂してるさ。天罰だって」と、げじげじ眉をひそめた。

「小川《おがわ》さんちの大将には気の毒したけど、八幡様にあんなことをしでかしたんじゃ、息子もああなったってしゃあんめぇ、ってな。他の二人に比べりゃ、まだしも命が助かったんだし」

「…………」

一体どういうことかともう少し詳しく聞いてみたい気にもなったが、昨日からおれのやっていることは一種の違法行為だという思いが、再び頭をもたげた。

あまり深入りした質問をすると、かえって何かの際にはっきりした印象を残し過ぎるとも考え、話もそこそこに店を出た。

それに話の文脈から、生き残った少年の苗字がどうやら小川だと分かったのだ。とりあえずそこまで引き出せれば充分だった。

どこかで電話ボックスを探し出し、五軒町の小川でハローページを引けば、狭い町内だろうからすぐに見当はつくだろう、と。

しかしおれは、クルマに戻りながらも首を捻った。

気になるのは、罰当たりという言葉だった。

それと八幡様……それが、社殿に祭られている武門の祭神の種類だということはおれにも分かる。だが、少年たちがその祭神に対しどんなイタズラをしでかしたら、あんな悲惨な結末になることも当然と受け取れるのか？　そもそも実際には、この二つの事柄に因果関係が存在するのか？

この二つの点に関しては、かいもく見当もつかなかった。

クルマに乗り込み、海岸沿いの市道を流しながら電話ボックスを探した。やがて埋立地が広がり、その埋立地の先にタワー状になったお魚センターの施設が見えた。駐車場付近で電話ボックスを見つけ、クルマを停めた。

ボックスに駆け込み、ハローページを開いて五軒町の小川を探した。二軒あった。事前に電話を入れてどちらがその少年の家かを確認しようかとも思ったが、やめておいた。電話口で探りを入れれば、当然こちらも名乗らなくてはならない。一家にとっては思い出したくもない記憶だろう。どういう用件で訪ねたいのかを切り出せば、事前に断られる可能性が大だ。いきなり訪ねてこられれば、先方も断りづらいというものだ。二つの住所と電話番号を紙に書き取り、ボックスを出た。

外気の温度は程よく、そんなに心配もいらないかと思ったが、犬は暑さに弱いものだ。念のためトランクルームを開けた。中で身を丸くしていた黒犬が、こちらを見上げた。おれは手のひらをトランクルームの底に当て、温度を確かめた。外気より若干高いようだったが、犬でももうしばらくは耐えられる温度だと感じた。

「もう少し、我慢してくれ」おれは言った。「そしたら、もとに戻すから」

黒犬は黙ったまま、おれを見上げていた。トランクの蓋をそっと下ろし、その視線を遮断した。

お魚センターで適当な手土産を買い求めた。

店員がそれを手にとって精算しているときに、レジ脇にあった売り物の風呂敷に気づき、ふと思いついてそれも買い求め、土産を包んでもらうように頼んだ。風呂敷の伸び縮みしやすい布からは、おそらく指紋は採取できない。つまり相手先で風呂敷ごと手土産を渡してしまえば、その後おれの詐欺まがいの行動が万が一バレて、警察が指紋を採取しようとしても、出てくるのは売店員の指紋だけという寸法だった。

そこまで準備して、再び五軒町に向かった。

一軒目は、『小川　正《ただし》』。番地の住所からだいたいの当たりをつけ、その近所と思しき地域で、通りすがりの人に聞いてみた。

「ああ、それならこの路地の突き当たりの、赤い屋根のうちだよ」

その初老の男は、気安く答えてくれた。試しにさりげなく聞いてみた。

「確か、十七、八ぐらいの息子さんが、いましたよね？」

「いや……確かあすこは、娘っ子ばっかりだよ」

ここは、パス。

もう一軒の、『小川　則武《のりたけ》』を目指した。地図で調べたその地域は、お魚センターとは反対側に海岸沿いの市道を進んだ、五軒町も外れの地域にあった。家並みが貧相なものに変わり、堤防脇に、十年も前に捨てられたような原付や、ナンバーが剥がされ窓ガラスが粉々に割れた廃車が転がっているような場所だった。

道のどん詰まり近くまできたとき、前方にある木造家屋の前に、ＲＺの３５０《サンパン》が停まっているのが目についた。その薄汚れた2ストの単車は、前後のウィンカーを小ぶりなものに変え、チャンバーを取り替え、セパハンに絞り込んであった。さらにその後ろには、トヨタの白いチェイサー。これもまた車高を思い切り下げ、フロントグリルにはこれ見よがしのオイルクーラーとラッパ型のフォンが張り出し、空力を一切無視した格好だけのチンスポイラーは、少しでも走り出すと地面を削り取らんばかりの低さだった。二台とも、典型的なヤンキー仕様だ。

ヤンキー……金髪の不良少年。

ふと予感が働き、スピードを落として、その家の表札を見た。

『小川　則武』

堤防側の路肩に寄せてクルマを停め、風呂敷包みを持って運転席を降りた。一回深呼吸をして市道を渡り、玄関の前まできた。雨染みのついた玄関の桟と引き戸の隙間に、狂いが生じているのが見て取れた。当然チャイムも、呼び鈴も無い。玄関脇の壁は、現在では滅多に見ることのなくなったモルタル製……。築四十年から五十年といった風情の、今にも崩れ落ちそうな木造家屋だった。

すいません、とおれは声を張り上げた。

家の中から反応はない。

もう一度、家の中に呼びかけ、耳を澄ませた。

しばらくすると奥のほうから派手な足音が聞こえ、すりガラスの向こうに人影が見えた。ガラガラと引き戸が開き、ジャージ姿の若い男がぬっとその首を突き出した。二十代前半、茶髪の生え際に、黒いものが目立つ。細く剃った眉下の、険のある目つきが最初におれの顔に、次に背後の堤防沿いに停めたクルマに向かい、一瞬、おっという表情を浮かべた。

内心、舌打ちした。

おれのクルマ。スバル・レガシィのS401……。

レガシィのスポーツヴァージョン・グレードであるB4・RSKを、さらにメーカーがチューンナップを施して市販した四百台限定の特別仕様車だ。

その顔つきは、興味のない人間にはごく普通のセダンに見えるおれのクルマが、本当はどんな動力性能を持っているマシンなのかを知っている表情だった。

だが、若者はそれについては何も言わず、

「なんですか？」と聞いてきた。「親父もお袋も町内会の旅行で、明日までいないんだけど……」

それで家族だということがはっきりした。丁寧に、名前と用件を切り出した。

「私、日本動物愛護相談センターの田所と申しますが、本日、弟さんはおいでてでしょうか？」

「……ユージならいるけど、その、なんとかセンターのあんたが、なんの用？」そう、胡《う》散《さん》臭げに言い放った。「あいつ、まだ口を利けないんだけど」

思い切りぞんざいな口の利き方だった。むっとする気持ちをなんとか堪え、おれは昨日のバーで言った説明を繰り返し始めた。

すぐに若者の興味は失せたようで、面倒そうな苛立ちの表情を浮かべ、おい、ユージっ、と部屋の奥に向けて怒鳴った。

「お客さんだぞ！」

若者は靴箱の上からクルマのキーを取り、つっかけを履きながらおれに言った。

「すまないけど、あとは、ユージに話してよ。筆談も出来るから、そっちのほうがいいと思うし」

と、おれの脇を通り抜け、外に出て行った。

チャッ、というキーレスの解除音が聞こえ、次いでドアの開閉音がした。セルの回る音に続き、消音器を外したマフラーの爆音が響いたかと思うと、白いチェイサーは玄関の目の前を通って走り去った。

ずいぶんな兄弟愛もあったもんだ。

ふと気配を感じて室内に向き直ると、首にコルセットのようなものを着けた少年が立っていた。横にでもなっていたのか金色の髪はザンバラに乱れ、額一面に吹き出物が浮いている。顎の輪郭がほとんどなく、のっぺりとした青白い顔をしていた。警戒しているのか、一重の瞳がじっとおれを見つめている。

怪我を負ってからというものほとんど外に出ていないのだろうが、それを差し引いても、全体として非常に不健康な印象を受けた。

この年頃の若者は難しい。こちらがお願いする立場でもあるし、結局は、あまり堅苦しくならない程度に敬語を使うことにした。

「小川ユージくんですか？」

そう問いかけると、かすかにうなずいた。

おれは名刺と風呂敷包みを畳の上、その少年の足元に差し出した。自己紹介し、往訪の用向きを簡単に伝えた。もっとも、その用向きとリンクさせた最初の質問は、昨日と若干変えた。

「……というわけで、その動物に襲われる原因のようなものに心当たりがあるようなら、ぜひ少し話を聞かせてもらえれば、と思っているんですが」

相手に事件に関連した記憶を思い起こさせるのはかなり酷なことだとは知りつつも、そう言い切った。

少年は畳の上に突っ立ったまま、じっとおれを見ていた。おれが差し出した手土産を取り上げる様子も、むろん、家に上げる素振りも見せない。

嫌な沈黙が、お互いの間に流れた。こうなれば、さらに一押しだった。

「あ、それから――」

ふと思い出した様子を装い、ジャケットの内ポケットから、これもまた予めハンカチに包んでおいた封筒を取り出した。諭吉が五枚入っている。

「これは、私どもからの、心ばかりの謝礼です」

そう言って手土産の上に載せ、ハンカチを開いて封筒の両角をつつくようにして風呂敷の上に押し出した。指紋を付けたくなかったからだ。

少年の表情がわずかに動いた。

奥の部屋に取って返し、なにかガサゴソやっていたが、再び現れたときには大学ノートとボールペンを持ってきた。

少年はノートの白紙のページを開き、手早くそこに書き付け、それをこちらに向けて見せた。

(知らない)

一瞬その意味を測りかねたが、すぐに、その生き物に襲われた理由が、ということに思い至った。黒犬の写真をもう一度出して確認したくもあった。

が、襲われた張本人ということもあり、やはりそれは憚《はばか》られた。

代わりに、続けて質問した。

「警察の血液鑑定の結果では、犬ではないということのようですが、それについて、どう思います？」

相手からはなんの反応もない。質問の仕方が曖昧過ぎたようだ。おれは言葉を付け足した。

「やはり、犬に見えましたか？」

今度はかすかにうなずいた。

「どれくらいの大きさでした？」

少年は再びノートに書き付け、おれに見せた。

(おとなの人間)

つまり、それほどの大きさに見えたということだろう。

「全体が黒くて、ところどころに茶色が混じっている生き物でしたか？　首から胸元にかけて鬣《たてがみ》のような体毛の伸びた」

かすかにうなずいた。やはり、黒犬のようだった。店のオバちゃんの『罰当たり』という言葉が、ふと脳裏を掠《かす》めた。

試しに、カマをかけてみようと思った。質問の方向を変えた。

「バーに遊びに行く前は、何をしていました？」

かすかに少年の顔がこわばった。

「神社に行かれたような話を、小耳にはさんだんですが」

突っ立ったままの相手は、底冷えする瞳で束の間おれを睨んだあと、ノートに殴り書きをした。

（あんた、サツかよ）

さらに、

（そんなこと、カンケーねぇだろ）

そして、ノートをボールペンの先で二度、三度と激しく叩いた。

おそらく聞かれたくない話題だったのだろうが、その突っぱね方に、この少年の本質を一瞬垣間見たような気がした。

八幡様にあんなことしでかしたんじゃあ――オバちゃんは確かに言った。繋がりは、濃厚にありそうだった。だが、この話題は少年にとって禁忌《タブー》のようだ。

「いや、すいません」と、弁解してみせた。「……その生き物と、事前に接触があったかどうかを知りたかったものですから」

再び少年は平静に戻り、走り書きをした。

（とにかく、そのときまで見たこともないです）

「あと、どれぐらいで話せるようになりますか？」

少年は二本、指を立てた。

それにしても、この療養中の少年を置いてふた親が揃って町内会の旅行とは、一体どう

直後にはすんなりと手を差し出してきた。

案の定、少年はためらいの表情を浮かべたが、それでもおれが姿勢を変えないでいると、

然かとも思ったが、どうあってもこの握手だけはしてもらうつもりだった。

そう会釈し、右手を差し出した。少年との間にある心理的な隔たりを考えると若干不自

「じゃあ、どうも、お手間を取らせました」

すると、少年は明らかにほっとしたような顔つきをした。

事前に連絡をさせていただいて、お伺い致します」

「私どもの用件でいちいち筆談していただくのも恐縮ですから、また完治した来月にでも

じゃあ、またお伺いさせていただきます、とおれは言った。

それにおれが最も確かめたかったことは、辞去の瞬間にくる。

が、どうせ神社がらみの話題にはこれ以上踏み込めない。潮時だと思った。

な質問には、相手に考える時間を与えてしまう。たいしたことが聞けたわけでもないのだ

筆談がこんなに時間を取るものだとは思ってもいなかった。即答できない分だけ、微妙

おれは内心ため息をついた。

うなずいた。

「二週間？」

いう神経をしているのだろう？　兄貴にしてもそうだ。筆談しか出来ない弟を置いて、平気で出て行ってしまう。うすら寒い隙間風が吹いているのは、なにもこの家の建付けだけではなさそうだった。

その手を握り返しながら、おれは言った。

「二人のお友達にはお気の毒でした。がんばってください」

状況的に、この少年が充分過ぎるほど悲惨な存在だということは分かっている。身に覚えのない攻撃に、友人二人を殺され、自分も重傷を負い、近所からは罰当たりと呼ばれている。

それでもどこかで、ぜんぜん同情の念を覚えていない自分がいる。そして、手を握ってもらうためだけに、心とは裏腹の方便まで口にする――おれもとんだ悪党だ。


玄関の扉を閉めながらもう一度頭を下げ、そそくさと家を出た。

市道を渡り、クルマに乗り込んだ。ドアを開け、キーをイグニッションに差し込むときも、右手は一切使わなかった。ステアリングも左手で持ち、シフトチェンジするときだけ右の指先だけで支えた。

適当な空き地を探して海岸沿いを走っているうちに、再びお魚センターのある埋立地の手前まできた。

その埋立地の縁、埠頭沿いの人気《ひとけ》のない突端のエリアまで進み、クルマを停めた。沖合いから、ごくわずかに潮風が流れてきていた。その潮風の吹いてくる方角にハンドルを切り返し、ノーズを向ける。

あとは黒犬自身に、事件との関連を確かめるだけだった。

一瞬気後れするものを感じたが、リードを持ってクルマを降り、風下のリアに回り込んだ。トランクを開錠し、蓋を開けた。黒犬がその中に丸まっていた。

右手を後ろに回したまま、左手一本で黒犬の首輪をつかみ、リードを付けた。それから念のため、アンダーカウル脇のフックに持ち手を通した。

再び躊躇いを感じた。が意を決して、右手をその鼻先に近づけた。昨日、今日と、濃厚な状況証拠に次第に外堀を埋められながらも、おれはまだ一縷《いちる》の望みを捨てきれていなかった。黒犬がその右手の匂いに無反応でいることを、心のどこかで願っていた。

だが直後に、黒犬は瞬時にして全身を鋼《はがね》のように硬直させ、鼻頭に無数の縦皺を寄せ、低い唸り声を上げ始めた。

おれの手であることは分かっているのか、さすがに嚙み付いてくるようなことはなかったものの、圧倒的な暴力の気配を全身から発散していた。初めて目の当たりにする凄まじい殺気に思わず怯《ひる》み、おれは右手を引っ込めた。

腰の下から足にかけて、すぅっと血が下がっていくのが分かった。

やっぱり、と思いつつも、声に出さずにはいられなかった。

「おまえ……なのか?」

しかし黒犬はおれを見つめたまま、ただ唸りつづけるだけだった。

2

背後の唸り声は、それからしばらくして止んだ。

おれは埠頭の縁に腰を下ろしたまま、両足をぶらぶらさせながら、ぼんやりと海を見ていた。

その沖合いで、波間に浮いてきた魚の群れを見つけたのか、羽を大きく広げたウミネコたちが、さかんに鳴き声を立てて旋回していた。

これから、どうしよう?――そんな思いが、頭の中でぐるぐると回りつづけた。常識で考えれば、ここまではっきりした以上は、今すぐ警察に突き出したほうがいいのだろう。当然だ。なにしろ黒犬は、三人を血祭りにあげ、うち二人を死に至らしめた、いってみれば殺人犯なのだから。

しかし、その先に待つ黒犬の運命を考えるに、今ひとつふんぎりがつかない。

自分でも分かっているのだが、おれはどうも、先人の作った制度や法律を敬う気持ちが希薄だ。そうしたところで死人が生き返るわけでもあるまいし、人を殺したからといって、さらにその当事者を殺す手伝いをしてもいいものか? 手垢のついた物差しを振りかざし、黒犬をガス室送りにして、それで自分自身、一件落着として本当に気持ちにけりをつけられるのか?……そんな理屈にもならない理屈をこねくりまわし、堂々巡りをつづけた。

ようは、知り合いを売るようで、気乗りがしなかった。

先延ばしの方法を考えた。

まずは動機だ、と。

黒犬が少年たちを襲った理由だ。それが分かれば、おれの腹も決まるような気がした。

その上で、警察に突き出すなら突き出す、匿《かくま》うなら匿うで、自分が納得できる行動をとればよいのだと思った。

わずかな手がかりはあった。

だが、それを知るためには、黒犬をクルマに乗せ、移動しなくてはならない。さらにその前に、右手に残った匂いを消さなければ、車内にその匂いが籠り、黒犬がまた興奮するかもしれなかった。ふと、弁当屋の娘の言葉が思い出された。確かに、神経質なA型人間の典型だった。やれやれ……。

近くをうろつき、水溜りを探した。

子どものころの経験で知っていた。埠頭や港には、どんな晴れた日にも、たいがい小さな水溜りが残っているものだ。風が強いときの波の飛沫や、水産トラックの排水溝から絶えず垂れ流される海水がコンクリートのわずかなくぼみに溜まり、湿った潮風が絶えず吹きつけるせいで、意外と乾燥しないで地面に残っている場合が多い。

二十メートルほど先で、その水溜りを見つけた。クルマに戻り、フロントガラスからワイパーブレードを立てた。窓から運転席に左手を突っ込み、ウォッシャー液を出す。フロントガラスに液体が飛び散り、天に突き立ったワイパーが数回動いて、止まった。フロントガラスを斜めに流れ落ちてくるウォッシャー液を右手のひらで拭い取り、そのまま先ほどの水溜りに移動した。

水面の前でしゃがみ込み左手を一瞬浸し、右手についている液体と合わせて、しっかりと泡立てた。即席の、液体石鹼代わりだった。しかも、フロントガラスに付着したピッチや泥水を拭き取るほどの、強力な液体石鹼。

それから水溜りの中に両手を浸けて、成分を洗い流した。

クルマに戻りながら、手のひらの匂いを嗅いだ。海水の生臭さと、ウォッシャー液のケミカル臭さが微妙に入り混じった変な匂いがしていたが、少年の体臭が残っているよりははるかにマシだった。

クルマの後ろに回り、トランクルームの中に相変わらず寝そべっている黒犬に、右手をかざしてみた。

黒犬は一瞬身構え鼻頭に皺を寄せたが、次の瞬間には拍子抜けしたかのようにおれの顔を仰ぎ見た。大丈夫そうだった。

黒犬をトランクから出し、後部座席に乗せた。

運転席に乗り込み、地図を取り出し、市内のページを開けた。

『八幡様』と、あのオバちゃんは言っていた。

丹念に眺めてみたところ、神社の意味を示す鳥居のマークを二つ、見つけ出した。川口《かわぐち》神社、満田《みつた》神社……。どちらが、武門の守護神である八幡神を祭っている神社なのだろう？　距離だけで見るなら、銚子漁港の市内東部に位置する川口神社のほうが、ごく近い場所にあった。一方の満田神社は、犬吠埼方面に南下した、人里離れた愛宕山の中腹にある。

こんな場合、先に近いほうから当たってみるのが道理だったが、ふと、黒犬を最初に見つけたときの状況を思い出した。

黒犬は瀕死の重傷を負いながら、何故あんな場所を歩いていたのだろう？　駅前から約七キロの道のりをわざわざ歩いてきて、どうしてあんな場所で出会ったのだろう？

深く考えなくても、想像はついた。人間も病気や怪我をしたときは、無性に我が家に帰りたくなるものだ。おそらく黒犬の住処《すみか》は、あの道程の先にあった。そしてその先の丘の中腹には人家はないが、この満田神社がある。そこに戻る途中で、おれのクルマに撥《は》ねられた。

だとしたら、最初に行く先はおのずと決まっている。

おれは埠頭でUターンし、満田神社を目指した。

愛宕山は、犬吠埼からやや南下した海岸沿いから、内陸に一キロほど進んだ場所にある。山というよりは、小高い大きな丘のような趣で隆起している。

銚子電鉄の犬吠駅を越え、地図に従って、畑の中を続く県道から、さらに狭い市道へとクルマを進めた。両側の草むらがどんどん茂るにまかせ、アスファルトの下地がコンクリートに変わり、いよいよ坂の傾斜がきつくなる。いかにも田舎の山道という趣になってくる。日ごろから、あまり人の寄り付かないような場所に思われた。

その愛宕山の中腹を縫うようにして走っていると、雑木林のブラインドカーブの先に、四、五軒ほどがひっそりと固まった集落が見えた。そのうちの二軒は、軒下の住居周りだけを改築した、昔ながらの茅葺《かやぶき》の屋根だった。

経済的に余裕のある家なのだと思った。茅葺職人は、今の日本では絶滅寸前の専門職種だ。瓦葺やスレート葺と違い、施工工程と原材料の確保に、驚くほど手間を取られる。当然、コストもそれにはね返ってくるというわけだ。

おれはゆるゆるとスピードを落とし、その集落の前を通過した。

と、その先の道の突き当たりに、外周を鎮守の杜《もり》に覆われた、こんもりとした丘のようなものが見えた。

正面に、両側から生い茂った枝葉の間から石段が覗いている。石段を視線で上に追っていくと、盛り上がった梢の先に、石造りの鳥居の頂が見え隠れしている。さらにその奥に、拝殿の黒々とした瓦屋根のうねりが望めた。神社、それもこの寒村にしては場違いなほど大きな敷地を持つ神社に違いなかった。

クルマを石段の下まで進めた。その袂《たもと》から、神社の外周を回り込むようにして左右に分かれて続く土手沿いの小道があった。

それを右に折れて、十メートルほど進み、大きく張り出した木陰の下で停車した。

ふと、その少し前方に、同じように路肩の木陰に寄せて停車したスズキの軽トラックに気がついた。車内は無人だ。農作業用の軽トラのようで、荷台に鎌やゴムホースが載せてある。

助手席のリードを手に取り、何の気なしにルームミラーで後部座席を覗いた。

黒犬の姿は、そこになかった。

慌てて運転席から振り返ると、ちょうど後部席の足元に、その大きな体を無理やり捻じ込み、隠れるようにしてうずくまっていた。背中の黒い体毛が、心なしか小刻みに揺れ動いている。

「おい、ジョン」呆れておれは言った。「おまえ、いったい何やってるんだ?」

クルマを降り、後部ドアを開けた。

黒犬は依然うずくまったまま、ぴくぴくと背筋を揺らしている。前肢の中に顔面を埋めたまま、顔を上げようともしない。その尾っぽが、股の間にしっかりと巻き込まれている。にわかには信じられない気分だった。黒犬は明らかに怯えていた。全身をかすかに震わせながら、何かから身を隠そうとしている素振りだった。

「どうしたんだ、いったい？」

もう一度声をかけたが、反応はない。

ともあれ、黒犬を境内まで連れて行かなくては何も始まらないように思え、リードをつけて引っ張り出すことにした。

しかし、首輪につけたリードを何度引っ張っても、黒犬は頑としてクルマから降りようとしなかった。

ついにアタマにきたおれは、両足を地面に踏ん張ったまま腰を落とし、綱引きの要領で、ぐい、と黒犬を引っ張った。黒犬がいくら大きいとはいえ、それでも体重はおれのほうが一割がた重い。その上、フロアマットの上では踏ん張る足場もなかったのだろう、案の定、こけるようにして車外に転がり出た。

が、そこからがまた一苦労だった。いくら神社の石段に近づこうと黒犬を引いても、今度は四つ脚を地面にしっかりと踏ん張ったまま、びくともしない。

「こらっ」堪らずおれは喚いた。「言うことを、聞けっ」

首筋から後頭部にずれた首輪が、顎の付け根の肉に食い込み、さすがに苦しそうな表情を浮かべている。それでも全身をこわばらせたまま、梃子《てこ》でも動かない気配を全身から発している。

意地になった。負けるもんかと思い、さらにリードを持つ腕に目一杯の力を込めた。

と、黒犬は背中から尾っぽにかけての毛を逆立て、ついに声を発した。

瞬間、おれははっとなった。威嚇するような唸り声ではなかった。

それならおれは余計にいきり立ち、もっと力任せに引っ張っていただろう。そうではなく、哀訴するような、悲しそうな声音だった。黒犬がこんな哀れっぽい声を出すなどとは想像もしてなかっただけに、つい腕に込めていた力を緩めた。

憐憫《れんびん》さえ感じさせるほどの怯えよう……おれは思わず背後の石段を振り返った。

石段の両側を覆う椎《しい》や樫《かし》の生い茂った枝葉が秋風に揺れ、涼しげな旋律を奏でている。高く晴れ渡った藤色の空の梢から、ぽつ、ぽつ、と椎の実が石段の上に転がり落ち、乾いた音を立てる。

こんなのんびりとした風情の漂う場所に、いったい何があるというのか？

おれは突っ立ったまま、クルマ脇の黒犬を見下ろした。

だらりと緩んだリードの先で、黒犬もじっとおれを見上げている。

「……分かったよ」おれは黒犬に語りかけた。「そんなに行きたくないのなら、おれ一人でも行くからな。おまえはクルマの中に残っていればいい」

黒犬のリードを外し、クルマの中に向けて、そっとその尻を押した。

おれの意を察した黒犬はそそくさとクルマに乗り込み、自らの体を、再びシートとシートの間の狭い場所に押し込んだ。

その一部始終を見終えたおれは、ため息をついて後部ドアを閉めた。リモコンでドアにロックをかけ、石段のほうへ歩を進める。

石段の下まで来ると、その脇に古びた石柱が立っていた。

『満田八幡神社』と、あった。地面に近い石柱の表面が、うっすらと苔生している。

それから顔を上げ、石段の上のほうを見つめた。

ずいぶんと長い階段だった。きつい勾配が優に五十段以上は続いている。石段一辺の高さが二十センチほどはありそうだったから、最下段からてっぺんまで、十メートル以上は上ることになる。マンション四階分ほどの高さだ。

最上段の段鼻《だんばな》の先に、鳥居の石柱が突き出た枝葉の間から見え隠れしている。その鳥居を目指しておれは階段を上り始めた。

石段を上りきると、周囲を森に囲まれた、広い境内が開けた。

おれの足元から、幅広い石畳の参道が、境内の奥に向かって一直線に延びている。その行き止まりからさらに地面が数段高くなり、どっしりとした拝殿が聳《そび》え立っていた。

軒先から両側に大きく張り出した瓦屋根は、緩やかなうねりを見せ、その屋根の正面中央には、屋根裏の通風と装飾を兼ねているのだろう、念の入った細工を施された千鳥破風《ちどりはふ》が埋め込まれ、さらにその真下には、重厚感溢れる軒唐破風《のきからはふ》が屋根の端からぐっとせり出している。軒下には、太い注連縄《しめなわ》が左右いっぱいに連なり、その中央には、これまた大きな打ち鈴が重たげにぶら下がっている。

拝殿の後ろを、外周の森がやや奥まって取り巻いている。その拝殿からの奥行きの深さを考えるに、おそらくは、拝殿の後ろから石の間で繋がれたもうひとつの社殿――つまり、本殿が控える八つ棟造りだと想像した。

まさに絵に描いたような、堂々たる権現《ごんげん》様式の社殿だった。

おれは自分の仕事の参考――特に木造注文住宅の組木の参考に、時おり自宅周辺の古刹《こさつ》を訪れるのだが、正直言って、これほどの規模の社殿にはあまりお目にかかったことがない。

第一、社殿の屋根を支える梁や外柱の太さを見て取っただけでも、現在の日本の山林では、これほどの太さを切り出す材木自体、そう易々《やすやす》とは見つからないことは、請け合ってもよかった。

だが、感心しつつもゆっくりとその拝殿に向かって歩いてゆくうちに、ある奇妙な感覚に囚われた。むずむずとした、妙な気分――。

何か、もの足りない――。

ふと、そう思った。

参道の中ほどで立ち止まり、辺りを見回した。この神社の、何がそうさせるのか分からない。

鳥居もある。石畳もある。手水《ちょうず》も、石灯籠《いしどうろう》もある。明らかにあまり使われていないらしい倉庫のような社務所も、境内の隅に見える。

だが、自分の記憶が囁《ささや》いていた。この神社には、明らかに何かが不足していた。おれはそれを知っている。知っているどころか、何度も見たことがある。

しかし、どうしてもそれが何か思い出せない。

苛立たしく思い、もう一度、森に囲まれた境内の前後左右に視線を走らせた。

と、奥の拝殿の横から人影が現れた。

小柄な男だった。くすんだ青い作業用の上下に、首筋に白い手ぬぐいを巻いている。社殿裏の掃除から引き上げてきたのだろう、その両手には箒と、枯葉の詰まった透明なビニール袋を提げていた。

季節外れの麦藁《むぎわら》帽子の下から、日に焼けた初老の顔がこちらを向いた。軽く会釈すると、その目じりに皺が刻み込まれ、白い歯が覗いた。

「こんにちは」

ごく自然に、言葉が口をついて出た。気づくと、おれの足元の地面にも、色づき始めた木の葉が何枚も落ちていた。

「大変ですね、この季節になると」

男はゆっくりとおれの傍まで歩いてくると、麦藁帽子を取り、口を開いた。

「まあ、毎年のことだから」

と、のんびりとした口調で言った。胡麻塩《ごましお》の頭部は若干薄くなり、その下の小顔に、同じく造作の小さな瞳と鼻と口が、ちょぼちょぼと隆起を見せている。温厚そうな顔つきをしていた。

「由緒ありそうな社殿ですね」

おれがそう問いかけると、男は照れたように笑った。

「古くて大きいだけが、取柄《とりえ》のようなもんですわ」

その口ぶりに、なんとなく感じるものがあった。

「神主《かんぬし》さんですか?」

初老の男はうなずいた。

おれは以前に、人から聞いたことがあった。

こんな生臭い話をすると罰当たりのような気もするが、寺の住職と違って檀家《だんか》も持たず、墓の供養料や、葬儀の際の読経《どきょう》料、戒名《かいみょう》料なども入ってこない神主の暮らしは、そのほとんどがごくごくつましいものだという。神前結婚式などの謝礼や、日々の微々たる賽銭《さいせん》で、ようやくその身を立てているらしい。

だから、適当な戒名一本ひねり出しただけで何十万も包んでもらえる坊主と違い、こんな境内のメンテナンスも、細々と自分の手でやらざるをえないのだろう。

……しかし、考えてみるとおれたち日本人も不思議な人種だ。結婚式の誓いはキリスト教か神道の祭壇前で執り行い、クリスマスやバレンタインにはキリスト教徒でもないのに愛を語る。その愛の誓いが終焉を迎える配偶者の葬式には、仏教で臨む。見事なほどに、節操がない。

「ごくろうさまです」

思わずおれは言った。

そのニュアンスが伝わったのか、作業着姿の神主は苦笑いを浮かべた。

「ただでさえ何かと物入りなのに、世の中には悪い奴も多くてね……」

そうつぶやいて、拝殿前の、玉砂利を敷き詰めた区画の中を指差した。

ん――？

その腕の指し示す先を、何気なく視線で追っていったおれは、瞬間、あっと唸った。

と同時に、先ほどの物足りなさの理由に、ようやく納得がいく。

神社の境内に絶対にあるもの――拝殿中央の上り段からやや手前の石畳の両脇に、高さ一メートルほどの、大きな石造りの台座が二つ、建っている。が、その台盤の上は平たく、本来は対になって載っているはずのものが、無い。

「狛犬が、ない……」

通常は参道を挟んで右手に、阿形《あぎょう》の宮獅子《みやじし》がかっと牙を剝いて躍り立ち、その対になる左手に、口を引き結んだ吽形《うんぎょう》の狛犬が低く構えている。この二つの置物を総称して、ふつう、世間では狛犬と呼んでいる。

獅子と狛犬、彼らはいわば祭神に仕える脇侍《きょうじ》だ。武門の神に使える左右の守りとして、常に一対の存在のはずだ。獅子は双眸《そうぼう》を見開き、耳を垂れ、渦巻き型の襟毛は、見るものを圧するように荒々しく波立ち、前肢、後肢ともに荒縄を捻ったような筋肉がその細工の表面に浮き上がっているものだ。それと呼応するように狛犬は、耳を立て、真っ直ぐな剛毛が襟元と尾を覆いつくし、獅子と同じように全身に筋力を漲《みなぎ》らせた存在であるはずだ。台座の直径からしても、かつてその上に載っていた狛犬たちが相当な大きさのものであることは、容易に想像がついた。

なのに、その力強い二つの姿が、そっくりと台盤の上から抜け落ちている。

それがごく最近の出来事であることは、以前の像が載っていたと思しき、その台盤中央部の真新しい表面を見ても明らかだった。

「どうしたんですか、いったい？」

おれは神主を振り返って聞いた。

「悪質なイタズラみたいなんですよ、どうやら」

たぶんそのときのおれは好奇心を剝き出しにして、その話のつづきをせがんだのだと思う。相手は自己紹介と同時に、事情を話し始めた。


神主の家は、先ほどの集落の、茅葺の一軒だということだった。先祖代々『満田八幡神社』の神主を務め、彼で十八代目になるというから、相当なものだ。

「この神社自体も、永正《えいしょう》弐年——西暦で言えば、一五〇五年の建立と文献には載っていましたから、もうかれこれ五百年以上は経っている計算です」神主は、気の遠くなるような話を、淡々と口にした。「むろん、その間で、何度も建て直しや改築はしているようですが」


四週間ほど前の、ある晩のことだ。

その日も彼はいつもどおり、十一時には床についた。十二時頃、ふと、遠くからうっすらと聞こえてきた爆音に、目が覚めたという。

その爆音は次第に近づいてきて、やがて数台のバイクの排気音が折り重なる音だということが分かった。

「なんて言えばいいのか……そう、クルマのような重い排気音ではなく、もっと軽いパパン、パパパン、というような感じでした」

ふと、先ほどの少年の家で見た単車が、脳裏をよぎった。あのRZ350《サンパン》は、2ストロークエンジンだ。改造したチャンバーが付いていたから、不規則なアフターファイヤーが起こったとしても道理に合う……。

その爆音は神主の自宅の前を通り過ぎ、再び少し遠くなったかと思うと、やがて何かに遮《さえぎ》られたような籠った音に変わり、そのまましばらく夜の空間に響いていたかと思うと、不意に途切れた。

集落の前を通る道は、神社の鳥居前で二手に分かれ、そのうちの一方は、鎮守の杜をぐるりと回りこんで、本殿脇から境内に出る裏参道に通じていた。

神社のほうに向かって途切れたその単車の音が気にはなったが、単にその行き止まりで一休みしているだけだろうと、神主は考えた。その後、再び眠りにつき、単車の帰った音は、深いまどろみの中で記憶に無いという。

「ちょうど、あそこ。今私があなたの前に出てきたあの脇に、森の中を抜けて境内に出る裏参道があるのです」と、神主は拝殿脇を指差した。

翌朝起きた神主は、いつもどおり軽トラに掃除道具を積み込み、神社に向かった。箒とビニール袋を持って、裏参道から社殿に出た。

その途端、神主は我が目を疑った。

まだ夜露に湿った境内の地面のいたるところに、轍《わだち》がくっきりと残っていた。縦横無尽に走り回った二輪のタイヤの跡が、参道の石畳に泥を残し、木陰の石灯籠の下に根付いていた青苔を抉り取っていた。

呆然としながら拝殿の前まで進み出たとき、もうひとつの異変に気づいた。

玉砂利の区画の手前、一対の台座の上から、宮獅子と狛犬がそれぞれ姿を消していた。

にわかには信じられない光景だった。つい昨日までは十年一日の如く鎮座していた、どちらも優に百キロはあろうかという重い石像が、台盤の上から跡形も無く姿を消していたのだ。

神主は慌てふためき、思わず近いほうの台座に駆け寄った。

その台座の背後、玉砂利の縁石の周辺に、大きな三つの石塊が転がっているのが視界に飛び込んできた。

無残な姿だった。

かつては宮獅子の顔の半分だった頭蓋から顎先にかけての欠片が、ぱっくりと斜めに割れ落ち、片目だけが地面すれすれから神主を見上げていた。大きく開いた口元に、べっとりと真新しい泥が付着していた。その泥の表面の不自然な幾何学的な模様に、湿った土のついた靴底で踏みつけられた跡だと悟った。

さらにその先に、もう一方の目の残った顔半分から右前肢の付いた胸元までの大きな石塊、左前肢から両後肢へと続く胴体の石塊……。いずれの石の断面も生々しく黒光りしており、神主にはまるでその割れた表面が血に濡れた肉片のように見えたという。

台座の根元に、黄色いウィンカーの破片のようなものが無数に散らばり、その下の地面には、タイヤの横滑りした跡があった。

神主は想像力を膨らませ、そのときの状況を推察した。

一台の単車が、この台座の前の湿った地面に前輪を掬《すく》われ、転んでウィンカーを割った。乗り手の——おそらく少年たちは腹立ち紛れに、宮獅子の像に手を伸ばした。

一人でなんとかできる大きさではない。複数の人間がよってたかって、面白半分に像の基底部をずるずると横にずらしていった。その台盤の縁からようやく宮獅子の基底部が外れ、前後のバランスを失った宮獅子は、一瞬大きく前のめりになって、そのまま台座から転がり落ちた。玉砂利の縁石にその頭部から激突し、頭頂から顎先にかけて斜めに亀裂が走ったかと思うと、その顔半分がパカリと割れ、地面に転がった。そしてその欠片を、犯人たちの一人が泥まみれの靴裏で思い切り踏みつけにした。

そんな情景が、ありありと思い浮かんだ。

浮かぶと同時に、こみ上げてきた怒りに、思わず身が震えるのを感じたという。

「さすがにそのときは、こんな罰当たりなことが許されていいのかと思いましたよ」

おれの目の前の神主は、その椎の実のような顔で静かに笑った。


砕け散った宮獅子の惨状をつぶさに見て取った神主は、もうひとつの台座――吽形の狛犬の載っていた台盤のほうを振り返った。近づいてゆき、像の抜け落ちた台座の周辺をぐるりと回った。それから思わず、首をかしげた。

宮獅子と同じように台座から引き摺り下ろされたにしては、どこにもその像が転がっていなかった。どこかに持ち去ったのかとも一瞬考えたが、それはとうてい不可能のように思えた。いくら数人がかりだったとしても、あの見るからに重そうな石像を持ち運ぶのは、その犯人たちそれぞれに化け物じみた膂力《りょりょく》でもない限りは無理だ。おまけに単車でやってきた人間たちに、どうやってそれを持ち去る術があるというのか？

不思議に思い、あらためて台盤の表面を観察した。

と、ある事実に気づき、神主はますます疑念を深めた。

その表面には、宮獅子の台盤と違って、像の基底部を引き摺ってできたと思われる擦過《さっか》痕が、まったく見当たらなかった。以前基底部の載っていた部分だけが、真新しい石の色を残していた。

つまり、狛犬の石像は台座から真上に持ち上げられ、そのまま台盤に触れぬまま横にスライドして、どこかに消えたということになる。

しかし、台座の前後左右に足場を組み、その組木に下げた重機でもって像を吊り上げでもしない限りは不可能な離れ業だ。だが、犯人たちに深夜、そんなものが用意できるはずもなかった。

なのに、狛犬の石像は煙のように消えていた。境内のどこを探しても、その像はおろか、欠片さえ発見することが出来なかった。

「不思議でしょう」と、神主は言った。「真夜中に狛犬が勝手に歩き出したとしか、思えないんですよ」

おれも、しげしげと台座の正面を見た。

その表面に、『奉献・大永参年』と刻み込まれていた。大永《だいえい》年間がいつのことかは知らないが、少なくとも明治以前だということは確かだった。

神主に聞いてみると、この神社の建立から間もなくの頃だという。

つまりは、それほど昔からここに座りつづけていた狛犬の像は、一夜にして忽然と姿を消したということになる。

ともかくも自宅に戻った神主は、まず110番に電話をかけた。

できることなら犯人を警察に見つけ出してもらい、器物損壊で訴えるとともに、民事裁判で新しい石像を作るための賠償請求を行うつもりだった。

五百年も前の石像が、その歴史的な希少価値も含めて、現在の貨幣価値で作り直せばいったいいくらになるのかは神主にも分からなかったが、それでもその値段が、イタズラで済まされる額でないことは分かりきっていた。犯人が見つかるものなら、当然その額を支払ってもらうつもりだった。

だからその前段階の証拠として、被害届だけは出しておこうと思ったという。

三十分ほどして、カブに乗った派出所の巡査が、彼の家にやってきた。

神主はその巡査を連れて再び神社に戻り、ふたつの台座を前に事情を説明した。そして境内にある二輪の跡と、壊れたウィンカーの破片を指差し、彼の考えを述べた。

巡査はしばらくの間ボードのようなものに神主の言うことを書き込んでいたが、やがて自分ひとりの手には負えないと判断したのか、本署の応援を呼んだ。

午後になり、犬吠埼警察署から数人の刑事がやってきた。刑事課三係の男が一人に、鑑識課の担当が二人だった。

三係の年かさの刑事に再び事情の説明をしている間にも、残る二人の鑑識の人間が、境内に残った轍の写真を撮り、ウィンカーの破片をピンセットでつまんでビニール袋に入れ、宮獅子の顔半分の欠片についた靴底の形状を写真に撮った上で、石膏《せっこう》のようなものをその上に垂らし、乾いたところでその鋳型《いがた》を外したという。

その三係の刑事は、あらかたの事情聴取が終わったところで手帳を閉じた。それからため息をつき、気の毒そうにこう付け加えた。

気分を害されるかもしれませんが、この種の突発的な愉快犯というのは、なかなか捕まらないものです、と。

常習犯ではないために、そのほとんどが一度しか手がかりを残さず、しかも気まぐれで犯行に及ぶことから、その行動範囲や犯行パターンが特定できないという。その上、刑法のみで考えれば器物損壊のみの軽犯罪にあたり、その捜査に従事する人員もなかなか割きにくいということだった。

神主も、それはうっすらと分かっていた。その上で可能な限りの捜査を再度お願いした。

「まあ、あまり期待せずに、待っていたという感じでしょうか……」

だがなんの音沙汰もなかった一週間ののち、捜査状況は意外な進展を見せた。

それ以前の話として、神主も宮獅子が壊れた同日深夜に、市内中心部の飲み屋で黒い犬のようなものに少年たちが襲われたという事件は聞き知っていた。

三人のうち、二人が死に至り、生き残った一人も喉を抉り取られ重傷だというニュースは、地元紙では大々的に取り上げられていたし、彼の集落でもしばしば話題に上っていた。

刑事課は特捜班を組んで集中的にその事件を追いかけ、三係は三係で、ちまちました軽犯罪に追われながらも狛犬の事件を捜査していた。

事件が起こった夜に、現場前に停められていた少年たちの単車が三台、あった。それらはすべて証拠物件として、警察署のガレージに一時保管されていた。事件から数日後のことだった。そのうちの一台のウィンカーが割れていることに、件《くだん》の三係の刑事がふと気づいた。

さっそく特捜班の立会いのもと、鑑識と共に証拠物件を照合してみた。

結果、割れたウィンカーの欠片は、単車のそれに寸分の狂いもなく符合し、タイヤのトレッドパターンも、境内に残されていた轍の跡と見事に一致した。

警察も所詮は役所のひとつで、縦割り行政の弊害は否めない。つまり、隣合う部署同士でも、お互いに相手がやっている具体的な捜査の内容を知らないことが多い。そう、三係の刑事が言い訳のように説明してくれたという。

その単車——スズキのΓ《ガンマ》250は、三人のうち、死んだ少年のものだった。早速三係の刑事は生き残りの一人を、病院に訪ねた。

その金髪の少年はベッドに横たわったまま口も利けず、首も回せなかった。事情聴取のやりとりは、いちいち筆談で進めるしかなかった。

だが、スローペースなやりとりがつづいた後、少年はあっさりと口を割った。気力、体力共に衰弱し、嘘をつく精神力も残されていなかったのだろう、子羊のような素直さで犯行を認めた。

「ところがです。一方の像は確かに壊したけど、もう一方の像――つまり狛犬のほうですが――それには触れてもいないと言い張ったらしいんです」そう言って神主は困惑したような表情を浮かべた。「結局、警察も不承不承ながら、その言い分を認めたようです。現場の状況からして、単車のみでやってきた彼ら三人に、石像を持ち上げたまま境内の外に運び出すのはとうてい不可能だと判断したんですね」

その言葉に、おれは問い返した。

「じゃあ、いったい誰が、狛犬の像を持ち去ったというんです？」

すると神主は奇妙な、気の弱そうな笑みを見せた。

「……分かりませんね」

そうつぶやき、まるで子どものように、長靴の底で地面を擦った。

「……分かりませんが、あれから時おり、もし自分が狛犬の立場だったらと、ふっと空想することがあるのです――」

前置きをして、躊躇いがちに語り始めた。

神主が語るには、ここの宮獅子と狛犬は、五百年という気の遠くなるような時の流れを風雪に耐え、参道を挟んだ連れ合いと互いに顔を向かい合わせたまま、この鎮守の杜の警備役を果たしつづけてきたのだという。

　初詣や八幡祭のときに大挙して訪れる参拝客は、賽銭箱に幾ばくかの金を投げ込み、鈴を鳴らし、柏手を打ったあと、熱心に頭《こうべ》を垂れる。だが参拝者たちも、彼ら一対の石像には殆ど見向きもしない。おそらく大半の人はそこに狛犬の像があることすら、意識していないだろう、と神主は言った。誰からも感謝も注目もされることなく、じりじりと太陽が照りつける夏の日も、木枯らしの吹く秋の日暮れも、爪一本動かせず座りつづけているだけの存在――現におれも、神主に指摘されるまでは狛犬の像に気づかずにいたのだ。

　神主の言葉はつづいた。

「――もしそんな立場で、長年連れ添った相方が台座から無理やり引き摺り下ろされ破壊されて、泥にまみれる姿をその目で拝んだとしたら、しかも長年守ってきた八幡様からも、何の救いの手も差し伸べられなかったとしたら、あなた、どうです？」

　おれはなんと答えていいか分からず、黙っていた。

　相手は少し微笑むと、

「私なら、逃げ出しますよ」

　そうつぶやくように言い、こんな夢物語を神官の私が言うのもなんですがね、と苦笑した。

　おれはもう一度、空席になったままの台座の上を見つめた。

その後、神主は再び掃き掃除を始めた。

おれは尻ポケットから財布を出し、お礼の意味も含めて、ありったけの小銭と一万円札を賽銭箱に投げ込んだ。

柏手を打って振り向くと、神主はわずかに笑い、ぺこりと頭を下げた。おれも会釈を返し、参道を戻り始めた。

鳥居のところまで来たとき、ふと背後の箒を前後させる音に混じって、鳥の鳴き声が聞こえてきた。

いつになく、おれの心は静かだった。

石段の段鼻に立つと、秋色に彩られた畑のうねりが遠くまで見渡せた。

さらにその先に、次第に鮮明な藍色を失いながら、遥か水平線に薄靄のかかった外房の海が拡がっていた。

卑小さの果てに感じるもの、失意の底に見えるもの――意味もなく、そんな対のフレーズが脳裏に浮かんだ。

ため息をつきながら長い石段を下り、クルマで乗り入れてきた小道に戻った。

後部座席の窓を覗き込むと、黒犬はまだシートとシートの間にうずくまっていた。黒い背中だけが見え隠れしていた。

クルマに乗り込み、来た道を戻り始めた。畑の中を抜け、先ほどの集落を過ぎ、窓ガラスを全開にした。

海岸から来る県道に出たところで、ルームミラーを覗いた。黒犬の顔がのっそりと後部座席の上に這い上がっているところだった。

前後に他の車輛が来ていないのを確かめ、クルマを路肩に寄せ、停車した。

一呼吸置き、運転席越しに体を捻り、黒犬を見た。黒犬もまた、その無表情な琥珀色の瞳で、じっとおれを見返していた。

気づくと、腋の下がひんやりと濡れていた。思わずおれはつぶやいた。

「おまえ、いったい誰なんだ？」

すると黒犬は、初めておれから視線を外した。

3

結局、おれは黒犬を警察に突き出すこともせず、そのまま家に連れ帰った。

黒犬が犯人だということは、状況を並べてみればほぼ確実だった。

黙然としている黒犬を眺めていると、時おり怖気を感じないでもなかった。だが、これまでの付き合いを通して、こちらが無体なことをしない限りは凶暴になることもないという確信も、どこかには持っていた。

それ以上に、おれ自身、黒犬が少年たちを襲った動機に、納得がいってなかった。

神主の話をもとに想像を膨らませれば、神社の狛犬が、破壊された相方のために少年たちに手痛い復讐を加えた——おそらくは、そんな筋書きになるのだろう。だが、そんな夢物語を信じろといわれたところで、とうてい無理な相談だ。

しかし一方、黒犬に他のどんな動機があるかと言われれば、これが困ったことにまったく思い当たらない。それだけに、確実にガス室送りに繋がる警察へ連行することは、やはりためらわれた。

結局は、ぐずぐずと定まらない思考を持て余しながら、自宅に連れ帰ったのだ。

新聞に、よく犯罪検挙率の低下の話題が載っている。最近の記事では、検挙率三十一パーセントという数字が躍っていた。そんな素人知識もあり、たぶんおれは、日本の警察を舐めていたのだと思う。なぁに、もう少し動機を洗ってからでも警察に連絡するのは遅くはないさ、と高をくくっていた。

とりあえず麻子には、事の顚末を打ち明けておくつもりだった。

銚子から戻った次の日の夜、麻子がやってきた。八時ごろだった。クルマではなく、電車で駅から歩いてきたという。明日は定休日だ。今夜は泊まっていく。

この機会に、さっさと話してしまおうと思っていた。

ところが、だ。

いざ打ち明けようとしてみても、どこから説明すればいいのか、さっぱり見当がつかない。黒犬があの少年たちを襲った。これは、ほぼ確信を持った事実として伝えられる。だが、どうしてあいつがそんなことをしでかしたかということになると、はなはだ頼りなかった。まさか神主の空想をもとに、狛犬が化けて出たとも言えまい。事前に相談もせず房総に行ったことにも、今更ながら気後れを感じていた。

黒犬は引き戸を開け放ったままの薄暗い和室の中で、今も寝そべっている。もしここで人を殺した話でも持ち出そうものなら、確実に彼女は怯えるだろう。そうなると、せっかくの逢瀬の時間も台無しになる。

麻子は特に疲れた様子も見せず、おれの作った晩飯を食っていた。その間も、なじみの客や今度仕入れた食材の話を、ご機嫌な口調で話していた。

おれはといえば、そんな彼女の話題にうわのそらで相槌を打っていた。やがて一時間が経ち、二時間が過ぎ、いよいよ切り出すタイミングを失いつつあった。

と、十時を少し過ぎた頃、玄関のチャイムが鳴った。

ちょうど、おれと麻子は食事の後かたづけをしていた。おれがシンクの中の皿を洗い、それを受け取った麻子がふき取って食器棚の中に戻すという分担だった。

「誰かしら、こんな遅くに？」

そう、麻子は首をかしげた。

「町内の回覧板か、何かだろう」

両手が濡れていた。代わりに応対してくれるよう、麻子に言った。麻子はうなずくと、リビングを横切り、開け放っていたドアを抜けて、廊下に出た。玄関まで行き、三和土《たたき》に降りる。魚眼レンズを覗き込んだ麻子の背中が見えた。

すんなりとドアを開けるかと思いきや、麻子はおれのほうを振り返り、少し慌てたように口を押さえた。

「やだ……なに？」

「どうした」

「女の子が、立ってる」麻子は低い声で訴えた。「金髪の女の子」

その声にかぶさるように、再びチャイムが鳴った。

なんとなく予感はあった。急いで両手を拭き、玄関に行った。

おれが鍵を外し、ドアノブに手をかけると、麻子は廊下に上がり、少し奥まったところまで身を引いた。

ドアを開けると、弁当屋の娘がいつもの白光りする瞳で、そこに立っていた。ネイビーのカーゴパンツに、臙脂色のナイキのシューズ。黒いTシャツの上に、ボタンを全開にしたままのネルシャツを羽織っていた。

「こんばんは――」

おそらくバイト帰りなのだろう、娘はおれの顔を覗き込んだまま、ぎこちなく笑みを見せた。

「ヒマ?」

つい、おれは言ってしまった。

「なんか、用か?」

とたんに、娘の目から光が消えた。

「別に、用ってことはないけどさ」口を尖らせ、そう答えた。「二日前の夜も、いなかったしさ……」

うつむき加減にさまよったその視線が、三和土のある部分で固定した。麻子の履いてきた鳶色《とびいろ》のパンプスがあった。

あ、と娘はつぶやいた。それからバツが悪そうに、おれを見上げた。

「お客さん？」

「そうだ」おれは相手に気の毒だとは思いながらも、はっきりとうなずいた。「おれの彼女だ」

一瞬、娘の顔色が変わった。

ごめん、ごめん、と慌てて言った。

「そんなつもりじゃ、なかったんだ」

そう早口で弁解すると、おれの目も見ずに身を翻した。

娘の腰元で、何かがカサコソと音を立てた。迂闊だった。それまで気づかなかったのだが、娘は片方の手に、白いビニール袋を提げていた。弁当屋のオレンジマークの入った、白い袋——。中には二つの弁当が、透けて見えていた。最悪……。

思わず廊下に立っていた麻子を振り返った。

「ちょっと——」

と言い置いて、彼女が硬い表情ながらもうなずくのを確認した後、娘の後を追った。

サンダルを突っかけ、道路につづく階段を降りると、ちょうど娘が、停めてあった原付の前籠の中に、弁当を音を立てて放り込んだところだった。

どうしていいか分からず、その前に突っ立ったまま、声をかけた。

「悪い。すまん」

娘は無言のままシートに跨ると、乱暴にお椀型のヘルメットをかぶった。そのメットの庇で顔半分が隠れ、引き結んだ口元だけが残った。カーゴパンツのポケットに手を突っ込み、キーを探っているようだった。が、苛々とした手つきなので、なかなかそれが取り出せない。娘はうつむいたまま、かすかに舌打ちした。

なんとかその場を取り繕おうとして、さらにたわけたことを口走った。

「よかったら、三人で晩飯を食おうぜ」

「そんなんじゃ、ないってば」つっけんどんに娘は言い放ち、ようやく取り出したキーをイグニッションに差し込んだ。「家に居るジジィとババァの分だよ」

そう吐き捨て、エンジンをかけるとすぐにビィィー、と原付を発進させた。

奥のT字路まで急加速してゆくにつれ、ボタンを開けたままのネルシャツが風に翻った。テールランプが区画の植え込みの陰に見えなくなったかと思うと、そのエンジン音は猛烈な勢いで遠ざかっていった。

おれは虚仮《こけ》のように、ぼさっと突っ立っていた。タイミングの悪さを呪うと同時に、自分の対応のまずさにも、腹が立った。

家に戻ると、まだ廊下に立っていた麻子と目が合った。弁当屋の娘を追いかけたときから、玄関のドアは開け放したままだった。おそらくおれと娘の会話は筒抜けだったはずだ。少し気まずかった。

麻子はしばらくおれを見つめていたが、不意に片方の口元に、笑みを浮かべた。こんな場での女の作り笑いには、要注意だ。

「あなたのことが、好きみたいね」まずは、そう言ってきた。「どこの子？」

いつもは要くん一辺倒のくせして、いきなりのあなた呼ばわりだった。これにはカチンときた。だから一言で答えた。

「弁当屋の娘」

ふーん、と麻子はつぶやいた。相変わらず笑みが口元にへばり付いている。

「晩飯を買いに行ってるうちに懐《なつ》かれた」おれは付け足した。「それだけだよ」

「でも、家を知ってたね」

思わず舌打ちした。

「相手は子どもだぞ」ウンザリして、言った。「十六も歳が離れている。何があるっていうんだ。みっともないぞ」

「私とあなただって、けっこう違うよ」

ますますムカついてきた。おれは何が嫌いといって、こういう自己卑下の仕方ほどイヤなものはない。

「ふざけんな。五歳しか違わねぇだろうが」つい言葉を荒げた。「いい加減にしろ」

麻子は窺うような瞳で、じっとおれを見ている。

おれは、その視線の意味を知っている。おれたちの付き合いにいつか終わりがくることへの覚悟、自分が歳上の女だという引け目——普段は落ち着き払った大人の仮面をかぶっていても、今はそれを露わにしている。

だが、それがどうしたっていうんだ？　チンケな嫉妬、発泡スチロールのようにお安い疑念。

「走っているおれのクルマを見つけて、ついてきたことがあるだけの話だよ。相手の歳もそのときに知っただけだ。頼むから、変に勘ぐるなよ」

そう言って、口をつぐんだ。

相手も依然として、寒水《かんすい》の貝のように黙りこくっている。

不意にこんな場合ながら、その意固地さが可愛く思えた。麻子は台所の湿ったふきんを片手に、さっきから廊下に立ちっぱなしだった。おれが外に居たときは両耳をダンボにして、戻ってきたら戻ってきたで、全身の注意をおれの表情に向けていた。

「やめよう、こんなやりとり」おれはつい笑って言った。「痛い腹を探られるのならともかくも、さ」

すると、麻子は居心地が悪そうに少しもじもじした。しばらく黙り込んだまま、子どもの手遊びのように、片手のふきんを軽く握ったり開いたりしていた。

が、やがて顔を上げ、

「……ごめんね、要くん」そう、不意に苦笑した。「みっともないよね、私」


東の空に、月が昇ってきた。

それと知れたのは、レース越しに窓に切り取られた青白い月光が、シーツの上を四角く浮かび上がらせていたからだ。

十六夜《いざよい》の月――。何の脈絡《みゃくらく》もなく、弁当屋の娘のことを思い出した。

半身を起こし、タバコに火をつけたおれの横で、麻子が身を動かした。シーツを胸元まで手繰り寄せながらもぞもぞと半身を起こし、いつものように膝小僧を抱えた。黙り込んだまま、ごくわずかに前後に体を揺らしている。

と、薄闇の中で、その白い歯が覗いた。

「ごめんね」

もう一度、麻子は言った。

おれは曖昧に笑った。お互いに気持ちの入っているうちが、花というものだ。

だが、麻子の口から漏れた次の台詞《せりふ》には、思わずギクリとした。

「ところで、一昨日《おとつい》は家に居なかったの？」

「どうして？」

「だって、あの子、そう言ってなかった？」

おれは思わず黙り込んだ。

麻子はかすかに笑った。

「要くん、何か隠してる？」

「なんでだよ」

そう、それ、と彼女は指摘した。「本当に都合の悪いときは、どうして、なんで、を連発するもの」

これには、ふたたび言葉に詰まった。タバコを灰皿に揉み消した。

挙句、すべてをぶちまけた。

床屋で週刊誌を見たことから始め、さらにその記事を図書館で確認したこと、ダミーの名刺と黒犬の写真を持って、房総に出かけたこと。現地で知った事実――洗いざらい喋った。

話の間、麻子の表情は様々に移り変わっていった。最初は信じられないという顔つきをし、次に二の腕を押さえたまま悪寒を感じたように鳥肌を立て、おれが警察にも知らせず立場を偽って房総に出かけたことを知ったときには、かすかに眉をひそめた。

バーのマスターの話、金髪少年からの聞き込み、そして神社でのやりとり……すべてを話し終えると、麻子はしばらくじっとおれを見ていた。

やがて、かすれたような声でつぶやいた。

「それ、間違いないの？」

おれはうなずいた。

「状況から見て、たぶん間違いない」おれは言った。「しかも二人。生き残った一人も、ひどいもんだった」

「でも、じゃあどうして警察に届けないの？」

「届ければ、確実にガス室送りだぜ」

「…………」

「あんな奴だけど、一ヶ月近くも一緒に住んでるんだ」おれは言葉を続けた。「それに動機も分からないんだ。やっぱり、気が乗らない」

でも、と彼女は言った。「じゃあ、要くんも共犯みたいなものになるんじゃないの」

「そうなるかな？」

「詳しくはないけど、犯人隠匿罪とか、そんな感じになるんじゃない？　警察が犬を犯人呼ばわりするかどうかは、知らないけど……あと、身分詐称とかも」

「――うん」

彼女は、自分の襟足にちょっと手を触れた。

「そんな大事なこと、なんで今まで黙ってたの？」

「……」

「一人である程度まで確証を得てから、私に報告しようと思ってた？」

「うん」

彼女はため息をついた。

「そういうのって、男の人に特有の考えよ。たぶん」麻子は言った。「私に心配をかけないようにそうしたのかもしれないけど、あんまり嬉しくはないよね」

少し、居心地が悪かった。

「一応、気を遣ったつもりなんだけどさ」

「もしも罪に問われたら、どうするつもり？」

「バレやしねぇよ」

「でも、絶対とは言い切れないでしょ」彼女はやんわりと釘を刺した。「要くん、自分の仕事が国の許認可だってこと、知っているよね」

「……」

「たとえ不起訴処分になったとしても、下手《へた》したら免許取り消されるわよ」

そう言って、まじめな表情でおれを見た。

「もっと自分を大切にしないと」

もっともな話だった。おれはたまに、あとさきの考えなしに行動してしまう。まあ、こんなことを心配して言ってくれる相手がいるだけ、まだマシということか……。

なんの気なしに、彼女の内股の間に手を伸ばした。

指先が、まだ湿っている陰唇に触れた。

「何やってるの」彼女はこわい顔をした。「まじめな話だよ」


翌朝――黒犬に餌をやっているおれを、麻子はリビングの桟に立ったまま、遠目から見ていた。房総の話が響いているとみえ、やや腰が引けていた。

朝食兼昼食を食べながら、再び昨夜の話題に戻った。

「それで、どうするの？」

朝から何度目かの、同じ質問だった。おれは頭を掻いた。

「まだ、腹が据わらない」と、素直に打ち明けた。「普通に判断すれば警察に突き出したほうがいいとは思うんだけど」

「やっぱり、気が乗らない？」

おれはうなずいた。

麻子は少し考えて口を開いた。

「じゃあ、こうしない？　このまま飼いつづけるか、警察に連絡するかを——そうね……あと一週間ぐらいようく考えて、それで決めて。その要くんの判断に、私も従う」

その言葉に、おれは驚いた。

「麻子、それでいいわけ？」

仕方がないでしょ、と彼女は言った。

「法律も大事だけど、要くんの気持ちだって大事でしょ。どうしても匿《かくま》いたいっていうのなら、及ばずながら私も協力する」

おれは思わず苦笑いを浮かべた。

いつまでもぐじぐじと悩む男と違い、いざとなると、女のほうが腹が据わるものだ。

ありがたく思うと同時に、結婚なんぞしたあかつきには、こうやって尻に敷かれてゆくのだろうとも、ちらりと感じた。


午後になり、麻子と共に黒犬と子猫を連れ出した。

クルマに乗り込み、町の外れにある、近くで一番大きな公園まで出かけた。

敷地内に犬がいないのを確認したあと、芝生の片隅の人気のない場所に陣取り、ビニールのシートを敷いた。

麻子は公園の先にある雑木林を後ろ手をついて眺め、黒犬はおれの隣に腰を降ろし、子猫は籠の中で時おり鳴き声を上げた。

三時ごろだった。十月の太陽は、すでに傾き始めていた。

反対側の一角で主婦たちがひとかたまりになり、世間話に興じている。その周りをまるで小さな衛星のように、子どもたちが飛び跳ねている。

公園の脇を走る市道の反対側に、ガソリンスタンドがあった。見るからに個人経営といった感じの、小さなガス・ステーション。使い込まれたピックアップトラックが放り出されたように停まっており、その奥の白いコンクリートの壁が、斜めに差し込んでくる陽光を受けて、眠たげに輝いていた。

足元に視線を転じると、遠目からはまだ青々と見えていた芝の中に、茶色いものが混じっている。

雑木林の向こうの空は、薄く高く、ずっとその先までつづいているかのように、サックスブルーに冴《さ》え渡っていた。

リードの先の黒犬は、相変わらず芝の上に腹ばいになったまま、その顎を前肢の上に載せ、じっと目を伏せている。

おれは、足元の芝を毟った。手を広げると、軽い秋風に乗って、緑と茶の芝が斜めに流れ出ていく。

夏はもう、とっくに終わっているのだ。

ふと、ある感情が胸の中に芽生えた。もっとも、それが正確には何かなんて、口に出てくるまでは、おれも分かっちゃいなかった。

麻子は相変わらず後ろ手をついたまま、雑木林の向こうを眺めていた。その風景の何が気に入ったのか、横顔にうっすらと笑みをたたえている。

「あのさ――」

そのおれの呼びかけに、彼女はなにげなくこちらを向いた。

その視線をまともに見ることができず、おれは意味もなくまた足元の芝を毟った。以前、誰かが同じことをやっていた。そう。あの弁当屋の娘だ。

「あのさ、もっと、一緒に居たいんだけどさ」おい、おい。いったいおれは何を言い出すつもりなんだ。「つまり、これからもずっとってことなんだけどさ」

隣にいる彼女の雰囲気が固まるのが、伝わってきた。

「麻子の両親やおれの親やらが外野からワイワイ出てきて、もしそれが結婚っていう形式を踏むことだとしても、おれは喜んでそうするつもりだ。だから、どうだろう？」

そこまで一気に言って、ようやく顔を上げ、彼女の顔を見た。

無表情なその顔からは、何も読み取ることが出来ない。瞬きもしない、乾いた視線だった。

が、しばらくおれを見つめた後に、ややかすれた声を出した。

「……要くんが四十五になったとき、私は五十なんだよ」

「で、おれが七十九のとき、麻子は八十四だ。男女の平均寿命だと同じときぐらいに死ねる。ちょうどいいじゃん」

「でも、このままでも私は全然いいのよ」

「そう思ってることも、知ってる」

「じゃあ、どうしてなの?」

その問いかけに、一瞬考えた。だが、何も思い浮かばなかった。ふたたび芝生に手を伸ばし、挙句、おれは口を開いた。

「わけなんかないよ」――ああ、我ながら、なんて間抜けな受け答えなのだろう。「こうやって芝を毟っているようなもんだよ。好きな相手と一緒に居て、楽しく過ごしたいだけだ」

麻子はそんなおれを黙ったまま、見つめていた。

前触れもなく、その右目から、涙がぽろりと転がり出た。

おれは仰天した。なにしろ彼女が泣いたところを見るのは初めてだったし、申し出を受けるなら受ける、断るなら断るなりに、もっといつもどおりに、さらりと口にするものだと思っていた。

慌てて相手の手を摑んだ。

「なんだなんだ、どうしたんだ？」

不意に彼女は表情を崩し、それから泣き笑いの顔になった。ついで、今度は左目からも涙がこぼれ落ちた。

「ううん」と、無理に笑いながら首を振った。「おかしかっただけよ」

「なにが？」

「その、喩えの仕方がね」そう言って、もう一度笑みを浮かべた。「——でも、今の話は、聞かなかったことにする」

「え？」

いいから、いいから、と、彼女は指先で目元をぬぐった。

「気持ちだけ、もらっておく」

おれはどう対処していいか分からず、じっと彼女を見つめた。

「好きだよ、要くん」しばらくして、彼女はつぶやいた。「たぶん、要くんが想像している以上にね。こう……上手く言えないけど、要くんの背中をムチャクチャに叩きたいって感じで」

ひどく胸をつかれた。色褪せつつある芝の色のように、うつむいて地面を見ている彼女の気持ちと、その先にあるだろう晩秋の色が、じかに伝わってくるようだった。

おれは、強いて笑顔を作った。

「頼むから、そんな悲しいことを言わないでくれよ」おれは言った。「もっと、気楽に構えていこうぜ」

「ありがとう」と、彼女は鼻を鳴らした。「でも、この話は、またいつかにしよう」

「どうして？」

「どうしても。――要くんは、もっと違う将来だって選べる」

「……」

「時間はいくらでもあるんだし、私はこのままでも充分満足。だから、もう少しよく考えよう」

そう言い終え、自らの足元に視線を落としたまま黙り込んだ。硬い横顔が、これ以上の話をつづけることを明らかに拒否していた。

ふざけんな、ふざけんな、ふざけんな。

世の中のことすべて――制度や、世間の目や、こうあるべきだという実体のない戯言《たわごと》や、そんなものすべてに、毒づきたい気分だった。

もし、おれと彼女が無人島で暮らしていて、外界との接触もなく死ぬまで一緒に暮らすんだとしたら、彼女は喜んでおれの希望を受け入れるだろう。だが、ここは無人島ではないし、おれたちは食うために、これからも他人との関わりの中で生きていかなくてはならない。幸せというものの外面《そとづら》の比較と、昔日《せきじつ》の思い切りに対する悔恨。その暗い影が、いつかおれたちの内面にそっと忍び込んで来る日を、彼女は恐れている。

思わずため息をつき、やるせない気持ちで麻子から目を逸らした。

と、視界の隅で、素早く動いている黒い生き物を捕らえた。

芝生の先、通りのこちら側の歩道に、五十がらみの太った男が呆然と立っている。今どきヴェルサーチと思しき、毒々しい柄のセーターを着ていた。パンチパーマに、手首には見るからに重そうな金色のブレスレットが光っていた。その男の前を、こちらに向かって矢のように駆けてくる暗褐色の巨体があった。

ドーベルマン、それも通常よりかなり大きなサイズのドーベルマンが、首筋からうねりつづけるリードをぶら下げ、飛ぶように芝の上を駆け抜けてくる。大きく牙を剝き敵意に燃えた瞳は、明らかにおれの横の一点を凝視している。

思わず隣の黒犬を振り返った。黒犬はすでに目を開けていた。だが、依然として同じ腹ばいの姿勢で、ドーベルマンがやってくる姿を平然と眺めている。

「要くんっ」

背後で、麻子の叫ぶ声が聞こえた。

瞬間、牙の間から凄まじい唸り声が漏れたかと思うと、ドーベルマンはおれたちの五メートルほど手前で跳躍の気配を見せた。

直後、おれは腰を浮かせ、ドーベルマンと黒犬の間に割って入った。が、わずかに遅く、ドーベルマンはすでに跳躍を終えたあとだった。それでも黒犬への攻撃を防ごうと、思わず右腕を広げた。鋭い痛みが肘の内側に走った。見ると、おれの右腕に、空中を飛んできたその牙が、深く食い込んでいた。ドーベルマンは噛み付いた姿勢のまま、激しく頭を振った。牙先で、おれの皮膚がざっくりと割れる。亀裂が肘の内側を斜めに走り、その両側から赤い肉片が深く覗いたかと思うと、鮮血がどっと噴き出した。水鉄砲のような勢いで迸《ほとばし》る自分の血を浴びた。動脈がいくつか切れたのだと、他人事《ひとごと》のように感じた。

再び麻子の叫び声と、その背後からも、いくつもの女の悲鳴が折り重なった。興奮しきって前後の見境もなくなったドーベルマンは、さらにおれに絡み付いてこようとした。

そのときだった。

目の前に黒い物体が走ったかと思うと、それまで暴れ狂っていたドーベルマンの鼻先が、ふっと視界から掻き消えた。ギャン、という鳴き声が聞こえ、気づくと、ドーベルマンの胴体が数メートルほど先に吹っ飛んでいた。

黒犬がその肩口に強烈な体当たりを喰らわせたのだと理解したとき、奴は既に次の攻撃に移っていた。身を起こしかけたドーベルマンに唸り声も発せずに突進してゆくと、その顔面にいきなり頭突きを見舞った。

ゴッ、と、頭蓋のぶつかった鈍い音が、周囲に響き渡った。眼球が飛び出すほどの勢いで、再びドーベルマンは後方に吹っ飛んだ。つづく黒犬の動作にも、躊躇いは一切見られなかった。そのまま朦朧としているドーベルマンの上に一気にのしかかると、次の瞬間には、その首筋を頸部からがっちりと咥え込んだ。次いで、力強く頭部をもたげた。

自然、その口元から、ドーベルマンがぐったりとぶら下がる形となった。

その黒犬の意図を察したとき、全身に鳥肌が立った。

まさか、と思った。

「やめろ——」

ぞっとして、思わず叫んだ。

黒犬の首筋が硬直したかと思うと、一瞬、ドーベルマンの前肢がビクンと跳ね上がった。

「やめろっ」

その下顎の中から、椎骨《ついこつ》の砕ける乾いた音が、細切れに聞こえてきた。

おれは思わず、顔をそむけた。黒犬のそんな姿など、見たくはなかった。隣では麻子が真っ青な顔をしたまま、呆けたようにその光景に見入っていた。とっさに麻子の顔を胸元に引き寄せて、視界を塞いだ。

再び視線を上げたときには、ドーベルマンはぼろ布のように地面に横たわり、その背後には黒犬が傲然と立ち、無感動に骸《むくろ》を見下ろしていた。

頭がガンガン鳴っていた。それまでは燃えるように熱かった傷口が、急激に冷えてきた。

腕の傷口から絶え間なく流れ出てゆく鮮血が、抱え込んだ麻子のシャツの背中に赤い沁みを広げていく。それを見ている間にも、背筋に湧いた悪寒《おかん》が、さざなみのように全身に広がっていった。

それまで茫然と歩道に立ち尽くしていた太った男が、こちらに向かって駆けてくる。麻子が胸元から顔を上げ、あらためておれの右腕を見やると、小さな悲鳴をあげた。その頰にも、おれの血がべっとりと付着していた。

「大丈夫？」

そう言って、おれの首筋を両手で支えた。

「大丈夫だ」こみ上げてくる吐き気をこらえ、おれは答えた。「少し、寒気がするだけだ」

その心配そうな麻子の顔に、不意に影が差した。

視線を上げると、両拳を握り締め、額に青筋を立てたヴェルサーチ男が立っていた。

「あんたっ」男はおれを睨みつけたまま、喚いた。「おれの犬に、とんでもないことをしでかしてくれたな。六十万もしたんだぞ！」

つまり、ドーベルマンの買い値が、ということらしい。その犬への言い草に、かっときた。しかしおれが口を開くより一足先に、麻子がきっと相手を見上げた。

「黙れ、このデブっ」

たしかに麻子はそう罵《ののし》った。こんな場合ながら、内心おれは吹き出しそうになった。

そのときの形相の凄まじさといったら般若《はんにゃ》も顔負けで、これほどに怒りを剥き出しにした彼女を見たのも、初めてのことだった。

「彼にもし何かあったら、あんた、六十万どころの騒ぎじゃ済まさないからね。そんときはそのたるんだ首をよぅく洗って、覚悟して待ってなさいよっ」

そう啖呵《たんか》を切り、不意に自らのシャツの袖を引きちぎり始めた。二度、三度と必死に袖口を引っ張り、四度目で肩口の縫い目から、派手な音を立てて布地が破れた。

その途端、白い右腕が肩口から剥き出しになったが、彼女は意に介す様子も見せず、破り取った長袖をすぐさまおれの二の腕に巻きつけた。

ぎゅっときつく縛り、結び目を作りかけていた麻子と、ふと目が合った。貧血でぶっ倒れそうだった。おれはへらへらと笑った。

「麻子、カッコいい」かろうじて、そうつぶやくのが精一杯だった。「さすが横須賀育ち。惚れ直した」

「なに言ってんの」麻子は束の間苛立《いらだ》ち、ついでチラリと笑みを見せ、しっかりと結び目を締めた。「そんな悠長《ゆうちょう》なこと、言ってる場合じゃないでしょ」

その背後では、依然として彼女の言うところのデブが、憤懣《ふんまん》やるかたない表情で突っ立っていた。

「警察を呼んでくれよ、オッサン」危うく気が遠くなりそうな自分になんとか踏ん張りをかけ、おれは言った。「四の五の言わずに、まずはそうしろよ。話はそれからだ。もしその前に彼女に喧嘩でもふっかけてみろ、あとで半殺しにしてやっかんな……」

だが、その言葉の威勢のよさとは裏腹に、男がポケットの中から携帯を取り出すまでを確認すると、おれの視界は急激に薄靄がかかり始めた。

意識が、遠のいていった。血が足りなかった。奥歯がカチカチと音を立てた。

要くん、かなめくん！

麻子の悲鳴が、耳元で響いている。

――この馬鹿っ、警察より救急車のほうが先でしょ！

つづけて喚くその声は、もう遠くから聞こえてきた。

4

意識が戻ったときから、自分がどこにいるのかはなんとなく分かっていた。

オキシドールのかすかな匂いが鼻腔を突き、尻は固い業務用マットレスの上にある。ごわごわした洗い立てのシーツの肌触りが、素足を通して感じられる。

周囲は静まり返っている。どうやら個室のようだ。

目を開けると、無機的な白い壁と白い天井が見えた。閉じられたカーテンからは外光は漏れてきておらず、それで夜だということを知った。

右腕に強い違和感がある。鉛のように重くしびれた感覚があり、動かそうとしても、わずかにしか自由にならなかった。身を起こそうとベッドの床に左手をつきかけたとき、その腕にちくりと痛みが走った。

見ると、左肘の内側に点滴の針が刺さっていた。ビニールの管を視線で上に追ってゆくと、ベッドの横に設置されたパイプハンガーから半透明の袋がぶら下がり、中身の栄養剤がぽた、ぽた、と滴《しずく》を垂らしている。

カチャリとドアノブの回る音がした。首を回すと、麻子が入ってくるところだった。目の下に少し隈ができている。

「起きたよ」自分の声が、妙にざらついて感じられた。「今、何時？」

彼女はおれに近づきながら、手首を返した。

「ええと……七時をちょっと過ぎたわ」

「今日の？」

彼女はかすかに笑った。

「もちろん、そうよ」

と、やや疲れた様子でベッド脇のパイプ椅子を開き、腰を降ろした。

「右腕が、動かせない」おれは言った。「……ヤバいのかな？」

「麻酔が効いているからよ」彼女は微笑んだ。「十七針縫ったって、執刀医が言ってた。痕は残るそうだけど靭帯《じんたい》までは傷ついていなかったから、機能的な後遺障害が出てくることは、まずあり得ないって」

少し、ほっとした。

ふと気づくと、彼女は真新しい長袖のシャツを着込んでいた。

「その上着、どうしたんだ？」

「術後の容態を確認したあと、要くんのクルマを取りに、タクシーでいったん公園まで戻ったのよ。警察の詳しい検分も、まだだったたし。その帰り道にユニクロがあったから、速攻で服を買って着替えた」それから思い出したように、苦笑した。「クラッチが遠くて、運転するのはちょっと大変だったけどね」

けっこうな自己嫌悪だった。

血まみれで片袖のなくなったシャツ姿で、おれの術後の結果がはっきりするまで院内をうろつき、その後タクシーに乗り込み、あのデブと警察相手に検分に付き合う。それを済ませたあと、馴れないマニュアル車に乗り、さすがに着替えの必要を感じ、途中にあったユニクロに飛び込む――。

つまりはおれのせいで、その時々の場面のいずれでも、かなり無様な格好を彼女に強いていたことになる。

「わるい。面倒かけたね」

彼女はふと目元を緩めた。

いいのよ、と手を軽く振りつつ、話題を変えた。「そんなことより、ちょっと困ったことになったんだけど」

「ドーベルマンのオッサンのこと？」

彼女は首を振った。

「あの人には後日、私のほうからきっちりと話をつけるつもり。悪くても、双方痛み分けのカタチでね。それじゃなくて、ジョンのこと」

おれはなんとなく黙り込んだ。

いくらおれを助けるためとはいえ、房総に続いてあんな犬殺しまで引き起こした黒犬に、彼女が愛想を尽かしたと思ったからだ。やはり、早急に里親を探し出すか、保健所に引き取ってもらうほうがいいのではないか――そう切り出されることを恐れていた。

だが、次に彼女の口から洩れた言葉は、予想外のものだった。

「いなくなった」

「え？」

「だから、ジョンがよ」

と彼女は言い、そのときの状況をくわしく話し始めた。


おれが不甲斐《ふがい》なくも意識を失ったあと、黒犬はすぐ小走りにやってきた。彼女に難癖をつけようとしたあのデブを一声で威嚇し、遠ざけてくれたという。デブは仕方なく、すでに屍骸となったドーベルマンのほうに歩いていった。その後、黒犬はまるで護衛をするかのように、麻子の周りを所在なげにうろついていた。

やがて遠くから救急車と思しきサイレンの音が近づいてくると、黒犬は次第に落ち着きをなくした。少なくとも彼女にはそう思えた。

舌をだらりと垂らし、肩口の表面を強ばらせ、公園脇の市道に注いだその琥珀色の瞳を、絶え間なく左右に動かしていた。

サイレンの音は西の方角からどんどん近づいてきた。その間にも、公園内の野次馬はゆっくりと数を増していった。救急車に先立って市内巡回用ミニパトが現れ、公園の横で停車した。いかにも巡査といった感じの若い警官が二人、クルマから降り立ち、おれを抱きかかえている麻子を認めると、一直線に駆け寄ってきた。

その様子をじっと見ていた黒犬は、さりげなく彼女の元を離れた。

警官が目の前に来ると、彼女は手早く事情を説明した。

公園脇の通りを散歩していたドーベルマンが突然飼い主のリードを振り切り、こちらに向かって走ってきたこと。黒犬に飛びかかろうとした瞬間、おれがその間に割って入り、興奮したドーベルマンはおれの右腕を切り裂き、なおもその体に覆い被さろうとしたこと。それを見ていた黒犬がドーベルマンに襲い掛かり、結果として嚙み殺したこと――飼い主のデブも、渋々ながら彼女の言い分を大筋で認めた。

警官の一人は麻子とおれの名前と住所を手帳に書き留めると、遠巻きにしていた野次馬に近づき、目撃者を募った。彼女とデブの証言を裏付けしている様子だったという。

もう一人の警官は、デブと一緒にドーベルマンの屍骸に近づいていった。二人でしばらく屍骸を見下ろしたまま立ち話をしていたが、やがてその警官は、少し離れたところで彼ら二人を窺っている黒犬の存在に、あらためて気づいた。

警官は中腰になり、黒犬に向かって手招きをした。黒犬は動かない。じっと立ち尽くしたまま、彼女とその警官の顔を交互に見ていた。警官は立ち上がり、黒犬に数歩近づいた。黒犬もそれに合わせて、数歩後退した。さらに警官が歩み寄ろうとすると、黒犬は素早く身を翻し、今度は数メートルほど後ずさった。

ジョン、と彼女は叫んだ。

(こっちにおいでっ)

だが、黒犬はその間に立つ警官を警戒してか、首元からリードをだらりと地面に引き摺ったまま、彼女の方向をじっと見つめるだけだったという。

ようやく救急車が到着し、公園脇の市道に停まった。

後部のハッチが開き、その中から担架の両端を小脇に抱えた救急隊員二人が、急ぎ足で彼女のほうに近づいてきた。それに合わせ、黒犬と向かい合っていた警官もこちらのほうに駆け寄ってくる。焦った彼女は、いっそう大声で呼んだ。

(ジョン、おいで!)

しかし、黒犬は彼女のほうに頭を向けたまま、依然その場を動かなかった。

彼女のすぐ脇に担架を降ろした隊員たちは、意識のないおれを担架に担ぎ上げて救急車に戻り始めた。黒犬のことを思い一瞬迷ったが、子猫の入った籠を片手に、すぐにその後を追った。担架脇を小走りに駆けながら、擦り寄ってきた警官に、救急車に同乗して病院までついて行くことを告げた。

（たいへん申し訳ないんですが、あの黒犬の保護をお願いします）

自分でも無責任な発言だと思ったが、そのときはその方法しか思いつかなかったという。救急車に乗り込む寸前に、ふと気づいて自分の携帯を警官に押しつけた。

（手術が終わったら、必ずすぐに連絡します。またここに戻ってきますから）

そう言って、ふたたび黒犬を振り返った。黒犬は野次馬から離れた広い場所にぽつんと突っ立って、こちらを見ていた。

それが、彼女が黒犬を見た最後だったという。

おれは口を開いた。

「じゃあ、戻ったときには行方《ゆくえ》知れずになってたんだ」

彼女はうなずいた。

「警官も、必死で捕まえようとしてくれたらしいんだけど」

手術が終わると、彼女はすぐ自分の携帯に連絡を入れた。ふたたび現地で落ち合うことを約束し、急いでタクシーで戻った。公園内には黒犬はいなかった。その代わりに警官二人のほかに、棒の先に大きなワッカの付いた捕獲器を持った作業着姿の人間が三人、集まっていた。聞けば、保健所の人間だという。彼ら五人から、その後の経過をくわしく聞いた。

追いかければ楽々と逃げ、手を伸ばせばするりと身をかわす黒犬に、警官二人はついに業を煮やし、保健センターの職員を呼び出したのだ。

その間に黒犬がどこかに逃げてしまわないかと危惧《きぐ》していたが、幸いにしていつまで経っても公園の敷地から逃げ出す気配を見せなかった。

これはあくまでも憶測ですが、と警官の一人が控えめに彼女に語った。

（あの犬は、飼い主の帰りをここで待つつもりだったんじゃないでしょうか……）

十五分後、管轄の保健センターの職員が駆けつけ、公園の真ん中に佇む黒犬を、五人がかりで遠巻きに包囲した。

それぞれが捕獲器を手にしてゆっくりとその網を狭め始めると、黒犬は低く唸り声を発し、明らかに警戒の度合いを強めた。

五人が標的まであと十メートルほどに迫ったときだった。黒犬は突如身を翻すと、警官の一人に向かって猛然と突進した。とっさにその警官は身構え、捕獲器のワッカを向かってくる黒犬の頭部の高さに合わせ、突き出した。

が、直進してきた犬はワッカの直前で不意に身を沈めると、隣の職員との間の空間に向かって、驚くべき高さの跳躍を見せた。

その瞬間だけは空を飛んでいるようだった、と警官は彼女に感想を洩らした。

が、茫然としたその警官と違い、隣の職員はさすがに犬捕獲のプロだった。滞空している黒犬のリードが、その後肢の下まで泳いできていた。そのリードの先を、すんでのところで摑んだ。しかし周囲が一瞬ほっとしたのも束の間、重量のある黒犬の予想外の慣性の力にその職員は大きく利き腕を引っ張られ、バランスを崩した。そのまま芝の上にもんどりうつように倒れ込んだかと思うと、次の瞬間には背中を下にしたまま、凄まじい勢いで引き摺られ始めた。黒犬はそんなことなどお構いなしに、恐るべき脚力で公園の出口へと向かってゆく。

他の人間もはっと我に返り、慌ててその後を追った。だが大人一人を引き摺りながらも、黒犬の速度はまったく衰えることを知らない。いくら追いかけても、滑るようにして芝の上を駆けてゆく黒犬との距離は開くばかりだった。

公園の出口に、芝生から一段盛り上がった石畳があった。黒犬が軽々とその石畳に跳ね上がった直後、仰向けに引き摺られてきた男はその段差に肩口から激突した。

ぎゃっ、と一声悲鳴をあげた男は、思わず握り締めていたリードを放した。完全に頸木《くびき》のとれた黒犬は勢いもそのままに市道脇の歩道に飛び出すと、東の方角に向けて一目散に走り去った。

残る四人が公園の出口にたどり着いたときには、すでにその影は街路樹の下に延々とつづく薄闇の中に消え去った後だったという。

しかし捕獲劇はそれで終わりではなかった。

四人は肩口に打撲を負った不運な男を介抱しながらも、しばらくは気が抜けたようにぼんやりとしていた。

やがて、おれの名前と住所を書き付けていた警官があることを思い立ち、手帳を広げた。飼い主であるおれの自宅が、公園から東に二キロほど行った場所にあることを知った。

ふたたび追跡が始まった。警官と保健所の職員はそれぞれのクルマに乗り込むと、街外れにあるおれの自宅を目指した。

数分でおれの家のある新興住宅街に到着すると、そこまで先導してきた警官二人組は、くわしい番地を確認するためにパトカーをスロウダウンさせた。

電柱の住所を確認しようと窓を降ろしたとたん、辺り一帯に無数の犬の吠え立てる声が響き渡っていることに気づいた。

その吠え声の集中する区画へと、パトカーを乗り入れた。両側に連なった住宅の間に小路が延びており、ヘッドライトの先、大きな黒い四つ脚の生き物が、ぼんやりと浮かび上がった。双眼がライトの光を浴びて鈍く反射した直後、黒犬は身を翻し、ふたたび前方に向かって駆け出した。パトカーはサイレンを鳴らし、慌ててその後を追った。黒犬は区画の角を二度、三度と曲がると、住宅街の中を東西に延びる大通りに飛び出て、そのまま車道を飛ぶように疾走し始めた。警官はその二十メートルほど後を追いかけていたが、そのときの光景を半ば呆れ、半ば感心したような口調で麻子に告げた。

（とにかく、やたらめったら速いんです。スピードメーターを見たら、七十キロ近く出ていました。犬って本気になると、あんなに速く走るものなんですかねえ）

首輪から繋がっているリードが肩口からはためき、その先端がアスファルトの上に時おり触れたかと思うと、次の瞬間には弾かれたようにふたたび宙に舞い、くねくねとのた打ち回る。

黒犬の前方に、法定速度を守ってのんびりと走っている一台のカローラが見えてきた。黒犬はセンターラインに飛び出て、一気にその車輛を追い越した。ふっと、その背中がカローラの前方に吸い込まれた。おそらくはヘッドライトの前に躍り出たのだろうが、途端にカローラは急ブレーキを踏んだ。警官二人の目前に赤いテールランプが迫り、堪らずに急停車した。パトカーの後方からも保健所のクルマのタイヤの鳴る音が聞こえてきた。

助手席の警官が車外に飛び出て、カローラの前に駆けていった。だが、前方に延びた大通りに黒犬の影はなかった。すぐ脇に、その大通りから右斜めに分かれて住宅街の中に分け入ってゆく市道があった。まだ仰天しているカローラのドライバーに聞くと、黒犬はクルマの前を突然横切り、その小路に走り込んでいったという。

二台のクルマでその小路の近辺を巡回し、黒犬を探したが、どこにも見つからなかった。

それ以上の捜索を諦め、念のため、ふたたびおれの自宅へと戻った。そこにも影は見えなかった。なす術もなく公園に戻ろうとしたとき、麻子の携帯が鳴ったという。

おれは思わずため息をついた。

「で、当然、公園にも戻っていなかった、と」

麻子はうなずいた。

「これから、どうする?」

そう問い掛けられ、少し考えた。すぐに結論は出た。

麻子、と半身を捻りつつ、おれは言った。「ちょっと、起こしてもらえないか」

彼女は怪訝そうな表情を浮かべながらも、おれの背中に腕を滑り込ませ、上半身を助け起こした。胸元からシーツがずり落ちた。下から出てきた右腕には包帯が幾重にも巻かれ、さらにその上からスチール製の添え木ががっちりと当てられていた。ハンガーにぶら下がった栄養剤を見ると、ちょうどいい具合に残りもあとわずかになっていた。

「これが出きったら、手続きをして病院を出よう」おれは言った。「家に戻る」

「だめだよ」麻子は驚いた声を出した。「下手に動くと傷口が開きやすいのよ。お医者さんも、数日はここで安静にしていたほうがいいって」

「黒犬のことが気になる」おれは訴えた。「あいつ、たぶん今もリードを垂らしたまま、街のどこかをうろついている。おそらくは人に出くわし騒がれるのを恐れて、人気のない路地裏とかを」

言いつつも、ふいに思い浮かんだのは、おれの自宅の前で近所の犬に吠え立てられ、それでも警察のヘッドライトに照らし出されるまではじっと玄関脇で立ち尽くしていた黒犬の、無様な姿だった。

「歩き疲れて、もう一度おれの家に戻ってこないとも限らない。そのときは家に居てやりたい」

そしてこう付け加えた。

かわいそうじゃないか、と。悪いのは不用意にドーベルマンに手を出したおれで、結果としてそれを嚙み殺した黒犬じゃない、と。

どこか理屈に合わないのは自分でも分かっていた。だが、感情としてはそう思った。

麻子はそう掻き口説いたおれを束の間見つめていたが、やがて口の端で笑った。

「ちょっと意外」彼女は言った。「要くんが、そこまであのジョンに肩入れしているなんてね」

バツが悪くなり、おれはつぶやいた。

「そんなんじゃない。こういうときは、ちゃんとフォローしてやりたいんだよ」

彼女は静かに笑った。

「分かった。じゃあ、こうしよう」と、言ってきた。「——今夜から私があの家に泊まる。店は数日休みにする。要くんはここにいて」

おれは驚いた。いくら彼女の店がそこそこ儲かっているとはいえ、粗利《あらり》から店のローンや彼女の生活費を差し引くと、月々それほど残らないことも知っていた。

「そんなこと、させられないよ」

「だいじょうぶ。もし今夜中にジョンが帰ってくるようなら、とりあえずは今夜一晩だけの話よ。明日の朝早く電車に乗っていけば、開店には間に合うわ」

「そういう問題じゃない。それにもし逆に今夜も明日も戻らなかったら、麻子はおれが退院するまで居つづけるつもりだろ？　その間にあのデブとも一人で話をつけるつもりだろ？　元々はおれの間抜けな行動のせいだ。」

そう掻き口説くと、彼女は不意に奇妙な笑みを浮かべた。おれはその微笑の意味を量りかね、続けようとしていた言葉を呑み込んだ。

私はね、と、やがて彼女は言った。

「要くんが思っているほどお人好しでもないし、優しくもない。あのドーベルマンの飼い主に喚き散らした言葉、聞いたでしょ？」

「……………」

「あれが、私の本質。普段の中身は絶えずいらいらして、将来のこととか、一人寝する不安にさいなまれている。内心では他人を冷たく観察していることだってよくある。ようは、相手によるのよ。この意味、分かる？」

いまいち意味が摑みきれなかった。だから、よく分からないと正直に答えた。

するとの彼女はくすりと笑い、言葉をつづけた。

「要くん、ジョンがドーベルマンを嚙み殺したとき、とっさに私の顔を覆って見せまいとしたでしょ。自分は貧血でぶっ倒れそうになっていたっていうのに」

だから、と彼女は言った。

「これぐらいのことは、私にもさせてよ」


結局、おれはその彼女の提案を受け入れた。彼女一人ではあのデブとの交渉はしないという約束のもと、好意に甘えさせてもらうことにした。

公園で着ていたおれの上下は、血塗れでどうしようもなかった。だから、着替え用のシャツとパンツ、スウェットは、同じくユニクロで急いで見繕ってきたという。

「あまり気に入らないかもしれないけど、当座だから我慢して。あとは部屋着にでも使えばいいし」

そう言って、いったん紙袋を持ち上げて見せ、おれのベッド脇に置いた。

歯ブラシや、タオルや、そんな細々としたものを院内の売店で買い揃えてきたのち、彼女はおれの家に戻っていった。

彼女が帰った後、なんとなく手持ち無沙汰になったおれは、左腕を伸ばして紙袋を開けた。

見ると、上物はTシャツやポロシャツではなく、ちゃんと前開きでボタンの付いたシャツばかりを数枚、選んできていた。わざわざこんなシャツを着込んで寝るのかと一瞬意味が分からなかったが、直後には理解した。つまり、片腕の不自由な者にとって、両手を大きく上に挙げて首を通す衣類では、着替えるときに苦痛だということだ。そして、慌《あわただ》しく買い物をする中でも、彼女はそのことに気づいていたということだ。

十時になり、ベッド脇に付いていた消灯ボタンを押した。

翌日——。

看護師が運んできた朝飯を慣れない左手でぼろぼろこぼしながら食べ終わると、ベッド脇のおれの携帯から『森のクマさん』が鳴った。

手にとると、麻子の携帯からだった。

おはよう、と彼女は言った。気分は、どう？

良くもないし悪くもない、とおれは答え、黒犬のことを聞いた。

「戻ってこなかった」と彼女はため息をついた。「でも、二時ごろから朝まで眠っちゃったから、ひょっとして、その間に来たのかも」

「もしそうなら、必ず近所の犬が大騒ぎして目が覚めるはずだ。だから、それはあり得ない」

「だと、いいんだけど……」と彼女は自信なさげだった。

その自信のなさの理由に、なんとなく見当はついた。彼女は昨夜、ひどく疲れていたはずだ。だから、深い眠りに落ちて、あっという間に朝だったのかもしれない。

そういうことか、と聞くと、そうだ、と彼女は答えた。

「だから近所で騒ぎが起きていても、目が覚めたかどうか」

おれは笑った。

「大丈夫だ。とにかくあの黒犬を外に出すだけで、耳を塞ぎたくなるほど騒ぎ立てられる。玄関まで来てじっとしていたら、必ず目が覚めたさ」

彼女は一応、納得したようだった。

しかし、あいつは昨夜から、どこをほっつき歩いているのだろう？――そんなことをふと考えたとき、ふたたび彼女が口を開いた。

「でね、その経過報告もあったんだけど、もうひとつ、あるの」

「ん？」

「さっき、あの死んだドーベルマンの持ち主から電話がかかってきた」

「それで？」

「昨日とはうって変わった低姿勢で、私に挨拶をしてきたわ」彼女は言った。「それで、今回の件は、なんとか双方穏便に済ませられないか、だって。どこから調べたのか、要くんの仕事もなんとなく知っていた様子よ」

　思わずおれは苦笑した。

　あんなヴェルサーチ野郎の考えたことなんざ、お見通しだった。

　飼い犬を殺されたことにさすがにかっとなったものの、怒り狂った彼女の啖呵を聞き、血塗れのおれが救急車で病院に運ばれるのを見るに及んで、逆に不安になりだした。そそくさとドーベルマンの屍骸を持って家に帰り、まずは法律に詳しい知人か弁護士に相談する。

　結果、そもそもの事の起こりは、あのドーベルマンがおれを襲ったという一点に、どうしても行き着く。事がこじれて裁判沙汰にでもなれば、たとえドーベルマンの購入費、飼育費の支払いをこちら側に認めさせたとしても、おれへの治療費、慰謝料、休業補償、万が一後遺症が出たときの補償も持たなくてはならない。さらに刑事裁判でいけば、飼い主の管理不行き届きを責められることにもなる。

　不安になったデブは、ネットでまずおれの名前を調べる。太刀川要。まあ、珍しい名前だ。当然、おれの名前を冠した設計事務所のホームページに、すぐに行き当たる。そしてその事務所の所在地が、事件の起こった公園に近いことを知り、たぶんこの建築士に間違いないことを知る。独立してマトモに仕事をやっている一級建築士なら年収二千万、三千万はザラにいることは、少しこの業界に詳しい人間に聞けば誰でも知っている。パソコンの操作や製図に使う右腕が完治するまでの休業補償、後遺障害が出たときの額が、予想よりさらに跳ね上がることをあのデブは知る――おそらくは、そういう筋運びだ。

そんな諸々のことを考えた上で裁判を起こしても釣り合わないと思ったのだろう、だからおれは、彼女に言った。

「そりゃ、そうだろうよ」

受話口の向こうで、彼女は笑った。

「要くん、人が悪い」彼女は言った。「それで、どうする?」

「ほっとけ」おれは言った。「退院したあとで、おれが電話する」

飼い犬が死んだときに、真っ先にその購入金額を口にするような奴だ。死んだドーベルマンには気の毒だが、今すぐお悔みを伝える必要もあるまいと思った。

それより、黒犬の行方と、麻子が家に閉じこもったままいったい何を食って、何をして時間を過ごしているのかが気になった。

冷蔵庫にまだ食材もあるし、と彼女は言った。「いざとなれば出前でも頼むから、大丈夫よ。読みかけの本もあるし、そう退屈はしない」

そう言い終えると、ふと思い出したように、昨日公園で世話になった警官から、黒犬が戻ってきたかどうかの問い合わせも、ついさっきあったと告げた。

電話を切り、痛み止めと化膿《かのう》止めの粉薬を飲んだ。

午後になり、担当医がやってきた。

右腕の包帯を巻き取り、術後の経過を診察し始めた。自分のものながら、おれもその傷口を見るのは初めてだったから、いったいどうなっているのかと興味津々だった。縫合された真新しい傷口は、肘の内側にまるで大きなムカデが這っているように見えた。痛みはさほどなかったが、こりゃ、けっこうな傷だわい、と内心では唸っていた。

十日後には抜糸を行う予定です、という医者に、とにかく早く退院させてくれ、と何度もせがんだ。

おれと同じ歳ぐらいに見えるその医者は、家に帰っても激しく右腕を動かさないのなら、という条件つきで、明日の朝の退院を認めた。

「ただし、本当に無理な動きは禁物ですよ」と、医者は念を押した。「靭帯の動きに合わせて、意外に表皮が伸縮する部位です。下手をすると傷口が開きますからね」

担当医が帰った後、すぐに麻子に電話をして、その旨を告げた。だから、明日の午後からは店を開けられるんじゃないか、と。

よかったね、と言いつつも、麻子は心配そうに聞いてきた。

「でも、それでホントに大丈夫なの？　ひょっとして、無理して早く退院しようとしてない？」

「医者が言うからには、心配ないだろ」なるべく気楽に聞こえるよう、おれは言った。

「とにかく、十時ごろには戻るから」

そう言って、そそくさと電話を切った。

黒犬の件では彼女に迷惑をかけっ放しだった。これ以上手間はかけさせられない。

……おれには、こういうところがある。

たとえどんなに好きな女にも、心底頼り切ってしまおうという部分がない。

あるいは、その覚悟だ。

むろん、いい意味で言っているのではない。


夜になって、もう一度彼女から電話が入った。

黒犬が依然として戻ってこないという報告と、もう一度、あの警官からの問い合わせがあったと告げた。

警察もいろいろと大変だよな、などとしばらく話をして、おやすみを言い、室内の電気を消した。

おれはまだ気づいていなかった。警察が何故そんなに黒犬のことを気にかけているのか、その本当の理由に……。

だから相変わらず、気楽に構えていた。

おそらくは好意からなのだろうが、朝イチで診察を済ませてくれた医者は、ベッド上のおれに、ふたたび昨日と同じように退院後の諸注意について、くどくどと並べ立ててきた。おれは少なくとも外面だけは神妙に、内実は話半分にその忠告を聞きながら、うん、うんとうなずいていた。

医者と看護師が病室から出てゆくと、部屋の中の持ち物を手早く片付け、一階の受付に行った。昨日のうちに彼女に頼んで、事務室のほうに保険証のコピーをファックスしてもらっておいたから、既に精算は出来ていた。

自営業のおれは国民健康保険――つまり医療費の三割負担となるわけで、そのことを差し引いても、なかなかの請求金額だった。

カードで支払いを済ませたあと、一週間分の飲み薬をもらい、玄関前のタクシーに乗り込んだ。

市内の中央にあるこの総合病院からおれの自宅までは、三キロほどの距離だった。市街地の南側を流れるバイパスに乗り、十分ほどでいつもの住宅街の家並みの中に入っていた。角を曲がると、おれの家の前に彼女が出てきていた。家の押入れの中に、彼女のお泊まり用のジーンズとデニム地のシャツが入っている。それを着て、立っていた。

おかえり、と彼女は言い、それからおれの右腕を見た。

「添え木は、どうしたの？」

「外してもらった」

「無理に、頼んだんでしょ？」

おれは曖昧にうなずき、彼女と家に入った。

室内がきれいに掃除され、風呂が沸いていた。彼女は二の腕まで袖をまくったあと、おれを裸に剝いた。右腕にすっぽりとビニール袋をかぶせられたあと、湯船に浸からされた。気持ち良さについ唸り声を上げると、彼女は笑った。

「二晩ぶりだものね」

さらに体を洗ってもらい、風呂から上がった。

リビングに行くと、昼飯の用意がされていた。まったく至れり尽くせりで、こそばゆい、とはこういうときのためにある言葉だろう。

だが、おれたちがご機嫌だったのも、昼食が終わるまでだった。

予感は、まったくなかった。

そのとき、彼女は食後の洗い物をしており、おれはテレビの中で繰り広げられている国会中継の茶番劇をぼんやりと眺めていた。

玄関のチャイムが鳴った。

玄関まで行きドアを開けると、そこに制服姿の若い警官がかしこまって立っていた。その背後では、冴えない背広姿の男が二人、じっとおれを見ている。

一人はグレーの四十前後、もう一人は紺色の五十代前半と見えた。共通しているのは、おれを見据えているその乾いた視線だった。おどおどと瞳を左右に動かしている若い警官とは対照的に、どっしりと落ち着き払っている。

「太刀川さん、ですよね？」

最初に口を開いたのは、年若の警官だった。

「私、駅前の派出所・巡査の菊池《きくち》と申します。どうも、先日は——」

その出だしの一言で、おれは理解した。彼が、公園に駆けつけてきた警官なのだ。慌てて礼を述べると共に、まだ挨拶にも出向いていなかった非礼を詫《わ》びた。

いや、そんなことはいいんです、と相手はむしろ戸惑いがちに、

「……それで、行方不明になった飼い犬の件で、ちょっとお尋ねしたいことがあるんですが、よろしいでしょうか？」

と、きた。

迂闊にも、まだおれは気づいていなかった。世話になった恩義もあり、何の気なしにうなずいた直後、背後の年かさの男が、もう一人にかすかに目配せした。

内心、あっと思ったが、すでに後の祭りだった。

背広姿の二人の男が、警官の両側からすかさずおれの前に進み出た。ほぼ同時にスーツの内側に手を入れると、黒い警察手帳を取り出した。写真付きの身分証明書のある見開きを、おれにかざして見せた。

「ご協力、ありがとうございます」年かさの男が言った。「私、千葉県警・銚子署の山崎《やまざき》と申します」

確かにそのページには、眠ったような顔つきのその男の写真の下に、同警察署の刑事課捜査一係・警部　山崎芳明《よしあき》となっている。銚子。捜査一係……殺人。自分でも、顔が青ざめてゆくのが分かった。

「私は、埼玉県警・浦和南署の北村《きたむら》と申します。この山崎への、捜査協力で同行しております」

所属は同じく刑事課捜査一係の、こちらは警部補となっていた。

ふたたび山崎警部が口を開いた。

「先月、私どもの管轄内にある銚子市内で、少年三人が、大きな生き物に襲われるという事件がありました。うち二人は、喉を噛み裂かれて死亡、残る一人も重傷を負い、今も自宅療養中です」

その口調には、おまえ、当然知っているだろ、というような探りの様子も、それを笠にきて脅す素振りも感じられない。単に事実を淡々と口にしているだけで、それだけに底の知れない威圧感があった。

「それで、後追い捜査をつづけるうちに、太刀川さんの飼われていた犬に行きつきまして、多少お伺いしたいことが出てきたもので、こうしてお邪魔させていただいた次第です」

あくまでも真意をやんわりと包んでくる。警部はそこで言葉を区切ると、じっとおれを見た。おそらくはおれの反応を窺うつもりだったのだろうが、こちらも黙ったまま、彼を見返していた。彼はわずかにため息をつくと、言葉をつづけた。

「むろん、今回はあくまでも任意の事情聴取のかたちをとらせていただきましたから、私どもの質問に答える答えないは、太刀川さんのご自由です。が――」と、ここで一瞬、ちらりと目に光を灯した。「次回にお伺いするときは、おそらく令状付きということになります。ですから、今後の太刀川さんにとって何かと厄介な点も、出てくるのではないかと思います」

そう言い終えると、もう一度おれの顔を見つめた。相変わらずその瞳からは何も読み取ることが出来ない。

おれはため息をつき、玄関のドアを大きく開けた。

「まあ、立ち話もなんですから、中へどうぞ」

こんな場合、他にどう言いようがあるだろう？　そう思いながら振り向くと、麻子が青い顔をして立っていた。

リビングのテーブルを挟んで、山崎警部、北村警部補、そして菊池巡査と、役職の上のものから順に、並んで腰を降ろした。麻子がふたたび台所に立ち、薬缶に火を入れ、下の棚からお茶の葉と急須を取り出していた。

玄関から上がった直後、警部は引き戸を開けたままの和室にちらりと視線を向けた。黒犬がいつ帰ってきてもいいよう、畳の上にはシートを敷いたまま、ケージを張り巡らしたままにしてあった。普通の人がこの光景を見たら、奇異に思うだろう。だが、警部は視線を向けただけで何も言わなかった。

束の間の無言がつづいたのをいいことに、おれはその三人の——とくに山崎警部の様子を観察した。彼が本日の主役であるということは、役職からも、所属の県警から見ても明らかだった。ずんぐりむっくりとした体つきで、一重のどことなく眠たげな目をしている。額に無数の横皺が走り、撫で付けられた鬢《びん》の両側に白髪が固まって生えている。世知に長《た》けた、老獪《ろうかい》なボス猿といった感じだ。刑事というのは、意外と頭脳労働の仕事なのだろうか。

些細《ささい》なことだが、この訪問の仕方ひとつとってもそうだ。まずは公園の一件で馴染みの若い巡査を矢面に立たせ、油断したおれを軽くうなずかせたところですかさず警察手帳を出し、黒犬の件とリンクさせながら本来の訪問目的を述べる。

こんなやり方をされれば、誰だって断るのは難しい。だが、その彼らのやり口に反感を覚えたかというと、実はそうでもない。

ああ、日本のオマワリサンはまだまだしっかりと仕事をしているのだなあ、というのが正直な実感だった。どんな質問を繰り出されるのかとどきどきしながらも、半面そんなことをぼんやりと考えていた。

「災難でしたね」不意に、山崎警部が口を開いた。

「え？」

「ですから、その怪我ですよ」彼は、おれの右腕を指し示した。「先ほど病院でも聞きましたが、それだとしばらくは仕事にならんでしょう。むろん、クルマの運転なども」

一瞬、おれはギクリとした。

「私も、以前はスバルに乗っていましてね」のんびりと警部は世間話をつづける。「三十年以上も前の話ですよ。中古でしたが、社会人になって初めて買ったクルマです。やはり、嬉しかったなあ。今はトヨタのプレミオなんぞに乗っていますが、内心ではそれ以来、水平対向エンジンのファンですわ」

くだけた調子でそう言葉を重ねると、テーブルの上にやや身を乗り出した。

「太刀川さん、あなたもなかなかいいスバルにお乗りですね。レガシィB４・RSKベースのS401……さきほど軒先で、実際に拝ませていただきました。ぱっと見にはごく普通のレガシィですが、交通課の連中の話では、市販《つるし》のままでも恐ろしく速いクルマだと聞いています。さらには四百台の限定モデルでしたから、滅多に道路で見かけることもない」

そこまで一気に言ってのけ、いかがです？　というように、やや首をかしげた。

おれは思わず笑い出した。

急須でお茶を濾《こ》していた麻子がぎょっとしたようにおれを振り返ったが、ここまで調べ上げられていては、手も足も出なかった。そこへ至る話の流れもごく自然で、完璧だった。

「参りました。降参です」素直におれは認めた。「すでに何もかも、お見通しってわけですね」

警部は初めて、その表情を動かした。細い目元にうっすらと笑みが浮かんだ。

おれは聞いた。

「あの少年の兄からですよね、詳しい車種を聞き出したのは？」

「ご推察のとおりです」

そう警部も、打てば響くように答えた。

麻子が硬い表情のまま、お茶を運んできた。無言のままテーブルの上に四つの湯飲みを差し出すと、それから力なく、おれの脇にぺたんと横座りした。

「……匿っていながらこういうことを言うのもなんですが、実を言いますと、私もあの犬の出所については常々不思議に思っていたんです。もしよかったら、その前後の経緯を話していただけませんか？」

警部は一瞬ためらったあと、口を開いた。

「念のための確認ですが、そのあと、こちらの質問には全て答えていただけますね？」

「むろんです」

そうおれがうなずくと、警部は少し考えたあと、これまでの経緯を語り始めた。それも、呆れるほど詳しく、だ。詳細に話すことによって、おれに申し開きの出来ない証拠を再度提示してみせ、同時に、捜査の進む中で浮かんできた疑問点をおれに直接聞いて埋めていく——その目的があったのだと、あとになって気づいた。

事件の起こったあの夜、連絡を受けた銚子署は、すぐに機動捜査隊と一係の強行班が駆けつけ、現場の確保に努めた。ほぼ同時に、消防署、救急病院からの救急車もそれぞれ到着した。やや遅れて、保健所の当直職員も駆けつけた。

おれも知らなかったのだが、一人だけ生き残っていた者が『犬にやられた』と証言しても、警察はこと殺人に関する限り、その証言の裏をとらないと容易に信じないそうだ。つまり、生き残った人間が嘘をついている可能性や、他の人間がけしかけて殺人を犯したという、犬を凶器とした人為的な殺人である疑いがあるからとのことだった。

唯一の証言者であるマスターからさらに詳しく事情を聞いて、その話に齟齬《そご》がないかを確かめ、保健所の職員が被害者の裂傷を調べた。そこでようやく、おそらくは犬の噛み跡にちがいないという結論を得た。

マスターの証言と現場に残っている血の跡から、その黒い犬がかなりの重傷を負っていることが分かった。たとえ逃げたとしてもそう遠くへは行けまい、おそらくは近くの暗がりで倒れているか、生きているにしてもうずくまったまま動けないでいるのではないか、というのが保健所の職員の見解だった。

誰かが店内で犬をけしかけ、マスターが嘘をついているという可能性も依然として残っているし、警察もまだその証言を充分に信じたわけではなかったが、なにせ火急に動員できる人数には限りがある上に、初動捜査の段階では、その唯一の証言を無駄に出来ないこともまた事実だった。

マスターの言葉どおり、店の出口から南の路上に向かって、途切れ途切れに黒々とした血痕が続いていた。

深夜ということもあり捜査員が懐中電灯で路上を照らしながら、苦労してその跡を追いかけた。血痕は次第にまばらになり、数百メートル先の銚子電鉄の踏切を跨いだあたりで、完全にその行方を追うことが出来なくなった。

すでにある程度の血が出きったのではないかと、保健所の職員は言った。だから、おそらくこの周辺で倒れているか死んでいるかしているはずだ、と。

その踏切を中心に、半径二百メートル四方の主だった幹線に検問を張り、地域課の刑事も動員して、その網の中での捜索を開始した。

だが、一時間経っても二時間経っても黒犬は発見されなかった。さらに虫食い式にその捜索範囲を広めていったが、深夜ということもあり、まさか近所の家を一軒一軒叩き起こして聞き込みするというわけにもいかない。

結局、その晩は鑑識が現場の指紋や血液を採取しただけで、初動捜査は終わった。

明けて翌日、ふたたび地域課と一課の刑事が、踏切の近所の住民に聞き込みを開始した。だが、ここでもなんら有益な情報は得られなかった。

一方、少年たち三人の身元は、バーの前に停めてあった単車から簡単につかめた。参考までに同署の少年係と交通係に問い合わせたところ、三人とも補導歴が数回あった。

「中学時代の無免許運転、飲酒、万引き、カツアゲ、進んだ工業高校も、すぐに退学していました。免許を取ってからの多数の道交法違反……そのうちの一人は、現にこの日も免停を喰らっていながら平気で単車を乗り回していたようです」軽いため息をつき、警部は言った。「まあ、仏になった二人にこう言うのも気の毒ですが、いわゆるロクデナシですわ」

三人の少年と、証言者のマスターの間には、店主と客という以外の背後関係は特に見られなかった。後日、病院で意識を取り戻した少年とも筆談をした結果、金銭のトラブルも個人的な怨恨《えんこん》もなく、マスターへの疑いはここで完全に晴れた。

だが、捜査自体はそこから一向に進展を見せなかった。

一係の刑事たちの疑問は、何故その犬が急に店のドアを開けて入って来られたのか、その点に集中した。物理的に見れば、ドアノブにその前肢さえかかれば扉を開けるのは犬一匹でも不可能ではない。だが、単なる犬に、そこまでの知能があるとは考えられない。やはり、誰かが店のドアを開けて、攻撃訓練を施した犬を潜り込ませたのではないか、という見方が大半を占めた。そして、飼い主は犬をその店の中に潜り込ませたあと、すぐに現場を去る。万が一襲撃に失敗して自分が見つかることを恐れ、少し離れた場所でその犬の帰りを待つ。例えば、襲撃前にあの線路際のどこか暗がりに予めクルマを停め、そこまで足早に戻れば、店から出てきた犬はその靴裏の匂いを辿って飼い主の元に行き着く。すかさず飼い主は犬をクルマに乗せ、現場を去る。だからあの場所で血痕が途切れたのではないか、という結論に落ち着いた。

少年たち三人の補導歴から、怨恨の線を洗うことにした。数日をかけ、昔カツアゲの被害にあった同世代の少年、何度か万引きにあったスーパーの店主、そういったラインにある人々に、任意の事情聴取を行った。だが、これも不発だった。該当者すべてには、その晩にれっきとしたアリバイがあり、だいいちそんな巨大な黒犬を飼っている家など、どこにもなかった。

一方、警察の中では別の動きをしているグループもあった。市内のペットショップや動物病院をしらみつぶしに当たり、今までに大きな黒犬を扱ったことがあるかどうかを聞き込んでいる捜査員たちだった。

当たった店や病院は全滅だったが、捜査員の一人がふと思いつき、今度は市内に数軒ある救急病院に聞き込みをかけた。深夜に傷を負った生き物を運び込む先は、そこしか存在しないように思えたからだ。

とはいえ、その捜査員もこの聞き込みにはたいして期待をかけていなかった。数軒しかないのなら、念のために当たっておくかという程度のものだ。

もし犬をけしかけて人を襲わせたような犯人なら、当然彼ら少年たちがその後それら病院のいずれかに担ぎ込まれることは、容易に想像しただろう。そして、そんな場所にわざわざ手負いの犬を連れて訪れることは、自らが犯人だと名乗るようなものだ。

が、そのうちの一軒、銚子西病院から、想定外の目撃証言が得られた。

その晩の午前三時過ぎに、一人の男が慌てた様子で駆け込んできたという。犬を拾ったのだが重傷で死にかけているからどうにかしてくれ、と、深夜受付の人間に必死に頼み込んできた。

その後に対応した看護師は、三十を少し過ぎたぐらいの、中肉中背の、わりと筋肉質の男だったと証言した。無精髭もちらほらと見え、その直截な訴え方、ナマな話し振りから、現業系の仕事に従事しているような雰囲気だったという……おれのことだ。

深夜受付をしていたバイト学生の証言で、その男が濃いブルーのセダンでやってきたことも確認された。その捜査員は喜び勇み、同署に設置された捜査本部にすぐに連絡を入れた。

ふたたび本部は活気を取り戻し、さかんにその男についての意見が交換された。

慌てふためいて駆け込んできたその様子、無邪気に看護師にくってかかったその態度、銚子西病院はおろか、代替の救急病院までもが急患で塞がっていると聞いたときの落胆の様子……結局、その問題の男は、本当に重傷を負った犬を拾っただけなのだろうという結論に達した。

とにかく、その濃いブルーのセダンから持ち主を割り出す作業に移った。だが、クルマに詳しくないその学生は、警察が差し出したクルマの種別一覧を見ても、目を白黒させるだけだったという。当然のことながら、ナンバープレートも見ていない。これには捜査員も頭を抱えた。

ともかくも、この時点での警察は学生の証言に基づいて行動するしかなかった。濃いブルーのセダンで、この銚子市近隣に住まいのあるドライバーを当たり始めた。銚子市近隣のドライバーに絞り込んだのは、理由がある。

そのドライバーが病院に駆け込んできた時刻を考えれば、彼が犬を拾った時点で、すでに駅周辺の検問は出来上がっていたと捜査本部は考えた。駅の南側で犬を拾ったとして、そこから銚子西病院に抜ける幹線は、どうしても踏切を跨いで駅の北側を東西に走るルートに乗らなくてはならない。

だが、該当のセダンがその検問に引っかかった報告はない。

土地に詳しい地域係の刑事が、おそらくは山の手に連なる住宅地の狭い路地をショートカットし、駅から五百メートルほど西の小さな踏切を越して、西病院のすぐ脇から大通りに出たのではないかと言った。ところどころ一方通行を逆進するが、地元の住民なら、幹線を迂回して駅前を通るよりその山の手の裏道をショートカットしたほうが距離的にはずっと早いということを知っている。犬を助けようと焦っていれば、おそらくはその道を選ぶだろうというわけだった。

「――この点が、あなたのクルマが判明してからも疑問だったわけですが」と、ここで警部はおれに聞いてきた。「どうして、よそ者のあなたが、そんな路地を知っていたのです？」

おれは説明した。その裏道はおろか、西病院の正確な場所さえ分からなかったこと、だから地元の原付小僧二人に小金を与え、病院まで誘導してもらったこと、その二人が駅前で検問をやっていることを知っており、ノーヘルでそこを通ることを嫌がったこと。そう言うと、警部は初めて破顔した。

なるほど、と何度かうなずいた。「そういうわけだったんですね」

間違った仮説の上に立った捜査は、当然ながら一向に進展を見せなかった。黒犬が少年たちを襲った動機も、依然として不明だった。

その捜査本部をさらに混乱させる事実が、鑑識課のほうから上がってきた。現場の店に残っていた血痕は四種類。うち三つは少年たちのものと断定。残る一つも、現場から屋外へ点々とつづいていた血痕と一致した。だが、念のため問題の犬の血を採取して分析器にかけてみたところ、その染色体の成り立ちが、イヌのそれとはまったく違うものであることが判明した。県警本部から出張ってきた監察医と検死官は驚き、死亡した少年の傷口からごく微量に採取された唾液を、さらに詳しく分析した。結果、ここから抽出されたムチンやでんぷん分解酵素のプチアリンも、その成分がイヌのものとはほど遠い分子構造であった。その分子構造と染色体の種類を、家畜や日本に生息する主だった肉食野生動物のものと照合してみたが、どこにも同じものは見当たらない。

現場は困惑した。

日本の警察は、基本的に物証主義をとる。どんなに目撃者が犬だと証言しても、検査結果がそうでないのなら、その襲った生き物は犬に近い形をした何かだ、ということになる。

突拍子もない例だが、例えばハイエナや黒豹とか、そんなものではないかという意見も飛び出した。マスターと少年は、襲ってきたその黒い生き物を、犬と見間違えたのではないか。一時的な恐怖に、判断が狂ったのではないか、と。

考えてみれば、捜査員の誰も、現実にその生き物を拝んだ人間はいないのだ。病院の看護師とバイト学生にしても、飛び込んできた男から事情を聞いただけで、実際に見たわけではない。結局は、犬によく似た大型の肉食獣ではないか、という結論に落ち着いた。

同署から県警本部、県警本部から警察庁にまで協力要請が行き、千葉県下及び東京都下の動物園、ペットショップ、動物の輸入代行業者に、大型の肉食動物に関する捜査協力の通達が回った。

事件が発生してから一週間が過ぎた。

その少年たちに関して、三係から別件についての問い合わせが寄せられた。

少年たちが襲われた事件と同日深夜に、銚子市の南部、愛宕山の中腹に位置する満田八幡神社の狛犬像の一体が壊され、もう一体が持ち去られるという事件が起こっていた。その現場に落ちていたウィンカーの欠片と、バーの前に停めてあった単車のそれとが、どうも似通っているようだという。一係・三係の立会いのもとで検証したところ、ぴったりと一致した。

三係の刑事が出向き、病院にいる少年にその点を問いただすと、彼はあっさりと一方の像を壊したことを認めた。だが、もう一体に関しては頑として否定しつづけた。事実、単車で神社まで行った少年たちに、その石像を持ち去る術はなかった。

少年たちを襲った生き物の行方も、その種類も不明。背後関係、動機も不明。生き物を拾ったと見られるドライバーも不明。これらとリンクして、狛犬の像を持ち逃げした犯人も、不明……。

二週間が経過したころだった。

重苦しい雰囲気に包まれた特捜班の中で、妙な噂が立ち始めた。

「仕事がら、人の死と常に隣り合わせなのが私どもの商売です」警部は言った。「まあ、そのぶん、意外に信心深くなってくる奴や、ゲンを担ぐ奴も、けっこう職場にはおりましてね……」

ひとつには、なかなか捜査が進展しないことへの言い訳めいた苛立ちも手伝っていたのだろう、

ありゃ、狛犬の意趣《いしゅ》返しだ——。

罰《ばち》が当たったんだ。

そんな冗談ともつかない噂が、刑事たちの間で囁かれ始めた。

三週目も無為に過ぎた。

狛犬の噂は、水が低きに流れてゆくように署内の隅々にまで浸透してゆき、やがては銚子署から滲み出すように、地元の住民の知るところとなった。聞き込みの刑事たちが地元を動き回って聞き込みをするうちに、その刑事たちから漏れ聞いた話と新聞の報道をつなぎ合わせ、地域住民も同じような想像を働かせたということだろう。

特捜班は規模を縮小され、本部に詰めていた刑事の半分は、通常の業務に戻っていった。

事件が起こってから四週目の木曜日の夕方——つまり三日前の、おれが銚子から戻ってきた翌日のことだ。捜査が急激に動き出した。

夕方、一本の電話が特捜班に回ってきた。

生き残った少年の母親からだった。苦情の電話で、昨日、東京のマスコミ関係の人間が取材に来たが、あなたたちが住所を教えたのかと、いきなりの問い詰め口調だった。ただでさえ近所の人間にも変な目で見られているのに、これ以上騒ぎを大きくしてもらいたくないのだ、と。……その口ぶりから、少年を気遣ってというより、明らかに自分たち一家の体面を気にしての苦情のように思えた。

対応した刑事がむっとして、(当人の許可なしに、ウチがプライバシーに関する情報を洩らすことはありませんよ)と答えると、(とにかくやってきた男に電話して、二度とウチに来ないよう釘を刺しておいてくれ)との、一点張りだった。相手先の電話番号を伝えられ、一方的に電話を切られた。

その刑事はため息をつき、すぐに書き取っていた電話番号にダイヤルした。が、その番号は現在使われていなかった。刑事は舌打ちし、ふたたび少年の家に電話をかけた。少年の母親が、名刺か何かに書かれた電話番号を読み間違えて伝えてきたと思ったのだ。

少年の母親とその刑事の間で、やりとりがつづいた。ちゃんと伝えた伝えないで、言い合いに似たような様相を呈し始めた。

その刑事の苛立つ様子を、山崎警部は途中から見ていたという。乱暴に電話を切った刑事に、山崎は（一体どうしたんだ？）と、事情を聞いた。

どうもこうも、ありゃしませんよ——。

刑事は憤慨した口調で言い、いきさつを一通り話した。そして最後に、そのやりとりの間にふたたび書き付けたメモを差し出し、こう言った。

分かることは今全部伝えたから、なんとかしてくれ……そんなふざけたことを、また言ってきたんですよ——。

警部はその走り書きを見た。

社団法人・日本動物愛護相談センター書籍運営部　タドコロ　マサシ
渋谷区千駄ヶ谷×－×－×　コウエイビル４F
T０３－５４１１－××××　F０３－５４１１－××××

事前に、その電話番号が通じなかったのを知っていたこともあった。なんとなくだが、その胡散臭そうな法人名を見た途端、予感が働いた。

その番号に電話をかけた。やはり、通じない。対応した刑事に命じて、白紙をファックス番号に流させた。通信先不明だった。

104に電話をかけ、住所と法人名を言って、電話番号を問い合わせた。しばらく待たされた後、電話口の向こうで困ったように女性が言った。

お客様のお問い合わせになった住所に、そんな団体は存在しないようですが……。

予感は、確信に変わりつつあった。

ふたたび自ら受話器を取り、少年の家に電話をした。

電話口に出た母親に本来の用件をオブラートに包み、その取材者は、ひょっとして自分の知り合いかもしれないのだが、顔と名前が一致しない、もし家族の人間でその男を見たものがいたら、詳しい感じを教えてもらえないだろうか、と伝えた。もし知り合いなら、よく言って聞かせておくので、と。

しばらく待たされた後、電話口に若い男の声が出た。ぶっきらぼうな口調で、少年の兄だと名乗った。

彼はその訪ねてきた男の外見を言った。

170センチを少し越したぐらい。がっちりした感じの、三十歳ちょっと過ぎぐらいの男でしたよ――。

看護師の証言と符合していた。核心に近づいてきた予感がする。

警部は慎重に言葉を選んだ。

その日はどこから来たか、言っていましたか？――。

いや……でも、会社じゃないんじゃないですか。

え？

自分のクルマで来てたみたいだったから、そういや、珍しいクルマだったな。

ほう――。

警部はそう相槌を打ち、あとは黙った。次の言葉への誘いの沈黙。

案の定、その沈黙に居心地の悪くなった相手は、言葉を続けてきた。

レガシィのＳ４０１というやつですよ。濃紺の。

そのよく分からない部分をメモに走り書きしながら、あぁ、とごく自然な声を出した。

その私の知り合いも、レガシィなんですよ――。そう言って、さらにカマをかけた。だったら、市原《いちはら》から来たんじゃないかな――。

一瞬相手は考えたようだったが、
でも、たしか大宮ナンバーでしたよ。へぇ、こんな遠方からって、思ったような気がしますから――。

すべて、聞き出せた。

そうか、じゃあ私の思い違いだと思う。ともかく、この相手を調べてちゃんと念を押しておくから――。

そう言って電話を切った。

この時点で、予感は半ば確信に変わっていた。

濃紺……つまりは濃いブルーだ。

交通課の車に詳しい巡査を呼んだ。

その車種を知っていると、巡査は言った。スピード違反で捕まえるには難儀なクルマですよ、と顔をしかめた。

理由を聞くと、市販《つるし》のままでもパワーは三百馬力近く、トルクも三十五キロは出ており、中速域でも扱いやすく、その馬力を支える駆動系も、路面をがっちり捉えるフルタイム四駆だからだという。

「けっこうなレア車ですよ」その巡査は笑った。「よほどのモノ好きじゃない限り、乗らないクルマです」

その巡査の説明を聞きながら、警部は自分の走り書きをじっと見つめていた。

社団法人・日本動物愛護相談センター書籍運営部――。そんな団体のしかも書籍部に籍を置くような人間が、こんなクルマに乗るものなのか？　むろん、稀なケースとしてはあるだろう、だが、一般論としてはやはりそぐわない。トヨタのプリウスやヴィッツ、ホンダのフィットあたりが妥当というものだ。

結果、警部はゴーサインを出した。

地元のスバルのディーラーに要請して、レガシィＳ４０１の写真があるかどうかを確認した。幸いにして、店舗で立ち上げているホームページに、そのクルマの過去の紹介写真が出ているという。

パソコンに詳しい部下が早速そのページにアクセスし、ファイルに写真を取り込んだ。さらに専用のソフトを使って赤いボディカラーを濃いブルーに変え、プリンターに打ち出した。ゴーサインを出してから、そこまでわずか十分たらずだった。

「いや、便利な世の中になったもんです」と、目の前の警部は笑った。「私などはあまり詳しくないほうですが、昔ならどんなに早くても一日仕事ですよ」


ここからは昔ながらの人海戦術となった。

まず、部下の一人がその写真を持って、病院のバイト学生の元へ照会に走った。

次はクルマのナンバーの件だった。

埼玉陸運局に問い合わせると、大宮ナンバーは、さいたま市、蕨《わらび》市、川口《かわぐち》市、戸田《とだ》市、上尾《あげお》市、桶川《おけがわ》市など、主に埼玉県南部中央を管轄しているとのことだった。

さらに埼玉県警を通じて、その県南部を統括するスバルのディーラーに協力を要請。なるべく早く、その車種を購入した顧客の全リストを提出してもらうよう頼み込んだ。

最後に、東日本高速道路の管轄センターに協力を求めた。

その濃いブルーのレガシィが埼玉南部から来たものだとすると、帰りは間違いなく高速道路——それも東関東自動車道を使うだろう。おそらくは、銚子から国道356号を通って佐原香取ICから高速に乗る、あるいは国道126号から296号に乗り、その先の成田ICから高速に乗る、どちらかしかなかった。そう推理し、高速道路のこの二つのポイント付近にあるNシステム（全方位自動監視システム）の映像解析を頼んだ。記録をチェックする時間は、事件当日の午前四時から七時ごろと、ついでに昨日の午後一時から四時ごろまで。対象車は、大宮ナンバーのレガシィS401。色は濃いブルー。その後、その統括センターに、部下が製作した対象車の写真をメールで送付させた。

一時間後、バイト学生の証言が得られた。おそらくはこのクルマだろう、と。

それからさらに二時間後、埼玉スバルのディーラーからリストが送られてきた。埼玉県南に住むS401の所有者は、全部で十名弱。ただし、そのリストにボディカラーの記載はなかった。問い合わせると、特に車検や定期点検に必要のない項目は、リストには記載しておらず、そこまでの情報になると、各事業所の営業マン単位で調べるしかないという。異動や退職した者もおり、全員から聞き出すにはおそらく一両日はかかるだろうとのことだった。

ひとまず、ディーラーから貰ったリストを埼玉県警の本部にファックスした。そのリスト上にある所有者の住所をもとに、各所轄の刑事に当たってもらえるよう依頼した。

「つまり、太刀川さん、あなたのエリアを調べる担当になったのが、この北村なのです」

そう山崎警部が言うと、おれと最も歳が近いその警部補は、おれに向かって軽く頭を下げた。そこから二人が、交互にそれ以降の経緯を説明し始めた。


明けて翌日——つまり二日前の、おれがドーベルマンに噛まれ病院に運ばれた日だ。

県警本部から要請を受けた北村警部補は、午前中にリストに記載された住所を訪ねた。

浦和南署の管轄に住所を持つS401の保有者は、二名いた。

県警本部から、ある程度の事情は聞かされていた。先月銚子で起きた殺人事件の、重要参考人の可能性がある、ということだった。正確には、その人物が拾った犬のような黒い生き物が、人を噛み殺した疑いがある、と。

だが、たとえ濃いブルーの該当車輛があったとしても、それが即その参考人の該当車輛とは限らない。だから、調査は持ち主に分からぬよう、秘密裏に行えというものだった。

先に訪れた住所に停まっていたクルマは、赤だった。二軒目。指示された番地の家の前に、濃いブルーのクルマが停まっていた。それだけを確認すればよかった。

しかし、犬のような黒い生き物とは、一体どういうことだろう？——。

北村警部補はそう首をかしげながらも、ふたたび署に戻って、本部に連絡を上げた。

午後になり、銚子の山崎警部の元に、待ちに待った本庁からの解析結果がようやく届いた。

事件当日の朝方、午前四時十七分。ここで一件。

一昨日の午後三時十五分。ここで二件。

そのいずれの時刻でも、佐原香取ICから三キロほど成田寄りのNシステムのカメラに、濃いブルーのレガシィが写っており、フロントグリルの右隅には〝S401〟のエンブレム。

ナンバーは、大宮55・ま・×－×。

急いでディーラーから取り寄せたリストを確認した。あった。

さいたま市緑区ときわ台1－5－3　太刀川要。

埼玉県警本部から上がってきた調査結果にも、その住所には濃いブルーのS401が停まっていたと報告されていた。

参考人に関する限り、すべてのピースが符合した。間違いなかった。すぐに明日からの出張申請を書き、この住所を管轄する浦和南署に現地での捜査協力を求めた。

午後三時過ぎだった。

これらの動きとはまた別に、派出所に詰めていた菊池巡査の元に、110番の通報が入った。公園で男が犬に腕を噛まれ、大量の出血で意識も失っているという。しかし、既に救急車は呼んである、と。

すぐに同僚とパトカーに乗り込み、現場の公園に急行した。急行しながらも、ドーベルマンを噛み殺すほどの犬とは一体どんな犬種なのだろうと、ぼんやりと思っていた。

公園に着くと、入口近くの芝の上に、血塗れになって倒れている男の頭部を抱きかかえるようにして、女が座っていた。

白い胸元が赤く染まり、裂かれたようになったシャツの肩口からは、白い二の腕が剝き出しだった。その脇に、太った一人の男が立っていた。

むろん、その時点での菊池巡査は、目の前にうずくまっている血塗れの男女が、銚子で起きた殺人事件の重要参考人になっていようとは、夢にも思っていなかった。

「知花麻子さん、でしたよね」と、北村警部補が麻子に向かって口を開いた。「後の経緯は、あなたにこの菊池が説明したとおりです」

そう言い終えて、隣の菊池巡査を見た。今度は、その菊池巡査と北村警部補が交互に話し始めた。

黒犬の捕獲に失敗し、疲れきって派出所に戻ってきた巡査二人は、勤務日報に先ほどの出来事を記載し始めた。被害者の住所を書き込んでいたときに、電話が鳴った。菊池巡査はため息をつき、受話器を手にとった。

刑事部捜査一係の北村と申しますが、と相手は名乗った。

――先月銚子で起こった殺人事件の重参（重要参考人）が、そちらの派出所の担当区域に住んでいます。銚子署の刑事課から、ウチの本店を通しての協力要請です。ついては明日の午後、私と銚子署の山崎警部が到着するまで、念のためその重参に対して、より土地勘のあるあなたがたに遠張りの協力をお願いしたい、と。

菊池巡査の疲れはいっぺんに吹っ飛んだ。ハコ詰の平《ひら》巡査に対して、花の捜査一係からの協力要請だった。俄然《がぜん》やる気を取り戻し、その住所と氏名をメモに書き取った。

ときわ台1－5－3　太刀川要……。

あれ？

一瞬、わけが分からず、茫然とした。

一方、北村警部補のほうも、それまではきはきと答えていた巡査の急な沈黙が、気になった。

（どうか、しましたか？）

（いえ……この人なら、つい三時間ほど前に、見ましたけど）

（なに？）

（公園で犬に嚙まれて、救急車で病院に担ぎ込まれました）

（犬――）銚子署から事情を聞かされていただけに、嫌な予感がした。（ひょっとして、その持ち主の犬が、ですか？）

（いえ）と巡査は答えた。（この人を嚙んだのは、近所のドーベルマンです。持ち主の犬は、そのドーベルマンを嚙み殺しましたが……）

（で、その犬は？　保護はしたのですか？）

いいえ、と受話器口の巡査は口籠った挙句、ブチまけた。

（ええと……逃げちゃいました。現在も、行方は不明です）

（は？）


危うくおれは笑い出しそうになった。その北村警部補と菊池巡査のやりとりが、ありありと目に浮かんだ。

その後、慌てた北村警部補は、すぐに銚子署の山崎警部に電話し、事情を説明した。

山崎警部はその間の悪さに束の間絶句したが、とりあえず予定どおり、明日の午後にはそちらに向かう旨を告げた。

北村警部補によると、重参はかなりの怪我で、少なくとも数日は病院を退院する様子はないという。つまり、どこかに逃げ出す心配は不要だということだ。

明けて翌日――。

銚子から埼玉までやってくる間に、山崎警部はこう考えていた。

地元まで帰ってきた重参は、まずその生き物を助けるため、治療を受けさせることを考えただろう、と。それものちの継続治療を考え、なるべく自宅から近いところで。

浦和南署に着くや否や、北村警部補と共に重参の自宅近くの動物病院を当たった。

五軒目で目当ての病院を見つけた。

相沢動物病院――。

だが、その前にもう一つ確認しておくことがあった。

動物病院を訪ねる前に、菊池巡査が詰めている同地区の駅前派出所に立ち寄った。黒犬を取り逃がしたことを自分のミスとして、すっかり恐縮してしまっている菊池巡査に、警部は問い掛けた。

それは、確かに犬だったのか、と。犬に近い何かではなかったのか、と。

巡査は恐る恐る、だがはっきりと答えた。

(私の見たところ、かなり大きいとはいえ、あれは確かに犬だったと思います)

もう一人の巡査も、同様な答えだった。

さらに念のため、昨夜の捕獲に協力した保健所の職員を電話に呼び出してもらい、同じことを訊《たず》ねた。

あれはどう見ても犬でしたよ、という答えが返ってきた。ちょっと珍しい種類ではあったようですがね、と……。

夕方近くになって相沢動物病院に出向き、訪問目的を告げた。

髭面の相沢獣医は詳しい事情を聞き終わると、こう言った。

間違いなく、その犬は私が治療しました、と。

その言葉を警部は聞き逃さなかった。

(その生き物は、確かに犬だったのですか?)

同様の質問を、ここでもした。

そのときの獣医は、自信ありげにうなずいたという。

(間違いないです。私も初めてお目にかかりましたが、おそらくはロットワイラーとレオンベルガーの上手く掛け合った形だと思います)

そして、こう付け加えた。

あれほど完璧な姿形を作り上げるとは、この日本にも、すごいブリーダーがいたもんです、と。


ここで、山崎警部の長い話は終わった。

ふと時計を見ると、優に三十分は話していたようだった。

警部はさすがに少しぐったりした様子で、湯飲みの中のお茶を飲み干した。麻子が慌てて立ち上がり、ふたたび急須の葉を入れ替えてお湯を注ぎ、警部の前の湯飲みに注いだ。

警部はそれを一口飲むと、テーブルから視線を上げ、おれを見た。

「もう、お分かりですよね？」その声が、多少かれ始めていた。「私が何のために、こんな詳しい話をしてさしあげたのか？」

「その、つもりです」と、おれは答えた。「――つまり、私の拾った生き物は犬だったかどうかを、実際に飼ってみた観点から、お知りになりたいわけですよね？」

警部は薄く笑った。

「お察しの、とおりです」

「いろいろと普通じゃないところも見受けられましたが」と、正直に感想を口にした。「あれは、間違いなく犬だったと思いますよ」

一瞬、山崎警部はおれを強く見た。その眠たげな表情のどこにそんな気迫が秘められていたのかと思うくらいの、視線の鋭さだった。思わずたじろぎそうになったが、別に嘘を言ったわけではない。だからおれは、ごく自然にその視線を見返した。

ふたたび警部の瞳からは光が消えていった。

なるほど、と警部はつぶやいた。

「やはり、そういうことですか……」

最後に、黒犬を拾った時刻と場所を聞かれた。午前二時半。駅前から直線距離で七キロほど離れた、愛宕山の中腹。

これにも警部は渋い顔をした。当然だろう。いつかおれも疑問に思ったように、現場でそれほどの深手を負った生き物が、そんな距離をわずか一時間ほどの間で移動できるわけがないと考えたようだ。濃厚な状況証拠……しかしすべて、決定打とはならない。


その後、警察サイドからの、今後のおれの扱いに関する通知事項が待っていた。

「まず、被害者から情報を引き出す際に身分を偽ったこと、それも名刺まで作って」居住まいを正し、感情を交えずに警部は言った。「おそらくご存知でしょうが、これは身分詐称にあたります。それと、その犬が今回の件に関わっているかも知れないということを知りながら、警察には通知しなかった。明確な証拠湮滅《いんめつ》罪とは言わないまでも、捜査の妨害――つまり、公務の執行妨害ということにはなるでしょう。これが二点目――」

そこまで話したときに、堪らず麻子が口を開いた。

「でも、それと知らずに助けた犬を飼ううちに、情が移ることだってあるのではないでしょうか？　この人もいろんな事が分かってから、ずっと迷っていた様子でした。私とも相談のうえ、しばらく経ってから知らせるつもりではいたようなのですが……」

言いつつも、それが理由にならないことを知っている。最後のほうは、消え入りそうな口調になった。

刑事はそんな麻子にちらりと視線を投げたが、軽く咳払いをし、あとをつづけた。

「――とはいえ、むろんその前に、その犬に似た生き物自体が確実にあなたの飼っていた犬であることを立件する作業が待っています。これは私の個人的な考えですが、あなたが犬を拾った場所と事件現場の距離、時間的な間隔から考えて、やはりその生き物とあなたの発見した犬が同一であると考えるのには無理があります。さらに、あの獣医さんの専門筋からの証言もあります。仮に強引に立件したとしても、私どもも正直、あなたをこれぐらいのことで書類送検するのもどうかと思っています。それ以前に、事件そのものがこのまま宙に浮いた状態では、書類送検したところで検察が起訴に踏み切るかどうかも分かりません。――言っている意味は、お分かりですね？」

充分に分かっていた。つまり、おれが刑事罰に問われる可能性は殆どないと言っているも同然だった。

「仮に起訴に踏み切り、万が一有罪が確定したとしても、間違いなく執行猶予つきの微罪になると思います。ただ、もしもそうなった場合、あなたが国から貰っている許認可の資格は、おそらく喪失することになる。ですから、そのときの覚悟だけはしておいてください、ということで申し上げた次第です」

おれはうなずいた。

クルマの話が出たときから分かりきっていたことだ。既に覚悟は出来ていた。でなければ、彼らの話を他人事のように面白がることなど、できはしない。

「それと、もうひとつ。これは是非に守ってもらわなくてはなりませんが、あなたの飼い犬が戻ってきた場合は、必ず私どもに連絡をください。心苦しいのは、お察しします。ですが、分かりますよね？」

不承不承ながらも、おれはもう一度うなずいた。

黒犬はそれっきり、おれの家には戻ってこなかった。

和室の広いケージの中は、子猫一匹だけの、かっこうの遊び場となった。

6

刑事たちが会いにきてからちょうど十日後の午前中に、右腕の抜糸が行われた。

重い荷物を持つようなことはしばらく避けたほうがいいが、それでもクルマの運転ぐらいは差し支えないだろう、とのことだった。

「………」

タクシーで自宅まで戻ると、玄関に上がらずに、そのままクルマに乗り込んだ。近くのスタンドでハイオクを満タンにして、新井宿から高速に乗った。

ちょうど一ヶ月半ほど前のあの晩のように、一人で外房へとクルマを飛ばした。銚子まで行って、どうしても確かめておきたいことがあった。麻子には黙っていた。言えば、また何かと気を揉むだろうと思った。

首都高から湾岸を通り、東関道に入った。佐原香取ＩＣで下道に下りたのが、十二時少し過ぎ、国道３５６号を東進して、午後一時半頃には銚子の市内に入った。

駅前を過ぎ、内陸を犬吠埼に向かって南下する県道に入り、銚子電鉄の犬吠駅の手前で西に折れ、愛宕山に向かった。その中腹にある『満田八幡神社』への山道を辿りながら、おれはいったい何をやっているのだろうと思った。

今さら、なんのために神社を訪ねてゆくのか？

作業服姿だった神主の言葉が、脳裏をよぎった。

――もし、あなたがその立場だったら、どうします？

そう言って、あのときの神主は少し微笑んだ。

私なら、逃げ出しますよ――。

行く手の正面に、こんもりと木々の茂った小高い丘が見えてきた。それら梢の後方に、大きな拝殿の瓦屋根のうねりが望めた。

気づけば、もう十一月だった。境内へと上ってゆく石段を、両側から鮮やかに色づいた枝葉が覆っていた。

クルマをその石段の下で停めた。木の葉で埋まった石段をゆっくりと上ってゆき、最上段の鳥居の下までくると、広い境内が開けた。

幅広い石畳の参道が、奥に向かって一直線に延びていた。境内には、誰もいなかった。拝殿の前には、相変わらず狛犬の像はなかった。石畳の両側に台座が二基、間抜けな姿を晒していた。

社殿の軒下まで進んでゆき、耳を澄ませた。

さらさらと、乾燥した枝葉の擦れ合う音だけが、辺りを覆っていた。

理屈ではそんな馬鹿なことがあるわけないと分かりつつも、ついおれは黒犬の名を呼んだ。

——ジョン。

反面、声を出しながらも、あの黒犬が、もしどこかの陰からのっそり出てきたらどうしよう、と思っていた。

もしそうなれば、言われたとおり警察に突き出すか？

——分からない。

どこか人間の目の届かない山奥にでも、連れてゆくか？

——分からない。

それともこの場所に、放っておくか？

——やはり、分からない。

犬の名を呼びながら、何ひとつとして腹の中は決まっていなかった。

しかし人間、その人生のほとんどの局面において、自分の本当の気持ちなど実は分かっていないものだ。

間隔をあけ、四回か五回くらいは呼んだような気がする。そして、しばらくの間、周囲の様子を窺っていた。

だが、当然ながら、黒犬はどこからも現れなかった。

おそらくおれは、心のどこかで祈っていた。林の中から音もなく現れ、拝殿の前に静かにうずくまる——そんな惨めな姿など、見たくもなかった。だから、黒犬がここに居ないことを確信したかった。そして、安心したかった。

それでもなおタバコを一本取り出し、それを根元まで吸い終える間は、ぼうっとそこに突っ立っていた。

数分が過ぎた。

おれは吸い差しを地面につけて揉み消し、携帯用灰皿の中にしまった。

石畳を鳥居へと戻る足取りは、自然と軽くなっていた。ふと、自分が笑っていることに気づいた。黒犬が今どんな状況にあるか知りもしないのに、おれもお気楽な男だ。だが、それでも嬉しかった。

自分の存在の意味は、自分で探すしかない。

あるいは意味などないのかも知れない。それでも探し続けるしかない——。

あの黒犬のために、それを祈った。

そのまま寄り道もせず、帰路に着いた。

翌日から、ふたたび秋の終わりまでのおれの日常が戻ってきた。依然として事件は解決の目処《めど》さえついていなかった。

毎日家で仕事をし、三日に一度はお向かいの太田夫人と挨拶を交わし、週に一度は麻子と会う。

そんなある日、もしおれが建築士の資格を剝奪されたらどうするよ、という話になった。

少し考えて、麻子は言った。

「もしそうなったら、要くん一人ぐらい、私が食べさせてあげるわよ」

そのくせ、いざ一緒に暮らす話になると、以前のように腰が引けていた。

弁当屋の娘は、相変わらずふてくされた顔で、あの店で親の手伝いをしている。

あれから二度、弁当を買いに行った。一度目はお互いに無言のまま、弁当と小銭を交換して別れた。

二度目に行ったとき、例の三白眼の視線をおれに向けて、ようやく口を開いた。

「……元気？」

元気さ、とおれは答えた。

「最近、どうしてるんだ？」

「別に――」と、娘は口を尖らせた。「相変わらず、ツマンネーことばっかりだよ」

おれはつい笑った。

肝心なことを言い忘れていた。

先日、駅から戻る道で、ばったりと相沢獣医に出会った。

やあ、ひさしぶり、ひさしぶりです。

そんな挨拶を交わしたあと、ポケットに両手を突っ込んだまま、獣医は言った。

「しかし、この前はあなたも大変だったですな」

はあ、おれは答えた。

「まあ、なんとか後ろに手が回ることには、ならずに済むみたいです」

獣医は苦笑し、ふたたび口を開いた。

「――しかし、あの犬は、本当は何ものだったんでしょうかね」

え？

「……だって、ロットワイラーとレオンベルガーの掛け合わせに、間違いはないんでしょう？　少なくとも警察は私にそう言ってましたが」

すると、獣医は奇妙な笑みを浮かべた。

「ま、私の推論が間違っていたからといって、罪にはなりませんからね」

そう一言つぶやくと、それじゃあ、と手を振って横断歩道を渡り始めた。

おれは呆気に取られて、その後ろ姿をしばらく見送っていた。

――こんな人間にときどき出くわすから、おれもまた、世間を笑って歩いていける。

時間さえ経てば、また気楽に息を出来る。

もしあいつにそれを理解できるアタマがあるのなら、今のおれが伝えたいことは、そういうことだ――。

【J・エピローグ】

もう太刀川の家には戻ることが出来ない。

それはあのとき、すぐに警察がやってきたことでも明らかだ。私がこうして去った後でも、どこかから遠巻きに見張っている可能性がある。

戻って、万が一にも警察に知られれば、太刀川に迷惑をかけることになる。

それは分かっていた。

分かっていたが、やはり世話にはなった。やや懐かしくもある。何も告げずに、何も感謝の気持ちを伝えずに去らなければならなかったことに、淋しい思いも感じる。

これが、名残惜《なごりお》しい、ということなのだろうか。

私は今、生まれて初めて人間というものに愛着に似たような感情を抱いている。


私には現在、向かうべき場所がない。帰るべき場所もない。

この二つの事実が、現在の私の何事かを決定的に象徴している。

私とは、何者なのだろう。

私は、何のために生まれてきたのだろう。

その社会的な属性を離れた私にとって、なおさら答えは出ない。

だが、分からないものは分からないこととして、当座はそれでもいいのではないかと、太刀川の家を去ってしばらく経ってから感じた。

思うに、それは私だけではないのだ。

その程度の差こそあれ、初めて親しくした人間、太刀川にもそれはあった。午前中はいつも二階で夢中で仕事をしているらしき雰囲気を感じた。

おそらく太刀川は、自分の仕事を気に入っている。気に入っている女もいる。ヒトが暮らしていく社会的環境としては、まずまずの状態にある。

それでもなお、ときおり何かに苛立ち、溜息をつき、ごくまれに虚無感のようなものにさいなまれている様子だった。

その感情が時として渦を巻き、荒っぽい言葉となって口を突いて出る。

つまりは環境のせいではない。外的な要因ではない。社会的な属性でもない。愛でも満たせない。ましてや友情でも満たせない。

もっと根本的な、その存在の根幹に根ざすものだ。

自分の存在を、絶えずどこかで疑っている。

やりきれないことは、人生というものが、ヒトやヒト以外の動物がこの世に生まれてくるということが、私の生を含めて本来は無意味な自然現象の一形態に過ぎないということに、誰もがうっすらと気づいていることだ。

傍目にはどんなに充足した人生を送って見える人間にも、そして今の私にも、この虚無の影は絶えず忍び寄ってくる。


……あるいは、こうも考える。

神とは、おそらくはこの世界全体を表す言葉なのかも知れない。

個と世界。

本来それは、この世に言葉という『道具』が生まれる以前の世界では、繋がっていたものだろう、という気もする。

無意識における世界との一体感。ある意味での純粋快楽。

大昔から人は唄い、かつ踊る。そしてその快楽が頂点に達したときのみ、初めて我を忘れ、悦楽の彼方へと自我を捨て去る。束の間の彼我の一致である。

しかし、個人と世界が『言葉』という意識上で切り離されたときから、その差異を自覚したときから、あるいは一体感を喪失したときから、個にとっての悩みや苛立ちは始まったのかも知れない。

五十年ほど前に、禅僧が暇話に言っていたのを聞いたことがある。

（人の苦悩は、『私』という言葉を知ったときから始まっている。すなわち『私』と『私以外』というふうに、意識の上で世界を切り分けたときから始まっている）

しかし、と私は思う。

いったん自分というものの存在を捉えた以上、知らぬふりはできない。

つまるところ私は、何者であろうとも、結局は私自身でしかない。

だとしたら、このままその事実を引き摺って生きていく他ない。

今言えることは、それだけだ。

だから私は今日も、旅を続ける。

『私』という意識を引き摺って、歩き続ける。

解説

香山《かやま》二三郎《ふみろう》
（コラムニスト）

【この解説は一部真相に触れています。物語を読了後にお目通しください】

かつて名犬ものは海外ドラマの定番のひとつだった。

筆者がもの心ついた一九五〇年代から六〇年代にかけて、騎兵隊で活躍する『名犬リンチンチン』や少年と犬との友情を軸にした『名犬ラッシー』が日本でもＴＶ放映され一世を風靡《ふうび》した。筆者が好きだったのは『名犬ロンドン物語』で、主役のロンドン（犬の名前）は先の二作とは異なり、飼い主がいない。街から街へとさまよい、その先々でトラブルに見舞われた人々を手助けする、まさに犬版流れ者ヒーローものであった。

ちなみに犬の種類でいうと、ラッシーはコリーで、リンチンチンとロンドンはジャーマン・シェパード。特に、見た目いかにも利口そうな後者は名犬の代名詞ともいうべき人気を博したのである。

むろん名犬ものは今でも人気があり、日本でもドラマが作られるようになった。昔と違うのは犬の種類が多彩になったことか。シェパードのみならず、レトリーバーからシベリアンハスキーに雑種まで、いろいろな名犬が登場している。

本書もそうした名犬もののひとつ――と、いいたいところだが、〝狛犬《こまいぬ》〟は名犬どころか、犬にして犬にあらず。うかつに犬扱いしたら、バチがあたるかもしれない。

本書『狛犬ジョンの軌跡』は「小説宝石」二〇一二年五月号から一〇月号まで連載されたのち、同年一二月、光文社から刊行された。従来の著者の作品――冒険犯罪活劇の『ワイルド・ソウル』やサラリーマン小説『君たちに明日はない』のシリーズとは一線を画す異色のサスペンス長篇である。

物語は五〇〇〇年ほど前に意識が芽生えたらしい狛犬「J」の自由を希求する独白が描かれたのち、主人公・太刀川要《たちかわかなめ》の深夜のドライブシーンから幕を開ける。さいたま市緑区にある住まいから外房を目指し、高速道路を東へ東へと移動、午前二時に銚子《ちょうし》市にたどりつくが、『地球の丸く見える丘展望館』から麓《ふもと》に下る途中、道に飛び出してきた何かに車をぶつけてしまう。それは体に外傷を負った超大型の黒犬だった。見た目は「暴力に飢えた闘犬」のようだが、大ケガをしているにもかかわらず、その犬は妙に落ち着いていた。

太刀川は何とか助けようと病院に運ぶものの、深夜ゆえ治療に応じてくれるところは見つからない。前夜、市内で重傷者が三人出て、街の病院はその対応に追われていたのだ。

仕方なく太刀川は黒犬を連れ帰り、早朝近所の動物病院にかつぎ込むが、院内に運び入れた途端、中にいるペットたちが騒ぎ出す。獣医の相沢《あいざわ》も犬の種類がわからず（見た目はロットワイラーとレオンベルガーの掛け合わせ）、腑に落ちないものを感じていた。太刀川は黒犬を病院に預けて帰宅するが、翌朝相沢からの連絡で、ペットたちが騒いで大変なことになっているらしいことがわかる。一軒家でひとり暮らしの太刀川は仕方なく、黒犬を自宅で療養させることになるが……。

この黒犬がプロローグに登場したJ＝ジョンであるのはすぐおわかりになると思う。でも、石像であるはずのジョンに何故意識や五感が生じたのか、そして何故犬に似た生物に変身したのか。プロローグには「激しい喪失の悲しみと、そして狂い出しそうな怒りが、ある晩に爆発した」とあるが、それが何を意味するのかはこの段階では詳述されない。序盤から中盤にかけては、そうしたミステリー的（ホラー的⁉）な興趣《きょうしゅ》よりもむしろ、太刀川とジョンとの奇妙な同居生活が読みどころになっていく。いや、独身男がケガをした犬の面倒をみる、一見どこにでもありそうな話なのだが、何しろジョンは犬にして犬にあらず、ヒトの言葉も解する魔性のものなのだ。

ところで、そもそも「狛犬」とは何か。ひと言でいえば、神社や拝殿の前に置かれる魔除けの霊獣を指し、本書では「参道を挟んで右手に、阿形《あぎょう》の宮獅子《みやじし》がかっと牙を剝《む》いて躍り立ち、その対になる左手に、口を引き結んだ吽形《うんぎょう》の狛犬が低く構えている。この二つの置物を総称して、ふつう、世間では狛犬と呼んでいる」と説かれている。その狛犬に生命が宿るとは何とも不可思議だが、それに対するSF的な解釈が読みどころなわけではない。それはあくまでスーパーナチュラルな神秘として、注目は太刀川とジョンとの関係だ。

太刀川要は三三歳の一級建築士で、注文住宅を専門に請け負う地場の工務店と業務提携を結んでおり、年に七、八件請け負っている。平均年収は一五〇〇万円ほど。自分と似たようなタイプの年上の恋人・知花麻子《ちばなあさこ》ともいい関係を保っている。傍から見てうらやましい限りの〝独身貴族〟であるが、彼には「特に不満のない日常を送っている」いっぽうで、「社会に対する自分の立場をなるたけ縛りのない、常にニュートラルな状態に置いておきたい」というこだわりがあった。彼の父は九州の田舎の漁師だったが、彼が小学生時代、一家は国の干拓《かんたく》事業をめぐる騒動に巻き込まれた。父と漁師仲間との折り合いが悪くなり、その影響で学園生活も荒れ、どこにも自分の居場所を見出せない苦悩を味わわされた。その後故郷を捨てるように関東の大学に進学した彼には、ひとつの世界に留まって、そこに縛られることへの恐れがあったのだ。

かくして、あえて孤独な生活を守ってきた太刀川ではあったが、ジョンとの同居生活を通して次第に揺れ動き始める。そしてそんな人間たちのありさまを、人間並みの知性と人間以上の感覚を有するジョンがじっと観察しているのだ。以下、ジョンの太刀川評。「一見陽気そうに振舞う仮面の下で、常に自分に我慢を強いている。／淋しさにも。性欲にも。／そしておそらくは、その規律で自分の何かを守ろうとしている。何かを恐れている。／見ていて、とても興味深い。／ある種、現代人の一典型だ」。いやはや、大した批評家ぶりだが、むろん太刀川にはそんなこと、知る由もない。感情を表わさず、ときに自分をバカにしているようなジョンの態度に、彼は感情をぶつけることもあるが、ジョンはそれさえ冷静に分析してみせる。まさにジョンは人間の本性を顕《あら》わにする写し鏡にほかなるまいが、ただ写し出すだけでなく、さらに哲学的な深さにまで考察を掘り下げていくところが凄い。

互いに距離を置いた両者の関係はある意味ハードボイルド的ともいえようが、むろん難しいことは抜きにして、ひとり暮らしの住人が一軒家で大型犬を飼うシミュレーション小説としても、本書は充分楽しめよう。家の中で飼うにはどうするか、水や餌の与えかたは、散歩に連れていくときには何に気を付けたらいいのか等々。ただし、太刀川のように、排便を教えようと自ら尻をむき出しにしてみせるところまでやる必要はないけど！

物語の後半は、とある雑誌記事を目にしたことから、太刀川がジョンと出会うきっかけとなった事件の存在を知り、その真相を探り始める。探偵張りの捜査から浮かび上がってくる事件の経緯、そしてさらなる破局へと至るクライマックスは一気読み必至。考えてみれば、犬とミステリーというのはもともととても相性がよく、本書もシャーロック・ホームズものの傑作『バスカヴィル家の犬』等思い浮かべる向きが少なくないのではないだろうか。ジョンは図らずもその恐るべきパワーの一端を見せつけることになるが、そもそもの発端は巻き込まれ型の被害者なのであり、被害者であるにもかかわらず犯罪を重ねざるを得なくなるとは、まさにミステリー悲劇の主人公の一典型というべきか。誠にあっぱれなるハードボイルドヒーローぶりではある。

『バスカヴィル家の犬』が出たところで、最後に初刊本の刊行時、著者のオフィシャルサイト『垣根涼介 Dawning day, Dawning life』に載っていたこぼれ話を紹介しておこう。

……実はこの小説、今を去ること十一年前、ちょうど『ヒートアイランド』と『ワイルドソウル』の間に、一旦は600枚ほど書き上げていたものです。

というか、二作目の『ヒートアイランド』の次に、『ワイルドソウル』を出そうか、この『狛犬ジョンの軌跡』を出そうか、迷いに迷って、結局その時は『ワイルドソウル』を出しました。

その後しばらくはクライム・ノベル系を書き続けたせいもあり、この『狛犬』の原稿はデスクの下で十年近く眠り続けていました。

眠ってはいても、ずっと脳裏の片隅にこの小説のことは残っており、何かもう一つ、技法上の視点が足りない、と思い続けてきました。

そのもう一つの視線を新たに加え、今年になり連載を開始。こうして目出度く本として送り出す次第になりました。分かりやすくジャンルとして言えば、そうだなー、モダン・ホラー系というかSF系になるのかな? 私は、意外にこの手の読み物は好きなのです(笑)。特にスティーブン・キングとかは、二十代前半の頃はよく読みましたねー。
(二〇一二年一二月一三日配信『垣根涼介 Dawning Mail.047』)

してみると、ジョンのモデルはキングの傑作のひとつ、狂犬ホラーの『クージョ』だったのかも。『クージョ』は単発作品だったが、狛犬ジョンの冒険は始まったばかり。逃亡者の身の上ではあるけれど、彼が街から街へと渡り歩く続篇をぜひ期待したい。そう、かつてのTVドラマ『名犬ロンドン物語』のように。

〈初出〉
「小説宝石」二〇一二年五月号〜十二年十月号
二〇一二年十二月　光文社刊

※この物語はフィクションであり、実在する人物・団体・事件にはいっさい関係がありません。

JASRAC　出 1506989-302
O MUNDO E UM MOINHO
Words & Music by Angenor De Oliveira
©Copyright by UNIVERSAL MUSIC PUBL. MGB BRASIL LTDA.
All Rights Reserved. International Copyright Secured.
Print rights for Japan controlled by Shinko Music Entertainment Co., Ltd.

光文社文庫

狛《こま》犬《いぬ》ジョンの軌《き》跡《せき》

著　者　垣《かき》根《ね》涼《りょう》介《すけ》

2015年7月20日　初版1刷発行
2023年8月10日　2刷発行

発行者　三宅貴久
印　刷　堀内印刷
製　本　ナショナル製本

発行所　株式会社　光文社
〒112-8011　東京都文京区音羽1-16-6
電話 (03)5395-8149　編集部
8116　書籍販売部
8125　業務部

© Ryōsuke Kakine 2015
落丁本·乱丁本は業務部にご連絡くだされば、お取替えいたします。

ISBN978-4-334-76931-4　Printed in Japan

R <日本複製権センター委託出版物>

本書の無断複写複製（コピー）は著作権法上での例外を除き禁じられています。本書をコピーされる場合は、そのつど事前に、日本複製権センター（☎03-6809-1281、e-mail : jrrc_info@jrrc.or.jp）の許諾を得てください。

組版　萩原印刷

本書の電子化は私的使用に限り、著作権法上認められています。ただし代行業者等の第三者による電子データ化及び電子書籍化は、いかなる場合も認められておりません。

光文社文庫　好評既刊

ココロ・ファインダ　相沢沙呼
二人の推理は夢見がち　青柳碧人
未来を、11秒だけ　青柳碧人
三毛猫ホームズの推理　赤川次郎
三毛猫ホームズの追跡　赤川次郎
三毛猫ホームズの狂死曲　新装版　赤川次郎
三毛猫ホームズの怪談　新装版　赤川次郎
三毛猫ホームズの騎士道　新装版　赤川次郎
三毛猫ホームズの黄昏ホテル　新装版　赤川次郎
三毛猫ホームズの犯罪学講座　赤川次郎
三毛猫ホームズの傾向と対策　新装版　赤川次郎
三毛猫ホームズの心中海岸　新装版　赤川次郎
三毛猫ホームズの安息日　新装版　赤川次郎
三毛猫ホームズの正誤表　新装版　赤川次郎
三毛猫ホームズの四捨五入　新装版　赤川次郎
三毛猫ホームズの花嫁人形　新装版　赤川次郎
三毛猫ホームズの仮面劇場　新装版　赤川次郎

三毛猫ホームズの用心棒　赤川次郎
三毛猫ホームズは階段を上る　赤川次郎
三毛猫ホームズの夢紀行　赤川次郎
三毛猫ホームズの闇将軍　赤川次郎
三毛猫ホームズの回り舞台　赤川次郎
三毛猫ホームズの証言台　赤川次郎
三毛猫ホームズの復活祭　赤川次郎
三毛猫ホームズの裁きの日　赤川次郎
三毛猫ホームズの懸賞金　赤川次郎
三毛猫ホームズの夏　赤川次郎
三毛猫ホームズの秋　赤川次郎
三毛猫ホームズの春　赤川次郎
若草色のポシェット　赤川次郎
群青色のカンバス　赤川次郎
亜麻色のジャケット　赤川次郎
薄紫のウィークエンド　赤川次郎
琥珀色のダイアリー　赤川次郎

光文社文庫　好評既刊

緋色のペンダント　赤川次郎
象牙色のクローゼット　赤川次郎
瑠璃色のステンドグラス　赤川次郎
暗黒のスタートライン　赤川次郎
小豆色のテーブル　赤川次郎
銀色のキーホルダー　赤川次郎
藤色のカクテルドレス　赤川次郎
うぐいす色の旅行鞄　赤川次郎
利休鼠のララバイ　赤川次郎
濡羽色のマスク　赤川次郎
茜色のプロムナード　赤川次郎
虹色のヴァイオリン　赤川次郎
枯葉色のノートブック　赤川次郎
真珠色のコーヒーカップ　赤川次郎
桜色のハーフコート　赤川次郎
萌黄色のハンカチーフ　赤川次郎
柿色のベビーベッド　赤川次郎

コバルトブルーのパンフレット　赤川次郎
菫色のハンドバッグ　赤川次郎
オレンジ色のステッキ　赤川次郎
新緑色のスクールバス　赤川次郎
肌色のポートレート　赤川次郎
えんじ色のカーテン　赤川次郎
栗色のスカーフ　赤川次郎
牡丹色のウエストポーチ　赤川次郎
灰色のパラダイス　赤川次郎
黄緑のネームプレート　赤川次郎
焦茶色のナイトガウン　赤川次郎
狐色のマフラー　赤川次郎
セピア色の回想録　赤川次郎
改訂版　夢色のガイドブック　赤川次郎
ひまつぶしの殺人　新装版　赤川次郎
やり過ごした殺人　新装版　赤川次郎
とりあえずの殺人　新装版　赤川次郎